河南省重点研发与推广专项(科技攻关)项目“冻结作用下浅层膨胀土水分迁移机理研究”(192102310220)支持

非饱和土强度及水分迁移问题研究

李彦龙　著

黄河水利出版社
·郑州·

图书在版编目(CIP)数据

非饱和土强度及水分迁移问题研究/李彦龙著. —郑州:黄河水利出版社,2019.11

ISBN 978-7-5509-2539-7

Ⅰ. ①非… Ⅱ. ①李… Ⅲ. ①非饱和-土力学-强度理论-研究②非饱和-土力学-水蒸发-研究 Ⅳ. ①TU43

中国版本图书馆 CIP 数据核字(2019)第 240127 号

组稿编辑:李洪良 电话:0371-66026352 E-mail:hongliang0013@163.com

出 版 社:黄河水利出版社 网址:www.yrcp.com

地址:河南省郑州市顺河路黄委会综合楼 14 层 邮政编码:450003

发行单位:黄河水利出版社

发行部电话:0371-66026940、66020550、66028024、66022620(传真)

E-mail:hhslcbs@126.com

承印单位:虎彩印艺股份有限公司

开本:890 mm×1 240 mm 1/32

印张:7.75

字数:201 千字

版次:2019 年 11 月第 1 版 印次:2019 年 11 月第 1 次印刷

定价:50.00 元

前　言

非饱和土的强度变化和水分迁移对工程建设具有重要影响。吸力强度(吸力对强度的贡献部分)是非饱和土强度中的核心变量。非饱和土水分迁移可分为等温状态和非等温状态,其中,结合水含量是影响非饱和土水分迁移的关键参数。本书针对上述内容展开研究,主要包括以下内容:

(1)吸力强度是非饱和土强度的核心变量。通过常规三轴试验,确定了非饱和土吸力强度与含水率和干密度的关系。通过控制吸力的非饱和土三轴试验,确定了双曲线吸力强度模型中相关参数的取值,并探讨了不同模型的适用性。

(2)结合水物理力学性质特殊,是影响水分迁移的关键参数。通过等温吸附法与热重分析法确定了强结合水和弱结合水的含量,通过理论公式对结合水的水膜厚度和密度进行了计算,并探讨了黏土矿物含量对不同类型结合水含量的影响。

(3)吸力量测是非饱和土研究中的关键问题。从非饱和土孔隙水的赋存状态入手,对非饱和土中的吸力进行分类,并对各类吸力的量测方法进行了分析,重点讨论了各种高吸力量测方法的适用性。

(4)基质势梯度和温度梯度均是非饱和土水分迁移的驱动力。通过室内模型试验对不同基质势梯度和不同温度梯度作用下的非饱和土水分迁移特征进行了研究,重点探讨了气态水迁移与温度梯度的关系。

(5)浅层土体水分场在干旱气候条件下的动态变化,对工程建设具有重要影响。以室内和室外模型试验的结果,建立了黄土地表蒸发量的计算模型。通过非饱和土二维非稳态有限元计算方法,对黄土高原浅层土体水分场在连续干旱气象条件下的动态变化进行了数值计算。

本书的内容来自作者的硕士学位论文和博士学位论文,在此感谢我的硕士生导师苏立君教授和博士生导师王铁行教授。

限于作者水平,书中难免有错误和不妥之处,请不吝赐教!

作　者

2019 年 9 月

目　录

第1章 绪 论

根据土体中孔隙水所受作用力的性质和大小的不同可以将其分为结合水、毛细水和重力水。在自然环境条件下,结合水并不迁移;毛细水是否迁移取决于土体内部势能的大小和分布;重力水在重力作用下便可以流动。这些不同类型的孔隙水以及其在土体内部的迁移会直接或间接地影响土体的黏着性、湿陷性、体变、强度、流变以及渗流特性;土体中孔隙水的迁移问题是工程建设所必须考虑的因素之一。黄土是一种以较少黏土矿物所构成的水敏性极强的特殊土,黄土地区的建设工程随着西部大开发战略的实施越来越多,黄土高原路基、市政等工程领域的植物防护及绿化工程规模也日益增大。因此,以黄土为研究对象,针对其结合水特性和水分迁移问题开展相关研究。

1.1 结合水的研究现状

土体中的黏土矿物可以从液相吸附液态水或从气相中吸附水汽或液态水从而形成结合水。作为土体孔隙水重要组成部分的结合水,由于其特殊的物理力学性质以及其对土体工程力学性质可能产生的诸多影响,自20世纪50年代以来,国内外的学者们对土体中结合水的研究方兴未艾。其相关研究可以总结为如下几方面:

(1)对结合水含量的确定;

(2)分析影响结合水含量的因素;

(3)确定结合水的物理性质;

(4)探讨结合水与土体工程力学性质的关系。

在综述土体中结合水的研究历史和现状之前,首先有必要理清楚土中水的分类。

1.1.1 土中水的分类

通常所讲的土中水是指除高温时的气态水、低温时的固态水(冰)和矿物本身的结晶水(结构水)之外的土中水。土体中不同类型的孔隙水的名称在不同的文献中不尽相同,但是其分类方法均是按土中水所受作用力的性质和大小不同区分。这些作用力包括电场力、分子力和毛细作用力等。雷志栋(1988)把土中水分为吸湿水、薄膜水、毛管水和重力水。土颗粒从周围的水汽中吸附的水为吸湿水;吸湿水外面的水膜逐渐加厚并形成连续的水膜时,称为薄膜水。当土体中薄膜水达到最大值后,多余的水分便由毛管力吸持在土体的细小孔隙中,称为毛管水。超出毛细作用力作用范围的水则为重力水。上述对吸湿水和薄膜水的分类在概念上存在交叉,也就是薄膜水已经包括了吸湿水。钱家欢等(1996)把土中水按其受双电层影响程度的不同分为结合水和非结合水(毛细水和重力水);双电层之内的水为结合水,双电层之外的水为非结合水。李广信(2004,2013)把土中水分为结合水(强结合水和弱结合水)和自由水(毛细水和重力水)。受土颗粒表面电场作用力吸引而包围在颗粒四周,不传递静水压力,不能任意流动的水为结合水;紧靠于颗粒表面的水分子,所受电场的作用力很大,几乎完全固定排列,丧失液体的特性而接近于固体,这层水称为强结合水;强结合水以外,电场作用范围以内的水为弱结合水;不受电场引力作用的水为自由水,包括毛细水和重力水;毛细水受毛细作用控制,重力水仅在重力作用下运动,不能传递静水压力。

由于孔隙水在土体中的赋存状态已经蕴含了其受力状况,可以基于孔隙水在土体中的赋存状态对其进行分类。非饱和土中孔隙水有如下三种典型的赋存状态：

(1)结合水状态。土颗粒表面仅包裹着结合水。

(2)毛细边角水状态。随着土体含水量的增加，非饱和土中开始出现毛细角边水，毛细角边水仅在土颗粒之间较为狭小的孔隙中存在，液相不连通。

(3)毛细水连通状态。当土体的含水量继续增加时，土体中的毛细水开始连通，当含水量继续增加时，土体逐渐饱和。

结合水主要受电场力和范德华力控制，电场力和范德华力主要分布在由黏土矿物和水所组成的分散结构中，带负电荷的黏土矿物颗粒表面会形成电场，水分子所形成的偶极子和水溶液中的阳离子(如 Na^{+}、Ca^{2+} 等)因静电引力而被吸附在黏土颗粒表面，从而形成双电层，距离黏土矿物表面越近，吸附力越大。根据其作用的强弱可以把结合水分为强结合水和弱结合水。毛细水主要受气液交界面上的表面张力的作用，重力水在重力的作用下便能自由地流动。胶体的"扩散双电层模型"为 Stern(1924)所提出的，该模型兼有"平行板双电层模型"和"Couy-Chapman 模型"特点。在 Stern 提出扩散双电层模型之前，1879 年，Helmholtz 提出了"平行板双电层模型"，认为所有平衡的离子都存在于矿物表面和溶液之间的一个薄液层中，事实上，具有势能的阳离子将形成远离表面的动力学浓度梯度，产生扩散双电层。于是，Gouy(1910)和 Chapman(1913)建立了"扩散模型"(Couy-Chapman 模型)，称其为扩散模型的原因是：该模型认为液相中的反粒子呈单纯的扩散分布。Stern 模型认为分散相固体表面的吸附或解离使溶胶离子带有电荷，但是整个溶液却要保持电中性，因此分散介质必然带有电性相反的电荷。在溶液中，与固相粒子表面所带电荷相反的离子(反离子)受到两方面的作用：一方面是胶核表面离子的吸引力，力图把其拉向胶核；另一方面是离子的热运动，使其离开胶核表面扩散到溶液中呈均匀分布。在这两种作用力下，只有一部分反离子与胶核表面吸附离子紧密地束缚在一起构成紧密层;另一部分反离子则松散地束缚在粒子的周围,随着与胶核距离的增加,反离子浓度逐渐减小,形成扩散层。所谓的双电层(Electric Double Layer,简称 EDL)即由紧密层和扩散层所组成。上述分析表明黏土矿物与水相作用时,形成不同类型的水的顺序是强结合水、弱结合水、毛细水和重力水。

1.1.2 结合水含量的确定方法

学者们对土体中结合水含量的确定可以分为两类:

(1)不区分强结合水和弱结合水;

(2)区分强结合水和弱结合水。

从已有文献来看,在第一类研究中应用最为广泛的试验方法为吴凤彩(1984)提出的容量法。容量法的理论基础是:土颗粒自液相中吸附液态自由水转变为固态结合水时,被土颗粒所吸附的水的密度会增加从而引起液相自由水体积减小。试验时,将一定量的烘干土样(125 ℃)加入容量瓶中,当自由水被黏土吸附转变为结合水时,水体积的减小量可表达如下:

$$\Delta V = \frac{\gamma_{we} - \gamma_{wt}}{\gamma_{we}\gamma_{wt}} m_s \omega_g \tag{1-1}$$

式中 ΔV——容量瓶内减小的水体积;

m_s——干土的质量;

γ_{we}——结合水的容重,取 13 kN/m³(原文中为 1.3 kN/m³);

γ_{wt}——t ℃时自由水的容重;

ω_g——吸附结合水的百分含量。

由式(1-1)可得计算吸附结合水含量的表达式:

$$\omega_g = \frac{\gamma_{we}\gamma_{wt}}{\gamma_{we} - \gamma_{wt}} \cdot \frac{\Delta V}{m_s} \tag{1-2}$$

式(1-2)中,ΔV 可以通过试验并用下式计算:

$$\Delta V = m_s/G_s - V_t \tag{1-3}$$

式中　G_s ——用中性溶液测得的土颗粒的比重；

V_t ——实际测量的容量瓶中水体积的增量。

忽略容量法不能区分强结合水和弱结合水这一不足，从容量法的原理和试验操作中，不难发现容量法仍存在以下缺陷：

(1)容量法首先假定结合水的密度为1.3 g/cm^3，做出该假定是基于苏联学者对几种典型黏土矿物中吸附结合水密度的报道，取1.3 g/cm^{3}作为土体中结合水的平均密度未必能代表结合水的实际密度。

(2)用125 ℃下烘干的土样来进行试验，并认为土样中的结合水已完全脱去，事实上，已有较多的研究结果表明125 ℃下土中的结合水并不会被完全除掉。另外，容量法在实际操作过程中可能会引起较大的试验误差。就结合水现有的认知水平而言，容量法会高估土体中结合水的含量，由于土颗粒是从液相自由水中直接吸附液态水，在对土样的后处理过程中，难以完全除去土样中的部分毛细水，尤其是毛细角边水。尽管容量法有上述缺陷，吴凤彩(1984)通过该方法得到了四个不同地区(分布于江苏和河南)黏土中结合水的含量为6.0%～8.0%。何俊等(2003)通过该方法获得了杭州和天津地区海积软土中结合水的含量，分别为15.3%和14.1%。

相比较于吴凤彩(1984)和何俊(2003)只是单一地通过容量法确定结合水的含量，袁建滨(2012)所采用的容量法、热重分析法和理论计算法的研究方法更为科学，三种方法所得到的结果可以形成对比，但是，其计算所用的理论模型较为简单，而且在理论计算中需要矿物的比表面积这一不容易准确测定的物理参数；袁建滨通过较为简单的乙二醇乙醚法(EGME)测定矿物比表面积，该方法在测固体比表面积时会产生较大的试验误差，而且不同黏土矿物掺杂后其比表面积可能会产生改性，这些因素都会影响理论计算结果的准确性。吴谦(2015)通过容量瓶法对不同地区(上海、天津和苏州)软黏土试样中的结合水含量进行了测试,试验结果表明上述三个地区软黏土中结合水的平均含量为19.69%~20.98%。进而又通过等温吸附试验验证容量法的试验结果,认为软黏土等温吸附线上的拐点(相对平衡压0.9)为强结合水和弱结合水的界限,事实上,当相对平衡压为0.9时,上海、天津和苏州三地软黏土土样中的结合水含量分别为5.82%、12.90%和3.08%,这一结果远小于容量法所得到的测试结果。当水汽平衡压达到0.98时,三地区软黏土中结合水的含量分别为9.60%、35.93%和6.35%,与容量法的试验结果仍很悬殊。张中华等(2016)也仅通过等温吸附法获得了黄土中结合水的含量。事实上,通过单一的等温吸附试验来区分土体中不同类型的结合水,其试验依据是不足的。

田慧会和韦昌富(2014)土体中的孔隙水分为吸附水、毛细水和重力水,通过核磁共振技术测试了土体中吸附水的含量。吸附水与毛细水界限是基于 Baker 和 Frydman(2009)所报道的土体中存在气核和各类杂质导致孔隙水的最大张力为80~400 kPa,大于气化值的吸力所对应的孔隙水为吸附水。他们的研究结果表明,吸附水含量随着黏粒含量的增加而增加,随着干密度的升高而降低,尤其是在干密度和黏粒含量较大的情况下,吸附水含量降低的现象比较突出。

伴随着固体表面含水量测试技术的发展,学者们尝试着对强结合水和弱结合水加以区分,所用的研究方法也可以分为两类:①以热分析法为主的单一试验方法,比如,差热分析(DTA)、热重分析(TG)、差示扫描量热法(DSC)等;②两种或两种以上试验方法相结合的综合法,比如热重分析法、等温吸附法、红外光谱法等结合使用。由于土体中强结合水和弱结合水界限特征的非显著性,在应用单一试验方法确定时,需要事先假定出区分强结合水和弱结合水判断标准，假定的合理性又难以通过单一的试验结果来验证。尽管综合法也需要事先假定强结合水和弱结合水的判断标准，由于综合法用到了两种及两种以上的试验方法，假定可以通过不同的试验方法来互相验证。上述特点使综合法所得到的研究结果比单一的试验方法更加科学、严谨。

通过单一试验方法来划分强结合水和弱结合水的代表性研究如下：Wang 等(2011)把风干土在 105 ℃下加热 24 h 所失去的水定义为弱结合水，把风干土在 105 ~200 ℃所失去的水定义为强结合水，通过热分析法确定了 9 种土样中结合水的含量，其值为 0.54% ~5.22%，强结合水和弱结合水分别占到结合水总量的 20%和 80%。Wang 等对强结合水和弱结合水的定义可能会高估或者低估其含量，Eisenberg(2005)在 *The Structure and Properties of Water* 中报道土体在 105 ℃下加热失去的为自由水和部分弱结合水。谢刚等(2013)发现黏土土样的 DTG 曲线上有三个明显的拐点，分别为(75 ±5)℃、(140 ±5)℃和(210 ±5)℃，并认为这三个拐点温度分别为自由水、弱结合水和强结合水的临界脱水温度。事实上，DTG 曲线上的拐点只能证明在相邻两个拐点所对应的温度区间内，土样发生了不同性质的热失重，这些不同温度区间内的热失重量未必就是自由水、弱结合水和强结合水。

通过综合试验方法划分强结合水和弱结合水的代表性文献为王平全(2001)的博士学位论文。王平全在他的博士学位论文中建立了等温吸附法→热重分析法→红外光谱法→离子交换法相结合的试验方法。等温吸附法和热重分析法可以定量分析黏土表面结合水的含量，红外光谱法和离子交换法可以对等温吸附法和热重分析法的试验结果进行定性论证。对不同土样的等温吸附试验结果表明，相对平衡压 0.9 和 0.98 分别为强结合水与弱结合水以及弱结合水与自由水的界限。热重分析结果表明自由水、弱结合水和强结合水的临界脱水温度分别为 75 ℃、120 ℃和 230 ℃。强结合水的含量为43.16%～44.18%，弱结合水的含量为7.73%～16.35%。王平全所建立的综合法较为科学和严谨，由于仅根据等温吸附线的拐点便对不同类型的结合水进行了划分，并未将等温吸附法和热重分析法有机结合起来致使热重分析成为了辅助性的验证手段。

刘清秉等(2012)也通过等温吸附试验、热分析试验(TGA + DSC)和红外光谱分析研究了素膨胀土和改性膨胀土吸附结合水的特征。试验结果表明：$RH = 40\%$、60%和98%为素膨胀土和改性膨胀土的等温吸附线上的三个特征湿度；在$RH = 40\%$、60%和98%湿度环境下吸附水汽平衡后的素膨胀土的TGA和DSC曲线上有三个热失重区间，分别为120～200 ℃、80～120 ℃和55～80 ℃。刘清秉等将这三个热失重区间内所失的水分别定义为强结合水、“过渡”结合水和弱结合水。之后，针对在$RH = 98\%$的湿度环境下吸附水汽达到平衡的素膨胀土，开展了其在80 ℃、120 ℃和200 ℃的红外光谱分析，并认为红外光谱分析结果支持其对膨胀土中结合水类型的划分。针对该论文的研究思路和研究结果，有以下三个值得讨论的地方：①只选取特征湿度($RH = 40\%$、60%和98%)下吸附水汽平衡后的素膨胀土开展热分析，其他湿度点下的土样是否具有同样的规律并不清楚；②对强结合水、“过渡”结合水和弱结合水的划分依据是上述三个特征湿度点下的土样的TGA和DSC曲线上的拐点，也就是仅依靠热分析结果来划分不同类型的结合水；③“过渡”结合水缺少明确的定义。事实上，就现有的对结合水的研究结果来看，80 ℃、120 ℃和200 ℃很有可能是素膨胀土中自由水、弱结合水和强结合水的临界脱水温度。王铁行和李彦龙等(2014)通过等温吸附法、热重分析法分析了黏土矿物含量不同的黄土中结合水的含量；他们的研究结果表明，土样在$RH < 11\%$、$RH = 11\% \sim 75\%$和$RH > 75\%$的湿度环境中吸附水汽形成的水分别为强结合水、弱结合水和自由水。强结合水的含量为0.51% ~0.76%,弱结合水的含量为1.41% ~2.17%,结合水的含量为1.92% ~2.93%。结合水的平均含量为2.39%,强结合水占结合水总量的26%,弱结合水为74%。

1.1.3 影响结合水含量的因素

影响土体中结合水含量的因素有矿物成分、有机质含量、温度和黏土颗粒的比表面积等。黏土矿物含量越高吸附结合水的含量也越高,有机质含量与吸附结合水的含量也呈正相关,而且会显著地影响土体中结合水的含量。

温度越高土体吸附结合水的含量就越低。李生林(1982)报道了苏联对结合水的相关研究结果,温度升高可以使强结合水转化为弱结合水,当温度为55 ~70 ℃时,可使部分弱结合水转化为自由水;当温度为80 ~90 ℃时,绝大部分单层吸附结合水可以被排除;排除靠近土颗粒表面的吸附结合水,温度需要升高至125 ~170 ℃。

土体中吸附结合水的含量与黏土颗粒的比表面积呈线性正相关。黏土颗粒的带电性质都表现在颗粒表面上,其比表面积的大小直接反应黏土颗粒与水相互作用的强烈程度。Robinson(2002)在对42种土样试验结果的统计基础上,建立了吸湿含水量(θ_h,%,体积含水量)与比表面积(SA,m^2/g)之间的线性表达式为:

$$SA = 35.7\theta_h \tag{1-4}$$

Moiseev(2008)提出了吸附水含量(W,%)与土体比表面积(SA,m^2/g)之间的关系式为:

$$SA = A \cdot W \tag{1-5}$$

其中,A为经验系数。Wang(2011)在对9种土样试验结果的统计基础上,提出了含有机质的土样中强结合水(W_T,%)、弱结合水(W_L,%)的含量与比表面积(SA,m^2/g)的关系:

$$\begin{cases} W_{\mathrm{T}} = 0.007SA + 0.018 & (R^2 = 0.694) \\ W_{\mathrm{T}} = 0.036SA - 0.365 & (R^2 = 0.906) \end{cases} \tag{1-6}$$

对于不含有机质的土样,强结合水、弱结合水的含量与比表面积的关系为:

$$\begin{cases} W_{\mathrm{T}} = 0.005SA + 0.020 & (R^2 = 0.815) \\ W_{\mathrm{T}} = 0.025SA - 0.158 & (R^2 = 0.832) \end{cases} \tag{1-7}$$

1.1.4 结合水的物理力学性质

结合水有诸多不同于自由水的特点,比如,结合水不传递静水压力,不能任意流动,丧失液体的特性而接近于固体,具有蠕变性、密度较大、黏滞度高、流动性差、冰点低、比热较大、介电常数较低等特点。伴随着热分析法的广泛应用,土体中结合水临界脱水温度的相关研究成果很多。Gardner 等(2001)研究认为黏土表面结合水在 110 ~ 160 ℃条件下可以被去掉。王平全(2001)对蒙脱土和高岭土的热重分析结果表明强结合水、弱结合水和自由水的临界脱水温度分别为 75 ℃、120 ℃和 230 ℃。Mitchell(2005)认为黏土矿物中结合水在 100 ~ 300 ℃可以完全失去。刘清秉等(2012)对素膨胀土的热分析结果表明 80 ℃、120 ℃、200 ℃为素膨胀土的临界脱水温度。谢刚等(2013)通过导数热重量法确定了黏土中自由水、弱结合水和强结合水的临界脱水温度分别为(75 ±5)℃、(140 ±5)℃、(210 ±5)℃。袁建滨(2012)采用热重分析法确定了不同类型的人工土的临界脱水温度为 70 ℃、120 ℃和 200 ℃。王铁行和李彦龙等(2015)的研究结果表明强结合水、弱结合水和自由水的脱水温度分别为 135 ~210 ℃、75 ~ 135 ℃和 27.5 ~75 ℃。

对于结合水水膜厚度和密度的报道基本上都是基于理论计算,通过试验直接测定结合水膜厚度和密度的报道少见。现有的研究结果表明结合水水膜厚度对温度的变化也较为敏感，Lambe（1960）报道吸附水水膜厚度随温度的增加而降低，然而，Yong 等（1962）则报道了完全相反的结论。Morin 等（1984）提出了一个计算吸附水膜厚度的理论表达式，该公式反映出吸附水膜厚度随着温度的增加而增加。Mitchell（1993）基于 Gouy-Chapman 双电层的理论公式，认为土中吸附水的含量基本不受温度的影响。

研究结果表明结合水的密度比自由水的密度大，唐大雄等（1999）报道结合水的密度可达 1.5 ~ 1.8 g/cm^3；王平全（2001）报道在 $RH < 90\%$ 的湿度环境下，黏土矿物所吸附的结合水的密度大于 1.29 g/cm^3；当 $RH > 90\%$ 时，结合水的密度逐渐下降；当 $RH = 98\%$ 时，结合水的密度约为 1.21 g/cm^3。王铁行等（2014）报道黄土中结合水的平均密度为 1.3 g/cm^3。

1.1.5 结合水对土体工程力学性质的影响

结合水对土体工程力学性质影响的相关研究主要集中在对软黏土的研究上，具体表现为结合水对软土流变、固结和强度等方面的影响。学者们的研究结果表明强结合水是软土流变的主要因素，弱结合水起相对次要作用。软土固结过程的实质是弱结合水不断排出、水膜不断变薄的过程，比如，吴谦（2015）报道重塑土的平均次固结系数、黏滞系数均与结合水量之间有着较好的曲线关系；刘勇健等（2017）通过差热分析仪研究了冲击荷载作用下软土中结合水含量的变化，研究结果表明结合水含量变化较大，且与软土动力固结有因果联系。研究结果表明土体中结合水含量的降低会增加土体的强度，比如，孟庆山等（2003）认为弱结合水受夯击作用能被激发转变为自由水并被排出并导致结合水膜变薄，致使土体固结程度提高，强度增加。项伟等（2007）在黏土中加入离子土固化剂，将滑带土由亲水性改为憎水性以减小结合水水膜的厚度从而提高土体的抗剪强度。张炳峰等（2012）对饱水黏性土体中弱结合水与应力、亲水性之间关系的研究表明当土体孔隙比达到某一临界值之后，土体中弱结合水才会随着孔隙比的减小而排出。通常认为黏土矿物与水相作用时，形成不同类型的水的顺序是强结合水、弱结合水、毛细水和重力水，也就是说毛细水是介于结合水和重力水之间的。据李生林(1982)所报道的苏联的研究认为结合水和毛细水的形成顺序是有交叉的，而非严格意义上的先后顺序；也就是说，在弱结合水尚未完全形成前，毛细水便已经存在，尤其对于高岭土和伊利石最为明显，并且应将毛细水作为结合水的一种特殊形式。事实上，现有针对结合水对土体固结、渗流、流变、强度等工程力学性质的影响研究的结合水并不只是双电层之内的水，而是包括毛细水在内的吸附水。比如，陈愈炯(2011)就明确地指出：黏土孔隙中结合水很少，不至于引起起始比降，更不会堵塞孔隙和妨碍孔隙压力的传递；结合水膜厚度很小，对黏土渗流特性和沉降量的影响不大。

1.2 土体中水分迁移的研究现状

由于非饱和土中水分迁移的基础性和重要性，其相关研究成果在岩土工程、环境科学、水利工程、土壤学、农业科学和水文学等学科中均有报道，不同学科对非饱和中土水分迁移研究的侧重点不尽相同，本文对非饱和土中水分迁移研究进展的回顾主要是针对岩土工程学科中的相关研究结果。非饱和土中水分迁移的分类见图1-1。

非饱和土中的水分在迁移方向上包括上行蒸发和降水入渗；按水分迁移时，土体温度是否变化，可分为等温条件和非等温条件下的水分迁移；按迁移时水分的存在形态，可以分为液态水迁移和气态水迁移。当土体温度低于0 ℃时，土体中的水分大量地向低温区迁移并结冰从而形成冻土。由于冻土中水分迁移的特殊性以

水分迁移
- 按温度
  - 等温条件
  - 非等温条件(温度低于 0 ℃,形成冻土)
- 按水分形态
  - 气态水迁移(含水量较低)
  - 液态水迁移(含水量较高)
  - 混合态水迁移(含水量适中)
- 按迁移方向
  - 上行蒸发
  - 降水入渗

图 1-1 非饱和土中水分迁移的分类

及冻土在工程力学性质上所表现出的特殊性和复杂性,冻土中的水分迁移问题需要单独探讨,本书主要综述未冻结土体中水分迁移的相关研究进展。

1.2.1 等温条件下的水分迁移

在岩土工程领域中,等温条件下非饱和土水分迁移的研究工作主要体现为对降雨入渗后土体水分场变化以及由水分场的变化而导致的路基、边坡和基坑等工程稳定性的研究。研究方法主要表现为非饱和土水分迁移数学模型的建立,包括经验法和机理法。经验模型的形式通常较为简单,参数通过曲线拟合实际累计入渗量来获得,经验法提供了一种累计入渗量和入渗速率的计算方法,但不能模拟土体内任一点的含水量分布,且其大多是基于土体表面有可利用的常水量这一假设。机理模型的参数具有确定的物理意义,通常包括含水量、渗透系数、扩散率和负压水头等。

Lam 和 Fredlund(1988)建立了饱和-非饱和土体液态水迁移的有限元控制方程,广泛应用于等温条件下液态水迁移问题的求解;王铁行(2008)便利用 Lam 和 Fredlund(1988)所建立的饱和-非饱和土体有限元控制方程模拟不利降雨条件下黄土路堤的入渗过程。Chu 和 Mariño(2005)基于 Green-Ampt 模型提出了可以计算分层土的入渗模型。王铁行等(2003,2005)推导得到气态水迁移引起非饱和土体中含水量变化的非稳态方程，他们对等温条件下非饱和土气态水迁移及液态水迁移的研究结果表明土质、含水量梯度、含水量水平和迁移时间等因素对气态水迁移有显著影响，密度对气态水迁移的影响并不显著。孙冬梅等(2007)建立了求解饱和-非饱和渗流的水气二相流数学模型，并采用积分形式的有限差分法和 Newton-Raphson 迭代方法进行数值求解。李萍等(2013)设计了人工滴水试验以模拟天然降雨，试验结果表明在黄土地区，若无明显入水通道，短期内降雨的入渗深度很难到达地下水位。由降雨入渗所导致的水分场的变化继而对土体工程力学性质的影响也有相关研究成果，如吴宏伟等(1999)和李兆平等(2001)对边坡的极限平衡分析。

目前对于等温条件下的水分迁移问题的研究成果基本上可以满足岩土工程领域的需求。在等温条件下，非饱和土中的水分迁移的主要驱动势能为基质势，然而基质势作用下的非饱和土水分迁移的研究还鲜有报道，致使目前在评价基质势对水分迁移的驱动作用时缺少相关研究成果。

1.2.2 非等温条件下的水分迁移

对于暴露于大气自然环境下的土体来讲，其实际工况往往是处于非等温状态。温度变化会导致土体物理参数发生变化，比如，比热容和导热系数等，从而影响热量传输和水汽传输。尤其当温度的变化足以引起土体中的水分发生相变时，此时水和热的相互影响不可忽略，迁移过程中通常伴随着热量、水流和气流的迁移。非等温条件下的水分迁移也是众多学科共同研究的课题，学科的差异性致使其研究方法和研究目的不尽相同，直观地表现为水热耦合模型的多样性。非等温条件下土体中水分迁移的驱动力为水头梯度和温度梯度，水分的迁移和热量的迁移并非是相互独立的，二者之间是一个很复杂的耦合。

Smith(1943)为水热传输研究的先驱者,20世纪50年代以后,土体中水热传输成了热点研究问题。Philip和De Vries(1957)、Taylor和Cary(1964)基于不可逆热力学提出了线性流动耦合方程;Taylor等(1978)提出了基于不可逆热力学原理来描述土壤水热通量的热力学模型;Aboustit等(1984,1986)针对不同岩土介质提出了不同的固-液-热耦合模型;Sophocleous(1979);Milly(1984);Celia(1990);Chanzy(1993);Wilson(1994)分别提出了不同的水热耦合模型。在上述众多的水热耦合模型中,Philip-De Vries模型是应用最为广泛的水热传输模型。该模型中水分迁移包括液相和气相两部分,热量传递包括热传导和水分相变吸收、释放热量。Cassel等(1969)通过试验验证了Philip-De Vries模型的正确性,并认为Taylor-Cary模型不足以预测试验中所观测到的水分迁移现象。Luikov(1975)分析了经典的Fourier方程和Fick定律的局限性,并基于Heaviside方程和Dirac delta方程推导出了毛细管多孔介质的传热、传质微分方程。Reddy(1987)基于宏观连续介质力学,提出了非饱和多孔介质中有热源存在时热量和物质同时传递的迁移方程,并利用Darcy定律和Darcy-Buckingham定理对连续性和能量方程进行了简化。Bear等(1991)给出了非饱和多孔介质在热边界条件下一维物质、热量迁移模型。Luikov(1996)利用不可逆热力学原理建立了多孔介质中水热耦合偏微分方程以确定势能的分布。Selvadurai(1996)利用Galerkin加权残余法建立了基于Philip-De Vries模型的有限元计算式。Gatmiri(1997)提出的固-液-热耦合模型合理考虑土骨架非线性变形,能较全面地反映固相的非线性,液相的可压缩性和热膨胀性以及热流的传导与对流。Chen等(2005)基于非平衡热力学理论,分析了多孔介质中水热传输机理并推导了控制方程。Heitman等(2008)针对淤泥和沙土两种材料通过改变其边界温度梯度研究其水分场和温度场的重新分布,试验结果与基于Philip-De Vries

的数值计算结果比较吻合。

我国学者对水热耦合的研究起步较晚，陈善雄(1992)利用Philip-De Vries模型通过积分有限差分(IFDM)针对粉砂进行了耦合和非耦合两种计算，计算结果表明在非饱和土中水分迁移和热量传输的耦合作用是明显的。但是该模型不能严格地区分气态水迁移和液态水迁移，相关的试验也未能揭示出在温度梯度作用下气态水的迁移量和液态水的迁移量。王铁行等(2004)通过热导仪对非饱和黄土在温度梯度作用下的水分迁移进行了相关研究，并拟合试验结果得到了综合考虑温度梯度、初始含水量和干密度确定含水量梯度的表达关系式。白冰等(2006)在给出非饱和介质水热传输耦合控制方程的基础上，基于Fourier热传导定律的热能平衡方程对热能传输及水分迁移的基本特征和机制进行了分析，其所提出的数值积分方法可以考虑介质内有热源存在且热源强度不断变化的复杂情形。张玲等(2009)通过对一维土柱一端加热的试验方法研究土壤中温度变化对其水分迁移的影响，并建立了一维水热传输模型，但是该模型不能考虑气态水的迁移且忽略了对流换热的影响。李彦龙和王铁行(2016)开展了非饱和黄土在温度梯度作用下的气态水迁移和液态水迁移试验，确定了温度梯度与液态水迁移量和气态水迁移量之间的对应关系，并建立了综合考虑温度梯度和初始含水量影响的非饱和黄土稳态时含水量梯度的关系式。

综上所述，非饱和土中水热传输已有较多的研究，包括水热模型的建立、试验研究和数值计算等。我国学者在非等温条件水分迁移的研究中，更多表现为试验研究，相关理论研究较少。

1.3 非饱和土中的吸力

1.3.1 吸力量测技术分析

土中的吸力包括基质吸力和渗透吸力。土壤基质是土壤的固相部分，它是一个比表面积很大的多孔体，是水、溶质、气、热在其中保持传导的介质。从广义的角度看，土壤基质不仅表示土壤固相部分，还应该包括多孔介质中的液相和气相。土壤基质一般由三相组成，三相比例是不断变化的，其取决于土壤质地、气象条件、地表植被状况和土壤管理等因素。基质吸力为土中自由水能的毛细部分，也可以理解为是由土壤对水的吸持作用和毛细管作用而引起的。毛细现象使土粒的吸附力在维持很高的负孔隙水压力方面起着重要的作用。其大小等于孔隙气压力 u_a 和孔隙水压力 u_w 之差。基质吸力的大小也可以理解为，将土体单位重量的水从非饱和土中一点移动到标准参考状态，除土壤基质作用外，其他各项维持不变，土壤水所作的功。由于参考状态是自由水，在此过程中土壤水要克服土壤基质的吸持作用，所以土壤水所作的功为负值，因此基质吸力通常为负值。基质吸力的最小值为进气值，即为土壤开始排水的临界吸力值。粗质地的砂土或结构良好的土壤，其进气值一般较小，而细质地的黏土进气吸力相对较大。基质吸力的上限在理论上为无穷大，其实质是土壤最大毛细作用力。对黏性土和砂土而言，基质吸力通常为总吸力的主要组成部分，是控制非饱和土力学性状的关键因素。渗透吸力为土中水自由能溶质部分，也就是溶液中溶质产生的渗透压所吸持水的能力。渗透吸力与孔隙水中的含盐量有很大的关系，无论是饱和土还是非饱和土，渗透吸力对土的体变、渗流和强度均有影响。

总吸力可用式(1-1)表示为

$$\psi = (u_a - u_w) + \pi \tag{1-8}$$

式中 $u_a - u_w$ ——基质吸力；

u_a ——孔隙气压力；

u_w ——孔隙水压力；

π ——渗透吸力。

涉及非饱和土的工程问题，由环境变化所引起的问题占了很大一部分，譬如由于降雨入渗所引起的房屋地基下陷、边坡失稳等。这些不良的工程问题的主要影响因素是基质吸力部分，渗透吸力在此过程中的变化一般不大。基质吸力随含水率的变化要比渗透吸力的变化大得多，基质吸力曲线跟总吸力曲线几乎是重叠的，尤其在高含水率范围内。也就是说，总吸力的变化基本上取决于基质吸力的变化，在涉及非饱和土的大多岩土工程问题中，可以用基质吸力的变化代替总吸力的变化，反过来也可以用总吸力的变化代替基质吸力的变化。不需要考虑渗透吸力的第二个原因是，在进行有关室内试验时，通常已经将现场可能发生渗透吸力的变化模拟在内。譬如，在固结仪内进行体积变化之前，一般将土样浸在蒸馏水里，浸水改变了渗透吸力。当涉及易溶盐和化学物污染的迁移问题时，渗透吸力的变化对土的性状产生的影响可能是很显著的。在这种情况下，必须将渗透吸力看作是应力状态的一部分。因此，研究非饱和土基质吸力的相关性质对非饱和土在强度、固结和渗透等力学性质方面的研究有巨大的作用。总吸力、基质吸力和渗透吸力的量测方法具体如下。

1.3.1.1 总吸力的量测

总吸力的量测可以通过测量土中水的蒸汽压或土中的相对湿度来确定。用湿度计可以直接量测土中的相对湿度，也可以用滤纸间接测量土中的相对湿度。湿度计法不受多孔材料储水特性的影响，可在较短时间内对吸力进行测量，对高吸力的量测具有较高的适用性。湿度计法的测试设备及设备率定都较为复杂，对使用环境要求高，不利于现场量测，而且无法测量对工程具有重要影响的低吸力值。湿度计法是将总吸力与相对湿度联系起来，相对湿度 RH 越大，总吸力越小。Richards(1965)推导出总吸力与孔隙水的部分蒸汽压之间的热动力学关系：

$$\psi = -\frac{RT}{v_{\omega 0}\omega_{v}}\ln\left(\frac{u_{v}}{u_{v0}}\right) \tag{1-9}$$

其中，u_v/u_{v0} 记作相对湿度 $RH(\%)$，选择 20 ℃作为温度基准，其中的常数项为 135 022 kPa，上式可改写为

$$\psi = -135\,022\ln RH \tag{1-10}$$

Richards 表达式之所以把试验条件限定为恒温，是因为该表达式中存在除湿度外的温度变量。当试验条件为恒温时，可以免除其他测试项目，使试验方法得以简化。熊承仁(2005)基于 Young - Laplace 和 Kelvin 表达式，在 Richards 公式基础上推导出了测算基质吸力的表达式：

$$s = -0.461\,479\ T\rho_{w}\ln RH \tag{1-11}$$

孙文静等(2014)用蒸汽平衡法测得高吸力段(3 ~ 287 MPa)高庙子钙基膨润土的土水特性和变形特性，研究结果表明，吸力与饱和度的关系受试样初始孔隙比和孔隙结构影响较大，与应力加载历史无直接关系；孔隙比在脱湿和吸湿过程中的差异会引起体积含水率和饱和度的滞回。

滤纸法最早由 Gardner 于 1937 年提出，遵循热力学平衡原理，当土体 - 滤纸 - 空气间的水气达到平衡时，由滤纸的平衡含水率来反映土体的吸力值。操作时，首先将干滤纸悬置于密封的土表面上，以使蒸汽进入滤纸，测算出平衡时滤纸的含水率，在总吸力与滤纸含水率之间预先标定的关系曲线上，查找并确定滤纸的蒸汽平衡含水率所对应的总吸力。滤纸法可以测量的基质吸力范围非常广泛，精度也满足要求，但是试验结果受到操作者的影响会比较大。王钊等(2003)指出，为了保证滤纸的量测精度，应采用

多张滤纸并使土样与滤纸接触良好，滤纸的称量应在 30 s 内完成，平衡时间应不少于 10 d。唐东旗等(2012)利用滤纸法对非饱和黄土的基质吸力的研究结果表明，基质吸力在含水率较小时的变化较为敏感，滤纸法在操作过程中对空气条件要求较为严格。孙德安(2010)发明了一种用于滤纸法测上吸力的试验装置，该装置不仅可以应用于滤纸法上，还可以应用在饱和盐溶液法中。朱赞成等(2014)通过蒸汽平衡法对进口滤纸和国产滤纸分别在 20 ℃、40 ℃、60 ℃和 80 ℃下的总吸力与滤纸含水率关系的测试结果表明，两种滤纸的持水性均随着温度的升高而降低，并给出了总吸力率定曲线方程。Agus(2005)对比了 4 种实验室测量总吸力的方法，包括非接触式滤纸法、干湿计法、相对湿度传感器法、冷镜湿度计法，并以两种膨润土和砂的混合物作为实验对象，试验结果分析指出，冷镜湿度计测试的结果更加精确。

1.3.1.2 基质吸力的量测

基质吸力的量测通常要用到高进气值多孔陶瓷板。试验时，将多孔陶瓷板抽气饱和，放置于非饱和土与连续水之间，这时在非饱和土和连续水之间就形成了收缩膜。该收缩膜能使非饱和土和水相连通，并传递孔隙水压力，但是该收缩膜不透气。等到两侧孔隙水压力相平衡时，便可由水中的孔隙水压力得到非饱和土中的孔隙水压力，与此同时对土中的孔隙气压力也加以量测土，孔隙水压力和孔隙气压力的差值就是基质吸力。目前常用的张力计法、压力板法、三轴仪法和热导传感器法都是利用多孔陶瓷板的这种特性。

张力计具有响应速度快、操作方便、测量误差小等优点，在实验室测试中使用高吸力张力计可以在保持大气压力的情况下进行吸力测量。张力计在实验室测试和现场测量中有着广泛的应用，与传统的压力板技术相比，张力计可以进行更快的测试。Lourenco(2008)指出，不超过 7 d 便可以通过张力计完成对吸力的测试,而压力板测试则需要长达7周才能完成。Ridley等(1993)研发出了第一个张力计。高吸力张力计可根据多孔介质材料的进气值或结构形式进行分类,表1-1给出了部分常用张力计的主要特性。超过一半的张力计可以在高吸力范围内(最高20 MPa)工作,其余的张力计则在较低吸力范围内(最高500 kPa)工作。张力计的基本元件包括一个小的储水盒,其一侧连接到与土壤接触的高进气值多孔陶瓷板上,另一侧连接到应变计所测量的薄膜上。由于能够直接使用高吸力张力计测量负压,因此可以在大气压力下模拟自然状态对土样进行吸力测量。大多数张力计都是由商用换能器制成的,对这些换能器经过轻微的修改便可提高其在高吸力条件下的响应速率。有些商业传感器封装在不锈钢外壳内并装有可拆卸的多孔陶瓷板。因此,三个独立的部件(传感器、外壳和多孔陶瓷板)组合在一起构成张力计。张力计通过使用一个小体积的储水盒来防止气蚀。该装置气蚀的极限对可测量的吸力施加上限。Tarantino等(2001)和Lourenco(2008)通过张力计分别测得了2.6 MPa和2.1 MPa的吸力。由于张力计直接测量孔隙水压力,与电导热传感器或滤纸法相比,可以避免产生与间接校准曲线相关的测量误差。

表1-1　张力计的特征

来源	进气值(kPa)	量程(kPa)	容水量(mm^3)	设计
Ridley and Burland (1993)	1 500	3 500	—	修正的商业传感器
Guan and Fredlund (1997)	1 500	15 000	~20	修正的商业传感器
Sjoblom (2000)	—	1 380	—	修正的商业传感器

续表 1-1

来源	进气值（kPa）	量程（kPa）	容水量（mm^3）	设计
Tarantino and Mongiovi (2003)	1 500	—	<4.5	应变测量隔膜/单阀体
Mantho (2005)	1 500	—	高 0.1 mm	应变测量隔膜/单阀体
Lourenco et al. (2006)	1 500	2 000	5	陶瓷传感器
Meilani et al. (2002)	500	1 500	—	修正的商业传感器
Ridley et al. (2003)	1 500	8 000	~3	应变测量隔膜
Take and Bolton (2003)	300	700	—	修正的商业传感器
Poirier et al. (2005)	500	1 380	—	修正的商业传感器
Mahler and Diene (2007)	500& 1 500	—	5 ~ 112	修正的商业传感器
Jotisankasa et al. (2007)	500	—	60	修正的商业传感器

注：表中数据引自 Toll 等(2013)的研究成果。

由于相对较小的尺寸，高吸力张力计可以很容易地运输和安装到任何需要吸力测量的设备，如剪切箱、离心机、三轴压力室、固结仪、场地探头或简单地用于密封土壤样品的孔隙水压力测量。高吸力张力计的可靠性和测量范围主要取决于装置内部无任何的残留空气。Take(2003)认为在施加高饱和压力之前，通过真空将空气从设备中去除是非常重要的。在测量高吸力时，限制气泡的产生是非常有必要的，否则空气会进入多孔陶瓷板或者储水盒内产生空化。多孔陶瓷板的饱和通常是通过施加较高的正水压来迫使所有的残余空气溶解在水中，然而目前对于饱和所需要的压力尚未达成共识。Durham 大学采用了以下饱和程序：

(1)真空阶段：将张力计置于饱和容器中，真空施加最少 10 min。

(2)真空阶段注水：真空状态下，打开脱气水管，让其在饱和容器中运行几秒，以确保水在接近 -100 kPa 的压力下与多孔陶瓷板接触。

(3)加压阶段：饱和容器中施加 1 500 kPa 至少 24 h，以获得充足的时间使已使用过且已空化的换能器重新饱和。

Tarantino 和 Mongiovi(2001)对帝国理工学院的张力计进行了一系列广泛的校准，认为空化通常发生在多孔陶瓷板中，而不是在密室中；建议通过压力和空气循环使多孔陶瓷板中的空气排出，以防止空化。Ridley 和 Burland(1999)列出了张力计正常工作的要求：

(1)测量系统内的水和所有表面必须纯净干净。

(2)与水接触的表面必须尽可能光滑，以减少可能含有空化核的裂缝的数量和大小。

(3)系统应通过真空应用进行抽真空，以便最大限度地消除缝隙中滞留的空气。

(4)系统应该预先加压到高压，以便溶解所有剩余的自由空气。

多孔陶瓷板的实际进气值超过制造商所给出的额定值，往往会导致张力计所测量的孔隙水压力远超过其标定的进气值。当张力计与饱和黏土接触时，也可以测量到远超出多孔陶瓷板进气值的负孔隙水压力，这主要是因为黏土包裹了多孔陶瓷板的表面，从而阻碍了空气的进入。在上述情况下，吸力的极限值将由空化值所控制。有不少学者对张力计的温度效应和长期使用效应进行了研究。Toll 等(2013)通过两个张力计开展了一系列独立的降温空化试验(从 20 ℃降到 4 ℃)，研究结果表明，空化所对应的负压力随着温度的降低而逐渐增加。Lourenco(2011)指出,随着温度的降低,在空化前可以测到更大的吸力。Tarantino 和 Mongiovi(2001)观察到,反复性的空化会增大张力计的量程,Durham 大学对张力计长期使用的结果也支持上述观点。Ball(2004)通过使用1个月后的张力计,在空蚀发生时测到了 –1 231 kPa 的最小负水压为。Hidayat(2006)采用相同的张力计对膨润土砂混合料进行了为期1个月的测试,在尚未发生空蚀的情况下可测得大于600 kPa 的吸力;当气蚀发生时测得的最小水压为 –1 537 kPa。可见对张力计的长期使用可以提高测量土样孔隙水压力的量程。

对张力计进行标定是非常有必要的。由于张力计在负压范围内工作,理想的标定方法是对其施加负压值。由于传统的土力学实验室难以在环境中营造出负的水压力,一般在正量程范围内对其进行标定,在负量程范围内通过假定的标定方程进行线性外插。Tarantino 和 Mongiovi(2003)模拟了负压作用下换能器膜片的向外挠曲,对加压后的张力计直接进行了标定;发现线性外插的误差为1.0% ~1.5%,由此表明线性外插的标定方法是可靠的。线性外插法的有效性还可以通过间接施加负压的方法来评价。Ridley 等(1993)、Guan 等(1997)和 Lourenco 等(2008)使用轴平移法和各向同性卸载法对此进行了研究,他们针对吸力已知的土样,通过对比用外推标定方程所修正过的张力计的读数与试验所施加的吸力值以确定外推法的精度。Lourenco 等(2008)通过各向同性卸载法与张力计所测量的高岭土的吸力进行了对比,二者的误差仅为0.81%。Lourenco 等(2008)还将张力计的读数与通过真空法直接施加到张力计上的负压值进行了比较,结果表明在各向同性卸载技术和真空法中,外推法的标定结果是令人满意的,二者的误差分别为0.78%和0.59。轴向平移技术强烈依赖于多孔陶瓷板的性能,因此其最不适用于在负值范围对标定方程进行线性外插。张力计也用于其他试验设备的标定,比如,Tang 等(2010)在考虑温度效应的情况下通过张力计对渗透吸力测量技术进行了校准。

张力计可以测得多孔陶瓷板进气值所对应的吸力(通常为1.5 MPa),值得注意的是 -10^3 MPa 的土水势通常是饱和度为零的土体吸力的上限。在使用张力计时所面临的现实问题是:如何在不发生气蚀的情况下使非饱和土孔隙水中的张力可达到 10^3 MPa。而且实际的土体并不满足 Ridley 和 Burland(1999)所规定的上述要求。后续针对提高张力计量程(提升空化时的吸力)的研究可以从如下几方面考虑:

(1)采用性能更好的多孔介质材料。Sjoblom(2000)报道日本 Kochi 大学制造的一种多孔介质材料可以使吸力的量测值得到大幅提升。

(2)在储层中放置柔性膜以延迟或防止气蚀。Guan(1997)的研究表明,柔性膜会减小气泡生长的空间,从而增加空化时的吸力。

(3)提高所有内部表面与水的亲和性,以避免过早的空化。

轴平移技术是室内量测高基质吸力的基本技术,在高吸力张力计未被使用之前,轴平移技术是直接测量吸力的唯一方法,可用来解决气蚀问题。轴平移技术的原理是基于 Bishop 和 Blight(1963)的试验结果,即在保持吸力不变(可以等幅改变孔隙气压力和孔隙水压力)的情况下做强度试验,不同试验所得到的应力-应变曲线均能彼此吻合,抗剪强度值基本相同。轴平移技术的原理是将负孔隙水压力的基准从标准大气压向上平移到压力室的最终压力,以使量测系统中的水压力不会出现很高的负值,最终避免气蚀。

轴平移技术存在的主要问题如下:

(1)长期试验过程中难以保证水压力量测系统中始终没有气泡。

(2)高进气值材料的进气值和渗透系数之间存在此强彼弱的

矛盾,合适孔径的高进气值材料对试验结果的准确性至关重要。

(3)在野外自然条件下,干燥的土壤会受到负的孔隙水压力,此时土壤中较大的孔隙可能会引起气蚀。

鉴于上述原因,轴平移技术最适用于室内测试。

轴平移技术与张力计具有本质区别,为了防止空化,轴平移通过施加外部空气压力改变土壤水分的能量状态,直到该能量等于测量装置中水的固定能量。与常规大气压作用下的土体相比,在非饱和土上施加外部压力可能会改变其状态,从而改变其力学行为,这也是轴平移技术最大的缺点。Or 和 Tuller(2002)提出了一个生动的力学模型来阐述这种效应,他们揭示了具有大孔隙和小孔隙的双重孔隙介质的排水机制,即空气在外部增高的压力的作用下进入系统中和与高机械张力有关的孔隙水的空化。由于轴平移技术对空化的抑制作用,轴平移技术和张力计会分别产生不同的土水特征曲线。Marinho 等(2006)指出,轴平移技术只适用于水和毛细管都是刚性的情况;只有在这种情况下,增加的空气压力才不会改变空气-水弯液面曲率,测得的 $u_a - u_w$ 值与实际的$u_a - u_w$值才相等。事实上,如果毛细管中同时含有水和空气,水-空气混合物可以看作是一种可变形的液体;在这种情况下,外部空气压力的提高势必会增加了水-气弯液面曲率,从而也会改变 $u_a - u_w$ 的值。Burland 和 Ridley(1966)指出,在使用轴平移技术时应该谨慎,对绝对水压的改变可能会影响空气进入或排出溶液,因此轴平移技术在目前的工作中可能是无效的。这也充分表明轴平移技术的主要限制是为了防止空化而改变了土壤的力学行为,而现场条件并无人为提高空气压力。

压力板仪和非饱和的三轴仪都是轴平移技术的具体应用。压力板装置是轴平移技术的一个特例,它通过增加作用于土体上的外部空气压力来防止气蚀。将土样放在压力室内饱和多孔陶瓷板上,增大压力室内的气压力,使孔隙水压力尽可能接近零值。此时,由室内的气压力即可得到土的基质吸力。McManus 和 Davis (1997)、Mokni 和 Desrues(1999)、Bishop 等(1975)的研究结果清楚地表明,允许气蚀发展也会改变土体的应力-应变行为及其对应的强度(从不排水条件到排水条件)。三轴仪法是将非饱和土样置于三轴压力室内,孔隙水压力由试样底部的多孔陶瓷板测量,孔隙气压力由试样顶部的传感器量测。在加压条件下,可以测得密度变化后所对应的孔隙水压力和孔隙气压力,二者之差即为土中的基质吸力。当基质吸力很大的时候,也可以采用轴平移技术。当负的孔隙水压力超过大气压力时,孔隙水将发生汽化使基质吸力无法测定。这时可以将孔隙气压力提高,使负的孔隙水压力降低到不使孔隙水发生汽化的情况下。然后,测出对应于孔隙气压力提高后的孔隙水压力,再从中减去提高的孔隙气压力,就得到真正的孔隙水压力。

热导传感器法的实质也是采用多孔陶瓷探头。试验时,将探头插进土中,电热元件发出的热量一部分扩散到探头各部位,其大小与探头内的水分多少成正比;另外一部分没有扩散出的热量使陶瓷头升温,由温敏元件测定温升的大小,其结果用输出电压来体现。输出电压与探头含水率为反比关系,由于含水率与基质吸力有着密切的关系,因此就建立了温升-输出电压-基质吸力(含水率)之间的关系。热传导传感器的陶瓷头应该满足下列要求:①孔径大小和分布应能够保证有较大的吸力量测范围;②密封性要好,避免陶瓷探头内的电子元件短路;③探头需要有合适的热功率以使探头周围温度的变化可以忽略,同时也要避免热扩散使周围土体发生变化。查甫生等(2010)指出,基质吸力与电阻率结构参数之间存在良好的抛物线关系,利用这种关系可以通过测量电阻率以预测非饱和土的基质吸力。Albrecht(2003)指出,高分子电容湿度计能够测试一般湿度计所不能测试的含水量更低的土样,其对9种不同类型土样的测试结果表明,电容湿度计能够得到一个更为宽广范围的相对湿度,而且电容传感器没有滞后性和低温敏感性。

在实际工程中为了提高吸力量测的精度,往往需要多种方法相结合。孙德安等(2013)联合应用压力板法、滤纸法和蒸汽平衡法,得到全吸力范围内膨胀土的土水特征曲线。王钊等(2001)分别用张力计、热传导探头和滤纸法在对膨胀土边坡进行了长达3个月的现场吸力量测;研究结果表明,张力计能够直接给出吸力的测量值,精度比较高,其测量结果还可以作为其他方法率定时的依据,但是张力计的探头极容易损坏;热传导探头反应迅速,但是其测量精度受率定条件的限制;滤纸法造价最低,操作简单。

1.3.1.3 渗透吸力的量测

渗透吸力即溶液中溶质产生的渗透压所吸持水的能力,可由下式进行计算:

$$\pi = \xi RTc\varphi \tag{1-12}$$

式中 ξ——溶质可分解的离子数;

R——广义气体常数;

T——绝对温度;

c——溶质的质量摩尔浓度;

φ——渗透吸力系数。

φ对于理想的稀溶液,可取1.0。溶液的种类、浓度、温度等多种因素均会影响渗透吸力系数,计算时可通过式(1-13)计算。

$$\varphi = -\frac{\rho_w}{\zeta c M_w}\ln\left(\frac{p_w}{p_0}\right) \tag{1-13}$$

式中 M_w——水的摩尔质量;

ρ_w——水的密度;

p_w、p_0——孔隙水溶液和纯水的饱和蒸气压。

通过式(1-12)确定吸力是较为复杂的,为此 Pitzer 和 Mayorga (1973,1974)提出含有单价离子的电解质的渗透吸力系数的计算方法。

渗透吸力还可以通过挤液法来量测。挤液法的原理为:导电率与土中水溶解盐的总浓度之间的关系为双对数,土中水溶解盐的总浓度与渗透吸力有关。因此,可以通过土中水溶解盐的总浓度这个中间量,建立导电率与渗透吸力之间的关系。渗透吸力也可以由总吸力减去基质吸力得到。徐永福等(2019)根据膨润土表面分形模型,建立考虑渗透吸力应力影响的修正有效应力公式。毛雪松等(2019)以室内配置硫酸盐渍土作为研究对象,通过滤纸法测定不同含盐量和体积含水率下的硫酸盐渍土的吸力值,并绘制不同含盐量条件下的土水特征曲线和建立渗透吸力与含盐量、体积含水率之间的关系。李晓月等(2018)通过引入 Debye - Huckel 公式,提出含单价离子电解质、2 - 2 型电解质及混合电解质溶液的渗透吸力系数及渗透吸力的计算方法;在此基础上分析了溶剂种类和温度对渗透吸力系数的影响,结果表明,溶剂极性越大,渗透吸力系数越大;温度越高,渗透吸力系数越小。一般情况下,渗透吸力随含水率的变化不大,可以将其视为定值。如果测出了总吸力,那么基质吸力即为总吸力与渗透吸力之差。比如,白福青(2011)利用 NaCl 盐溶液法率定了滤纸的吸湿率定曲线,给出了总吸力率定曲线的双线性拟合方程,并应用滤纸法测试了不同含水率下压实膨胀土的总吸力和基质吸力值;张爱军等(2019)通过滤纸法测量了不同含盐量下伊犁黄土的总吸力与基质吸力,研究结果表明,含盐量对总吸力和渗透吸力影响较大。

1.3.2 土水特征曲线

吸力与含水量之间的关系曲线被称为土水特征曲线(Soil Water Characteristic Curve,简称 SWCC)。土水特征曲线可分为吸湿过程和脱湿过程,土水特征曲线在吸湿过程中和脱湿过程中往往并不重合,该现象被称为土水特征曲线的滞后性。土水特征曲线对预测非饱和土的强度、变形和渗流等及各类岩土工程设计及灾害防治方面都有着至关重要的作用。工程界较为常用的土水特征曲线模型分别有 Brooks – Corey 模型(1964)、van Genuchten 模型(1980)和 Fredlund – Xing 模型(1994)。土水特征曲线中的参数可以分为两类:

(1)与含水量或吸力相关的特征点(饱和含水量、残余含水量和进气压力值等);

(2)两个或两个以上经验性或半经验性拟合常数。

影响土水特征曲线的因素包括温度、应力、干湿循环次数、土性条件(矿物含量、颗粒级配、密度、含水量等)等,学者们往往通过试验获得特定土体的土水特征曲线,并基于已有的土水特征曲线模型拟合出相关参数。比如,李志清等(2006)利用非饱和土三轴仪分析了矿物成分、孔隙结构、土体应力状态、应力历史等因素对膨胀土的土水特征曲线的影响,研究结果表明,土的矿物成分和孔隙结构是影响土水特征曲线的主要因素,并通过土水特征曲线推算非饱和土的渗透系数和抗剪强度参数。王铁行等(2008)测试了不同密度和温度条件下黄土的土水特征曲线,研究结果表明,密度变化引起基质吸力的变化非常显著,温度变化引起基质吸力的变化不显著;在此基础上拟合出了 van Genuchten 模型中的相关参数,使该模型可以考虑密度和温度的影响。陶高梁等(2014)结合压汞技术、核磁共振技术和扫描电镜研究压缩变形条件下土体孔隙孔径分布的变化规律,从而揭示了压缩变形对土水特征曲线的影响机制。汪东林等(2009)采用压力板仪和非饱和土三轴仪研究了击实功、击实含水率、干密度、应力历史和应力状态等因素对重塑黏土土水特征曲线的影响;研究结果表明,上述 5 种因素对土水特征曲线均有影响,但是在高吸力区其影响效应有限。张雪东等(2010)基于毛细管模型和 Childs 统计学假定,研究了孔隙比与土水特征曲线上的关系,在此基础上提出了一种通过两条已知初始孔隙比的土水特征曲线来预测具有任意孔隙比土体的土水特征曲线的方法。蔡国庆等(2010)基于热力学的理论和 van Genuchten 土水特征曲线模型,建立了一个能考虑温度效应的土水特征曲线模型,该模型可综合考虑温度对表面张力和浸润系数的影响。苗强强等(2010)利用非饱和土4联固结仪进行了考虑净竖向压力和净平均应力影响的土水特征曲线研究,研究结果表明,净竖向压力或净平均应力是影响非饱和土土水特征曲线的重要因素,同时拟合了可以反映净竖向压力或净平均应力影响的广义土水特征曲线公式。孙德安(2011)用滤纸法和压力板法量测不同孔隙比情况下膨润土的土水特征曲线,结果表明当在吸力 - 含水量平面中所建立的土水特征曲线在高吸力条件下受孔隙比的影响较小;在吸力 - 饱和度平面中所建立的土水特征曲线随孔隙比的减小向右上方移动。李锦辉(2013)提出了一种能够预测裂隙土在干湿循环过程中土水特征曲线的方法。李萍等(2013)采用张力计法测定了原状黄土的土水特征曲线,并分别对 Gardner、Fredlund - Xing 和 van Genuchten 模型中的相关参数进行了拟合,其中 Fredlund - Xing 模型的拟合效果最佳。张昭(2013)引入"水土体积比"对 van Genuchten 土水特征曲线模型进行改进,使其可以考虑应力引起孔隙比变化。胡冉(2013)建立了一个能够考虑变形特性的土水特征曲线模型,而且该模型还能够描述土水特征曲线的滞回性。张俊然等(2014)对脱湿曲线和吸湿曲线随着干湿循环次数的变化规律进行了总介绍,引入了一个包含干湿循环次数的函数,该函数能够预测多次干湿循环后的土水特征曲线。陶高梁等(2014)基于分形理论提出了一种土水特征曲线拟合分析的分形模型,该模型可描述土体黏粒含量对土水特征曲线影响规律。张季如等(2015)报道土水特征曲线模型对分维数的大小较为敏感,粗粒段分维数的预测结果与实测数据比较吻合。陈东霞等(2014)报道初始含水率对土水特征曲线的影响较小,初始干密度对土水特征曲线有显著影响;不同竖向应力下土水特征曲线变化较大;第 1 次干湿循环对土水特征曲线的影响最大,随着循环次数的增加,滞回环减小并趋于稳定;最后基于 Gardner 模型提出了适合厦门地区残积土的土水特征曲线模型。许旭堂等(2015)利用压力板仪装置开展不同竖向应力、不同干湿循环次数和不同类型原状土的土水特征曲线试验研究,认为 van Genuchten 土水特征曲线模型最适用于闽东南地区原状残积土。刘小文等(2015)利用压力板仪研究了江西红土在不同影响因素(粒径、干密度、含水率、预固结压力、脱湿和吸湿循环及反复脱湿和吸湿循环)影响下的土水特征曲线,并利用试验数据分别对 Brooks - Corey 模型、van Genuchten 模型和 Fredlund - Xing 模型进行了参数拟合。罗启迅等(2014)利用压力仪研究了干密度和竖向应力对土水特征曲线的影响,并拟合了 Fredlund - Xing 三参数模型中的相关参数,土水特征曲线的斜率与竖向应力呈双曲线关系,与干密度呈直线关系。黄启迪(2017)基于热力学与微观结构演化规律,对土水特征曲线与土体变形间的耦合进行了研究。Li 等(2017)在 0.01 ~ 300 kPa 吸力范围内,对具有干缩裂隙的粉质黏土的土水特征曲线进行了测定,并与理论模型预测的土水特征曲线进行了比较。张国萍(2018)比较了 Bayesian 模型比选方法、AIC 识别准则和 BIC 识别准则在土水特征曲线模型比选中的应用,结果表明,它们在选出的最优模型不尽相同。杨钢等(2018)报道相同条件制备的试样,其土水特征曲线之间也会存在差异性,差异性随着基质吸力增大而趋于一致。庄心善(2019)提出了一种用于确定土水特征曲线模型参数的简化方法,并对 Gardner、van Genuchten、Fredlund - Xing 模型中的相关参数进行了拟合。陈仁朋等(2020)通过压力板仪研究了压实度、粉粒含量、最大颗粒粒径对路基煤矸石填料土水特征曲线的影响。

引起滞后的原因比较复杂,可以归结为如下 5 个方面:①墨水瓶效应,即土体孔隙的非均匀分布的几何效应;②毛细冷凝作用,低含水率时的吸湿作用;③残余气体,闭合气体在吸湿过程中形成于封闭孔隙中;④膨胀和收缩作用,改变细粒土在吸湿和脱湿过程中的结构,比如,牛庚等(2019)利用压汞试验测试土样在脱湿过程的孔隙分布,进一步在考虑收缩变形的基础上,基于孔隙分布曲线确定土水特征曲线的基本参数;⑤接触角滞后作用,接触角在吸湿和脱湿过程中具有滞后性,比如,贺炜等(2010)认为接触角在吸湿和脱湿过程中的差异性是引起土水特征曲线之后的主要原因,但是仅从接触角的角度无法揭示滞回圈的形成机制。刘艳等(2008)提出了一个以热力学为基础的土水特征曲线的滞后模型,该模型可考虑与滞后有关的各种效应。黎澄生等(2018)基于非饱和土渗透统计模型,结合 Young - Laplace 方程中基质吸力与孔隙半径的关系,提出了土体脱湿过程中的滞后阻塞模型,该模型对中、细砂土的预测较为准确。Lu(2015)认为墨水瓶效应和接触角滞后作用不能用来解释吸力大于 10 MPa 时的滞后现象;Lu 提出了一个基于结合水滞后理论的概念模型,并通过颗粒表面水化作用与结晶阳离子水化作用来解释滞后效应。

1.3.3 非饱和土渗透系数

渗透系数是土体水分迁移计算时必须用到的基本参数。饱和土的渗透系数通常可以认为是常量,非饱和土的渗透系数则为变量,主要受孔隙比和含水量的影响,其测量比较费时,而且费用很高。为了克服直接测量带来的高成本和其他挑战,可以利用土水特征曲线导出的理论模型来估计非饱和土的渗透函数。有许多模型可以用来从土水特征曲线中得到非饱和渗透率函数。然而,各模型对非饱和渗透函数的估计曲线不同,至今还没有一个统一的模型可以适用于所有类型的土壤。通常将土水特征曲线与流动方程结合起来,推导出非饱和渗透率函数的估计方程。学者们将一个特定的土水特征曲线方程与一个特定的相对渗透系数方程相结合，提出了不同的非饱和渗透率估算模型。然而，使用这些模型所估计的非饱和渗透率函数之间存在显著差异。非饱和渗透率估算模型可分为两类：第一类，宏观模型，包括均匀孔隙模型和平行模型；第二类，统计模型，也称为串并联模型。均匀孔隙模型受限于适用性；平行模型对高吸力条件下的渗透系数会过高地估算，因此引入了弯度的概念以弥补测量值与预测值之间的不匹配；串并联模型通过引入“切割与再连接”的概念，解释了孔隙尺寸在流动方向上的随机分布。这些模型可能会低估高吸力条件下的相对渗透率，但这些模型加理论化，而且由于所需的经验因素较少，适用性较强。叶为民(2005)根据 Fredlund 所提出的渗透模型对上海非饱和软土的渗透系数进行了预测，研究结果表明，非饱和软土渗透系数随吸力的变化呈现非线性变化。刘晓东等(2012)基于城市固体废弃物的土水特征曲线研究了其非饱和渗透系数，结果表明，在双对数坐标系下，气相和液相非饱和渗透系数和吸力均为线性关系。李萍等(2013)通过 Childs & Collis - Geroge 模型对非饱和黄土渗透系数的研究结果表明，非饱和黄土的渗透系数从饱和到非饱和急剧降低，非饱和渗透系数与基质吸力之间的关系可用指数函数表示。宁英成等(2014)采用非饱和土土水特性曲线与渗透系数联合测量仪，研究了非饱和黄土和硅微粉的渗透性能，研究结果表明，非饱和土的渗透系数是基质吸力函数，二者为非线性关系。Arezoo(2015)将现有土水特征曲线(van Genuchten 模型包括一般形式和极限形式、Fredlund - Xing 三参数和四参数模型)和相对渗透率方程(Childs - Collis - George 模型、Burdine 模型、Mualem 模型)相结合，建立了非饱和渗透率估算模型矩阵。

参考文献

[1] 杨明,余飞.膨胀土路基毛细水上升规律及处置技术[J].中国公路学报,2009,22(3):26-30.

[2] 陈守义.考虑入渗和蒸发影响的土坡稳定性分析方法[J].岩土力学,1997,18(2):8-12.

[3] 张建兴,马孝义,赵文举,等.黄土高原地区水资源承载力动态变化分析[J].干旱区研究,2009,26(1):115-119.

[4] 邵薇薇,杨大文,孙福宝,等.黄土高原地区植被与水循环的关系[J].清华大学学报(自然科学版),2009,49(12):1958-1962.

[5] 谢定义,姚仰平,党发宁.高等土力学[M].北京:高等教育出版社,2008.

[6] 雷志栋,杨诗秀,谢森传.土壤水动力学[M].北京:清华大学出版社,1988.

[7] 钱家欢,殷宗泽.土工原理与计算[M].2版.北京:中国水利水电出版社,1996.

[8] 李广信.高等土力学[M].北京:清华大学出版社,2004.

[9] 李广信,张丙印,于玉贞.土力学[M].2版.北京:清华大学出版社,2013.

[10] 万洪文,詹正坤.物理化学[M].北京:高等教育出版社,2002.

[11] 邵明安,王全九,黄明斌.土壤物理学[M].北京:高等教育出版社,2006.

[12] 吴凤彩.粘性土的吸附结合水测量和渗流的某些特点[J].岩土工程学报,1984,6(6):84-92.

[13] 李生林,薄遵昭.土中结合水译文集[M].北京:地质出版社,1982.

[14] Wang Y,Lu S,Ren T,et al. Bound water content of air-dry soils measured by thermal analysis[J]. Soil Science Society of America Journal,2011,75(2):481-487.

[15] Eisenberg D S,Kauzmann W. The structure and properties of water[M]. Oxford:Clarendon Press,2005.

[16] 何俊,肖树芳.结合水对海积软土流变性质的影响[J].吉林大学学报(地球科学版),2003,33(2):204-207.

[17] 袁建滨.粘土中结合水特性及其测试方法研究[D].广州:华南理工大学,2012.

[18] 吴谦.软粘土的结合水对其次固结和长期强度的影响及机理研究[D].长春:吉林大学,2015.

[19] 张中华,李萍,李同录.黄土结合水含量及其与物理指标的关系研究[C]//中国地质学会工程地质专业委员会2016年全国工程地质学术年会论文集.北京:中国地质学会工程地质专业委员会,2016.

[20] 田慧会,韦昌富.基于核磁共振技术的土体吸附水含量测试与分析[J].中国科学:技术科学,2014,44(3):295-305.

[21] Baker R, Frydman S. Unsaturated soil mechanics critical review of physical foundations[J]. Engineering Geology,2009,106:26-39.

[22] 刘勇健,陈浩然,彭建文,等.冲击荷载下软土的动力响应及结合水变化试验研究[J].地下空间与工程学报,2017,13(2):322-329.

[23] 谢刚,邓明毅,张龙.黏土结合水的热分析定量研究方法[J].钻井液与完井液,2013,30(6):1-4.

[24] 王平全.黏土表面结合水定量分析及水合机制研究[D].成都:西南石油大学,2001.

[25] 刘清秉,项伟,崔德山.离子土固化剂对膨胀土结合水影响机制研究[J].岩土工程学报,2012,34(10):1887-1895.

[26] 王铁行,李彦龙,苏立君.黄土表面吸附结合水的类型和界限划分[J].岩土工程学报,2014,36(5):942-948.

[27] Li Yanlong, Wang Tiehang, Su Lijun. Determination of bound water content of loess soil by isothermal adsorption and thermogravimetric analysis[J]. Soil Science,2015,180(3):90-96.

[28] 邵玉娴,施斌,刘春,等.黏性土水理性质温度效应研究[J].岩土工程学报,2011,33(10):1576-1582.

[29] 李生林.苏联对土中结合水研究的某些进展[J].水文地质工程地质,1982,5:52-55.

[30] Robinson D A, Cooper J D, Gardner C M K. Modelling the relative

permittivity of soils using soil hygroscopic water content[J]. Journal of Hydrology,2002,255:39-49.

[31] Moiseev K G. Determination of the specific soil surface area from the hygroscopic water content[J]. Eurasian Soil Science,2008,41:744-748.

[32] Gardner C M K,Robinson D,Blyth K,et al. Soil water content[C]//In:Soil and Environmental Analysis:Physical Methods. Smith K A,Mullins C E. (eds.). Marcel Dekker,New York,2001.

[33] Mitchell J K,Soga K. Fundamentals of soil behavior[M]. Hoboken:John Wiley & Sons,2005.

[34] Lambe T W. The structure of compacted clay[J]. Soil Mechanics and Foundation Engineering ASCE,1960,125:682-706.

[35] Yong R T, Taylor L O, Warkentin B P. Swelling pressures of sodium montmorillonite at depressed temperature[C]//In:Proceeding of the 11th National Conference on Clays and Clay Minerals. Ottawa,1962.

[36] Morin R,Silva A J. The effects of high pressure and high temperature on some physical properties of ocean sediments[J]. Journal of Geophysical Research,1984,89:511-526.

[37] Mitchell J K. Fundamentals of Soil Behavior[M]. New York:John Wiley,1993.

[38] 唐大雄,刘佑荣,张文殊,等.工程岩土学[M].北京:地质出版社,1999.

[39] 谷任国,房营光.矿物成分对软黏土流变性质影响的试验研究[J].岩土力学,2007,28(12):2681-2686.

[40] 袁杰.流变相物质对软土流变特性影响试验与分析[D].广州:华南理工大学,2014.

[41] 王旭东,肖树芳.天津海积软土结合水固结分析[J].工程地质学报,2002,10(4):390-394.

[42] 孟庆山,汪稔,王吉利.动力排水固结法处理软土地基孔压和变形问题研究[J].岩石力学与工程学报,2003,22(10):1738-1741.

[43] 项伟,崔德山,刘莉.离子土固化剂加固滑坡滑带土的试验研究[J].地球科学(中国地质大学学报),2007,32(3):397-402.

[44] 张炳峰,赵坚,陶月赞.饱水黏性土释水响应压力规律研究[J].岩石力

学与工程学报,2012,31(Z1):3203-3208.

[45] 陈愈炯.有效应力原理对饱和黏土的适用性[J].岩土工程学报,2011,33(6):985-988.

[46] 王铁行,胡长顺.多年冻土地区路基温度场和水分迁移场耦合问题研究[J].土木工程学报,2003,36(12):93-97.

[47] 赵刚,陶夏新,刘兵.原状土冻融过程中水分迁移试验研究[J].岩土工程学报,2009,12:1952-1957.

[48] Dashtaki S G, Homaee M, Mahdian M H, et al. Site-dependence performance of infiltration models[J]. Water Resources Management, 2009, 23(13): 2777-2790.

[49] 杨德军,张土桥,张科峰.土壤水动力学模型及在SPAC系统建模中的应用[M].杭州:浙江大学出版社,2011.

[50] Fredlund D G, Rahardjo H. Soil mechanics for unsaturated soils[M].陈仲颐,张在明,陈愈炯,等译.北京:中国建筑工业出版社,1997.

[51] Lam L, Fredlund D G, Barbour S L. Transient seepage model for saturated-unsaturated soil system: A geotechnical engineering approach[J]. Canadian Geotechnical Journal, 1988, 24(4):565-580.

[52] 王铁行.非饱和黄土路基水分场的数值分析[J].岩土工程学报,2008,30(1):41-45.

[53] Chu X, Mariño M A. Determination of ponding condition and infiltration into layered soils under unsteady rainfall[J]. Journal of Hydrology, 2005, 313(3):195-207.

[54] 王铁行,赵树德.非饱和土体气态水迁移引起的含水量变化方程[J].中国公路学报,2003,16(2):18-21.

[55] 王铁行,贺再球,赵树德,等.非饱和土体气态水迁移试验研究[J].岩石力学与工程学报,2005,24(18):3271-3275.

[56] 孙冬梅,朱岳明,张明进.降雨入渗过程的水-气二相流模型研究[J].水利学报,2007,38(2):150-156.

[57] 李萍,李同录,王阿丹,等.黄土中水分迁移规律现场试验研究[J].岩土力学,2013,34(5):1331-1339.

[58] 吴宏伟,陈守义.雨水入渗非饱和土坡稳定性影响的参数研究[J].岩

土力学,1999,20(1):1-14.

[59] 李兆平,张弥.考虑降雨入渗影响的非饱和土边坡瞬态安全系数研究[J].土木工程学报,2001,34(5):57-61.

[60] 王铁行,刘自成,卢靖.黄土导热系数和比热容的实验研究[J].岩土力学,2007,28(4):655-658.

[61] 许模,王迪,蒋良文,等.岩土体导热系数研究进展[J].地球科学与环境学报,2012,33(4):421-427.

[62] Smith W O. Thermal transfer of moisture in soils[J]. Transactions American Geophysical Union,1943,24:511-523.

[63] Philip J R, De Vries D A. Moisture movement in porous materials under temperature gradient[J]. Transactions American Geophysical Union,1957,38(2):222-232.

[64] Taylor S A, Cary J W. Linear equations for the simultaneous flow of matter and energy in a continuous soil system[J]. Soil Science Society of America Journal,1964,28(2):167-172.

[65] Taylor G S, Luthin J N. A model for coupled heat and moisture transfer during soil freezing[J]. Canadian Geotechnical Journal,1978,15(4):548-555.

[66] Noorishad J, Tsang C F, Witherspoon P A. Coupled thermal-hydraulic-mechanical phenomena in saturated fractured porous rocks: Numerical approach[J]. Journal of Geophysical Research: Solid Earth (1978-2012), 1984,89(B12):10365-10373.

[67] Mc Tigue D F. Thermoelastic response of fluid-saturated porous rock[J]. Journal of Geophysical Research: Solid Earth (1978-2012),1986,91(B9): 9533-9542.

[68] Sophocleous M A. Analysis of water and heat flow in unsaturated-saturated porous media[J]. Water Resources Research,1979,15(5):1195-1206.

[69] Milly P C D. A simulation analysis of thermal effects on evaporation from soil[J]. Water Resources Research,1984,20(8):1087-1098.

[70] Celia M A, Boulotas E T, Zarba R. A general mass conservative numerical solution for the unsaturated flow equation[J]. Water Resources Research,

1990,26(7):1483-1496.

[71] Chanzy A, Bruckler L. Signification of soil surface moisture with respect to daily bare soil evaporation[J]. Water Resources Research, 1993, 29(4): 1113-1125.

[72] Wilson G W, Fredlund D G, Barbour S L. Coupled soil-atmosphere modeling for soil evaporation[J]. Canadian Geotechnical Journal, 1994, 31(2): 151-161.

[73] Cassel D K, Nielsen D R, Biggar J W. Soil water movement in response to imposed temperature gradients[J]. Soil Science Society of America Journal, 1969, 33(4): 493-500.

[74] Luikov A V. Systems of differential equations of heat and mass transfer in capillary-porous bodies[J]. International Journal of Heat and Mass Transfer, 1975, 18(1): 1-14.

[75] Reddy G B. Macroscopic continuum analysis of simultaneous heat and mass transfer in unsaturated porous materials containing a heat source[J]. International Communications in Heat and Mass Transfer, 1987, 14(3): 251-263.

[76] Bear J, Bensabat J. Heat and mass transfer in unsaturated porous media at a hot boundary: I. One-dimension alanalytical model[J]. Transport in Porous Media, 1991, 6(2): 281-298.

[77] Luikov A V. Heat and mass transfer in capillary porous bodies[M]. Oxford: Pergamon Press, 1996.

[78] Selvadurai A P S. Heat-induced moisture movement in a clay barrier II. Computational modelling and comparison with experimental results[J]. Engineering Geology, 1996, 41(1): 219-238.

[79] Gatmiri B, Delage P. A formulation of fully coupled thermal hydraulic mechanical behavior of saturated porous media-numerical approach[J]. International Journal for Numerical and Analytical Methods in Geomechanics, 1997, 21(3): 199-225.

[80] Chen Z Q, Shi M H. Study of heat and moisture migration properties in porous building materials[J]. Applied Thermal Engineering, 2005, 25(1):

61-71.

[81] Heitman J L, Horton R, Ren T, et al. A test of coupled soil heat and water transfer prediction under transient boundary temperatures[J]. Soil Science Society of America Journal, 2008, 72(5): 1197-1207.

[82] 陈善雄,陈守义. 非饱和土热湿耦合传输问题的数值解:理论及一维问题的解[J]. 岩土力学,1992,13(1):39-50.

[83] 王铁行,陆海红. 温度影响下的非饱和黄土水分迁移问题探讨[J]. 岩土力学,2004,25(7):1081-1084.

[84] 白冰,刘大鹏. 非饱和介质中热能传输及水分迁移的数值积分解[J]. 岩土力学,2006,27(12):2085-2089.

[85] 张玲,陈光明,黄奕沄. 土壤一维热湿传递实验研究与数值模拟[J]. 浙江大学学报(工学版),2009,43(4):771-776.

[86] 李彦龙,王铁行. 温度梯度作用下非饱和黄土水分迁移研究[J]. 岩土力学,2016,37(10):2839-2844.

[87] 汪龙,方祥位,孙发鑫,等. 膨润土-砂混合型缓冲/回填材料土-水特征曲线研究[J]. 岩土力学,2013,34(8):2264-2270.

[88] 欧传景,韦昌富,颜荣涛,等. 高吸力下广西重塑红黏土吸力与含水率关系试验研究[J]. 岩土工程学报,2015,37(S2):32-36.

[89] 徐捷,王钊,李未显. 非饱和土的吸力量测技术[J]. 岩石力学与工程学报,2000,19(S1):905-909.

[90] 孙文静,孙德安,刘仕卿,等. 高吸力下高庙子钙基膨润土的土水-力学特性[J]. 岩土工程学报,2014,36(2):346-353.

[91] 白福青,刘斯宏,袁骄. 滤纸法测定南阳中膨胀土土水特征曲线试验研究[J]. 岩土工程学报,2011,33(6):928-933.

[92] 白福青,刘斯宏,袁骄. 滤纸总吸力吸湿曲线的率定试验[J]. 岩土力学,2011,32(8):2336-2340.

[93] 程金茹,沈珍瑶,李满喜. 滤纸吸力率定曲线的研究[J]. 岩土力学,2002,23(6):800-802.

[94] 郝康宁. 非饱和网纹红土土-水特征曲线的研究[D]. 中南大学,2014.

[95] 王钊,杨金鑫,况娟娟,等. 滤纸法在现场基质吸力量测中的应用[J]. 岩土工程学报,2003,25(4):405-408.

[96] 唐东旗,彭建兵,孙伟青.非饱和黄土基质吸力的滤纸法测试[J].煤田地质与勘探,2012,40(5):37-41.

[97] 孙德安.滤纸法测王吸力的试验装置,中国,G01N13/00[P].2010-07-15.

[98] 朱赞成,孙德安,田进.高吸力高温度下 2 种滤纸率定曲线及其应用[J].岩土工程学报,2014,36(6):1020-1027.

[99] Agus S S, Schanz T. Comparison of Four Methods for Measuring Total Suction[J]. Vadose Zone Journal,2005,4(4):1087.

[100] Lourenco S D N, Gallipoli D, Toll D G, et al. Calibrations of a high suction tensiometer[J]. Géotechnique,2008,58(8):659-668.

[101] Ridley A M, Burland J B. A new instrument for the measurement of soil moisture suction[J]. Géotechnique,1993,43(2):321-324.

[102] Tarantino A, Mongiovì L. Experimental procedures and cavitation mechanisms in tensiometer measurements[M]//Unsaturated Soil Concepts and Their Application in Geotechnical Practice. Springer, Dordrecht,2001.

[103] Toll D G, Lourenco S D N, Mendes J. Advances in suction measurements using high suction tensiometers[J]. Engineering Geology,2013,165:29-37.

[104] Chiu C F, Cui Y J, Delage P, et al. Lessons learnt from suction monitoring during centrifuge modeling [C] // Proceedings of the international symposium on advanced experimental unsaturated soils mechanics EXPERUS, Trento, Balkema. 2005.

[105] Caruso M, Tarantino A. A shearbox for testing unsaturated soils at medium to high degrees of saturation[J]. Géotechnique,2004,54(4):281-284.

[106] Le T T, Cui Y J, Munoz J J, et al. Studying the hydraulic and mechanical coupling in Boom clay using an oedometer equipped with a high capacity tensiometer[J]. Frontier of Architecture and Civil Engineering in China, 2011,5(2):160-170.

[107] Cui Y J, Tang A M, Mantho A T, et al. Monitoring field soil suction using a miniature tensiometer[J]. Geotechnical Testing Journal,2007,31(1):95-100.

[108] Teixeira P F, Marinho F A M. Determination of the soil water retention curve by means of high capacity tensiometers [C] // XIII Congresso

Brasileiro de Mecânica dos Solos e Engenharia Geotécnica. 2006.

[109] Take W A, Bolton M D. Tensiometer saturation and the reliable measurement of soil suction[J]. Géotechnique, 2003, 53(2): 159-172.

[110] Ridley A M, Burland J B. Use of the tensile strength of water for the direct measurement of high soil suction: discussion[J]. Canadian Geotechnical Journal, 1999, 36(1): 178-180.

[111] Lourenco S D N, Gallipoli D, Toll D G, et al. A new procedure for the determination of soil-water retention curves by continuous drying using high-suction tensiometers[J]. Canadian geotechnical journal, 2011, 48(2): 327-335.

[112] Jotisankasa A. Collapse behaviour of a compacted silty clay[D]. University of London, 2005.

[113] Ball R. A design for the use of miniature tensiometers in the field[D]. MSc. Dissertation, School of Engineering and Computing Sciences, Durham University, 2004.

[114] Hidayat S D. Comparison of different experimental techniques for suction measurement within the MUSE network[D]. MSc. Dissertation, School of Engineering and Computing Sciences, Durham University, 2006.

[115] Sjoblom K J. The mechanisms involved during the desaturation process of a porous matrix[D]. Massachusetts Institute of Technology, 2000.

[116] Meilani I, Rahardjo H, Leong E C, et al. Mini suction probe for matric suction measurements[J]. Canadian Geotechnical Journal, 2002, 39(6): 1427-1432.

[117] Tarantino A, Mongiovi L. Calibratoin of tensiometer for direct measurement of matric suction[J]. Géotechnique, 2003, 53(1).

[118] Ridley A M, Burland J B. A new instrument for the measurement of soil moisture suction[J]. Géotechnique, 1993, 43(2): 321-324.

[119] Guan Y, Fredlund D G. Use of the tensile strength of water for the direct measurement of high soil suction[J]. Canadian Geotechnical Journal, 1997, 34(4): 604-614.

[120] Tang A M, Cui Y J, Qian L X, et al. Calibration of the osmotic technique of

controlling suction with respect to temperature using a miniature tensiometer[J]. Canadian Geotechnical Journal,2010,47(3):359-365.

[121] Vanapalli S K,Fredlund D G. Interpretation of undrained shear strength of unsaturated soils in terms of stress state variables[C]//Proc. 3rd Brazilian Symp. on Unsaturated Soils,Rio de Janeiro. 1997.

[122] Sjoblom K J. The mechanisms involved during the desaturation process of a porous matrix[D]. Massachusetts Institute of Technology,2000.

[123] Guan Y,Fredlund D G. Use of the tensile strength of water for the direct measurement of high soil suction[J]. Canadian Geotechnical Journal, 1997,34(4):604-614.

[124] Or D, Tuller M. Cavitation during desaturation of porous media under tension[J]. Water Resources Research,2002,38(5):(19-1)-(19-14).

[125] Monroy R. The influence of load and suction changes on the volumetric behaviour of compacted London Clay[D]. Imperial College London (University of London),2006.

[126] Burland J B,Ridley A. The importance of suction in soil mechanics. State of the art lecture[C]//Twelfth Southeast Asian geotechnical conference, Kuala Lumpur,1966:27-49.

[127] 王协群,邹维列,骆以道,等.压实度与级配对路基重塑黏土土-水特征曲线的影响[J].岩土力学,2011,32(S1):181-184.

[128] 赵宝平,李晓云,郭建平,等.基于体积压力板仪及压力膜仪法的土水特征曲线研究[J].科技信息,2010(17):29,34-35.

[129] McManus K J,Davis R O. Dilation-induced pore fluid cavitation in sands [J]. Géotechnique,1997,47(1):173-177.

[130] Mokni M,Desrues J. Strain localization measurements in undrained plane-strain biaxial tests on Hostun RF sand[J]. Mechanics of Cohesive-frictional Materials: An International Journal on Experiments, Modelling and Computation of Materials and Structures,1999,4(4):419-441.

[131] Bishop A W, Kumapley N K, El-Ruwayih A. The influence of pore-water tension on the strength of clay[J]. Philosophical Transactions of the Royal Society of London. Series A, Mathematical and Physical Sciences, 1975,

278(1286):511-554.
[132] 查甫生,刘松玉,杜延军,等.基于电阻率的非饱和土基质吸力预测[J].岩土力学,2010,31(3):1003-1008.
[133] Albrecht B A,Benson C H,Beuermann S. Polymer Capacitance Sensors for Measuring Soil Gas Humidity in Drier Soils[J]. Geotechnical Testing Journal,2003,26(1):3-11.
[134] 孟德林,孙德安,刘月妙.高庙子膨润土与砂混合物的土-水特征曲线[J].岩土力学,2012,33(2):509-514.
[135] 张虎元,张明,崔素丽,等.混合型缓冲回填材料土水特征曲线测试与修正[J].岩石力学与工程学报,2011,30(2):382-390.
[136] 蒋坤,丁文其,陈宝,等.郑开下穿越工程非饱和土土-水特征曲线室内试验研究[J].岩土力学,2009,30(4):1078-1082.
[137] 孙德安,张谨绎,宋国森.氯盐渍土土-水特征曲线的试验研究[J].岩土力学,2013,34(4):955-960.
[138] 孙德安,孟德林,孙文静,等.两种膨润土的土-水特征曲线[J].岩土力学,2011,32(4):973-978.
[139] 孙德安,刘文捷,吕海波.桂林红黏土的土-水特征曲线[J].岩土力学,2014,35(12):3345-3351.
[140] 龚壁卫,宋建平,周武华.非饱和土的吸力测试与现场观测技术[J].地下空间与工程学报,2006,2(6):1019-1024.
[141] 孙德安,张俊然,吕海波.全吸力范围南阳膨胀土的土-水特征曲线[J].岩土力学,2013,34(7):1839-1846.
[142] 王钊,龚壁卫,包承纲.鄂北膨胀土坡基质吸力的量测[J].岩土工程学报,2001,23(1):64-67.
[143] Pitzer K S,Mayorga G. Thermodynamics of electrolytes. III. Activity and osmotic coefficients for 2-2 electrolytes[J]. Journal of Solution Chemistry,1974,3(7):539-546.
[144] Pitzer K S,Mayorga G. Thermodynamics of electrolytes. II. activity and osmotic coefficients for strong electrolytes with one or both ions univalent[J]. Pitzer,1973,77(19):2300-2308.
[145] 徐永福.考虑渗透吸力影响膨润土的修正有效应力及其验证[J].岩

土工程学报,2019,41(4):631-638.

[146] 毛雪松,张腾达,刘飞飞,等. 基于土水特征曲线硫酸盐渍土渗透吸力试验研究[J]. 西安建筑科技大学学报(自然科学版),2019,51(1):27-31,38.

[147] 李晓月,徐永福. 盐溶液的渗透吸力计算方法[J]. 地质力学学报,2018,24(5):723-729.

[148] 白福青,刘斯宏,袁骄. 滤纸法测定南阳中膨胀土土水特征曲线试验研究[J]. 岩土工程学报,2011,33(6):928-933.

[149] 张爱军,王毓国,邢义川,等. 伊犁黄土总吸力和基质吸力土水特征曲线拟合模型[J]. 岩土工程学报,2019,41(6):1040-1049.

[150] 林鸿州,于玉贞,李广信,等. 土水特征曲线在滑坡预测中的应用性探讨[J]. 岩石力学与工程学报,2009,28(12):2569-2576.

[151] 王世梅,刘德富,谈云志,等. 某滑坡土体土－水特征曲线试验研究[J]. 岩土力学,2008,29(10):2651-2654.

[152] Brooks R,Corey T. HYDRAU uc properties of porous media[J]. Hydrology Papers,Colorado State University,1964,24:37.

[153] Genuchten V,Th. M. A Closed-form Equation for Predicting the Hydraulic Conductivity of Unsaturated Soils1[J]. Soil Science Society of America Journal,1980,44(5):892.

[154] Fredlund D G,Xing A. Equations for the soil-water characteristic curve[J]. Canadian Geotechnical Journal,1994,31(4):521-532.

[155] Lu N,Likos W J. Unsaturated soil mechanics[M]. 韦昌富,候龙,简文星,译. 北京:高等教育出版社,2012.

[156] 谭晓慧,余伟,沈梦芬,等. 土－水特征曲线的试验研究及曲线拟合[J]. 岩土力学,2013,34(S2):51-56.

[157] 方祥位,陈正汉,申春妮,等. 剪切对非饱和土土－水特征曲线影响的探讨[J]. 岩土力学,2004,25(9):1451-1454.

[158] 卢应发,陈高峰,罗先启,等. 土－水特征曲线及其相关性研究[J]. 岩土力学,2008,29(9):2481-2486.

[159] 赵天宇,王锦芳. 考虑密度与干湿循环影响的黄土土水特征曲线[J]. 中南大学学报(自然科学版),2012,43(6):2445-2453.

[160] 杨钢,杨庆.土-水特征曲线测定过程中潜在影响因素与异常现象研究[J].岩土力学,2014,35(2):397-406.

[161] 刘奉银,张昭,周冬,等.密度和干湿循环对黄土土-水特征曲线的影响[J].岩土力学,2011,32(S2):132-136,142.

[162] Taha O M E, Taha M R. Soil-water characteristic curves and hydraulic conductivity of nanomaterial-soil-bentonite mixtures[J]. Arabian Journal of Geosciences,2016,9(1):12.

[163] 朱赞成,孙德安,王小岗,等.基于膨润土微观结构确定土水特征曲线的残余含水率[J].岩土工程学报,2015,37(7):1211-1217.

[164] 郭利娜,胡斌,宋友建,等.土-水特征曲线预测非饱和土的抗剪强度对比研究[J].工程地质学报,2013,21(6):849-856.

[165] 刘朋飞,殷跃平,李滨,等.非饱和黄土干湿循环土水特征曲线试验及渗透系数预测[J].中国地质灾害与防治学报,2015,26(4):125-129.

[166] Sun D A, Sheng D C, Cui H B, et al. A density - dependent elastoplastic hydro-mechanical model for unsaturated compacted soils[J]. International journal for numerical and analytical methods in geomechanics,2007,31(11):1257-1279.

[167] Ng C W W, Pang Y W. Influence of stress state on soil-water characteristics and slope stability[J]. Journal of geotechnical and geoenvironmental engineering,2000,126(2):157-166.

[168] 李志清,胡瑞林,王立朝,等.非饱和膨胀土 SWCC 研究[J].岩土力学,2006,27(5):730-734.

[169] 王铁行,卢靖,岳彩坤.考虑温度和密度影响的非饱和黄土土-水特征曲线研究[J].岩土力学,2008,29(1):1-5.

[170] 陶高梁,张季如,庄心善,等.压缩变形影响下的土-水特征曲线及其简化表征方法[J].水利学报,2014,45(10):1239-1246.

[171] 汪东林,栾茂田,杨庆.重塑非饱和黏土的土-水特征曲线及其影响因素研究[J].岩土力学,2009,30(3):751-756.

[172] 张雪东,赵成刚,蔡国庆,等.土体密实状态对土-水特征曲线影响规律研究[J].岩土力学,2010,31(5):1463-1468.

[173] 蔡国庆,赵成刚,刘艳.非饱和土土-水特征曲线的温度效应[J].岩

土力学,2010,31(4):1055-1060.

[174] 苗强强,张磊,陈正汉,等.非饱和含黏砂土的广义土-水特征曲线试验研究[J].岩土力学,2010,31(1):102-106,112.

[175] 李锦辉,郭凌波,张利民.考虑裂隙动态变化时裂隙土土水特征曲线的预测方法研究[J].岩石力学与工程学报,2013,32(6):1288-1296.

[176] 李萍,李同录,王红,等.非饱和黄土土-水特征曲线与渗透系数 Childs & Collis-Geroge 模型预测[J].岩土力学,2013,34(S2):184-189.

[177] 张昭,刘奉银,赵旭光,等.考虑应力引起孔隙比变化的土水特征曲线模型[J].水利学报,2013,44(5):578-585.

[178] 胡冉,陈益峰,周创兵.基于孔隙分布的变形土土水特征曲线模型[J].岩土工程学报,2013,35(8):1451-1462.

[179] 张俊然,许强,孙德安.多次干湿循环后土-水特征曲线的模拟[J].岩土力学,2014,35(3):689-695.

[180] 陶高梁,张季如,庄心善,等.描述黏粒含量对土-水特征曲线影响规律的分形模型[J].水利学报,2014,45(4):490-496.

[181] 陶高梁,孔令伟,肖衡林,等.土-水特征曲线的分形特性及其分析拟合[J].岩土力学,2014,35(9):2443-2447.

[182] 张季如,胡泳,余红玲,等.黏性土粒径分布的多重分形特性及土-水特征曲线的预测研究[J].水利学报,2015,46(6):650-657.

[183] 陈东霞,龚晓南.非饱和残积土的土-水特征曲线试验及模拟[J].岩土力学,2014,35(7):1885-1891.

[184] 许旭堂,简文彬.非饱和原状残积土土水特征曲线研究[J].工程地质学报,2015,23(4):668-674.

[185] 刘小文,叶云雪.不同影响因素下非饱和红土土-水特征曲线的试验研究[J].水文地质工程地质,2015,42(2):97-104.

[186] 罗启迅,黄靖,陈群.竖向应力及干密度对砾石土土-水特征曲线的影响研究[J].岩土力学,2014,35(3):729-734,743.

[187] 黄启迪.基于热力学与微观结构演化规律的非饱和土土水特征曲线模型[D].北京交通大学,2017.

[188] Li J H, Lu Z, Guo L B, et al. Experimental study on soil-water characteristic curve for silty clay with desiccation cracks[J]. Engineering

geology,2017,218:70-76.

[189] 张国萍,王林,曹子君,等.考虑不确定性的土水特征曲线模型确定方法比较研究[J].自然灾害学报,2018,27(4):151-158.

[190] 杨钢,杨庆,李昊刚.平行试样土水特征曲线及其力学性质的试验研究[J].岩土工程学报,2018,40(S1):224-228,72.

[191] 庄心善,彭伟珂.不同干密度下土水特征曲线模型参数确定简化方法[J].长江科学院院报,2019,36(3):64-67,73.

[192] 陈仁朋,王朋飞,刘鹏,等.路基煤矸石填料土水特征曲线试验研究[J/OL].岩土力学,2020(2):1-8[2019-09-05].https://doi.org/10.16285/j.rsm.2019.0372.

[193] 冯立,张茂省,孙萍萍,等.非饱和土脱湿与吸湿水力特性对比研究[J].水文地质工程地质,2016,43(2):134-139,146.

[194] 牛庚,邵龙潭,孙德安,等.土水特征曲线测量过程中孔隙分布的演化规律探讨[J/OL].岩土力学:1-8[2019-09-05].https://doi.org/10.16285/j.rsm.2019.0785.

[195] 贺炜,赵明华,陈永贵,等.土-水特征曲线滞后现象的微观机制与计算分析[J].岩土力学,2010,31(4):1078-1083.

[196] 刘艳,赵成刚.土水特征曲线滞后模型的研究[J].岩土工程学报,2008,30(3):399-405.

[197] 黎澄生,孔令伟,柏巍,等.土-水特征曲线滞后阻塞模型[J].岩土力学,2018,39(2):598-604.

[198] Lu N, Khorshidi M. Mechanisms for soil-water retention and hysteresis at high suction range[J]. Journal of Geotechnical and Geoenvironmental Engineering, 2015, 141(8): 04015032.

[199] Mualem Y. Hydraulic conductivity of unsaturated soils: prediction and formulas[J]. Methods of Soil Analysis: Part 1—Physical and Mineralogical Methods, 1986 (methodsofsoilan1): 799-823.

[200] Brutsaert, Wilfried. Probability laws for pore-size distributions[J]. Soil Science, 1966, 101(2): 85-92.

[201] Wyllie M R J, Spangler M B. Application of electrical resistivity measurements to problem of fluid flow in porous media[J]. AAPG

Bulletin,1952,36(2):359-403.

[202] Chapuis R P, Aubertin M. On the use of the Kozeny Carman equation to predict the hydraulic conductivity of soils[J]. Canadian Geotechnical Journal,2003,40(3):616-628.

[203] Assouline S. A model for soil relative hydraulic conductivity based on the water retention characteristic curve[J]. Water Resources Research,2001, 37(2):265-271.

[204] 叶为民,钱丽鑫,白云,等. 由土－水特征曲线预测上海非饱和软土渗透系数[J]. 岩土工程学报,2005,27(11):27-30.

[205] 刘晓东,施建勇. 基于土水特征曲线预测城市固体废弃物(MSW)非饱和渗透系数研究[J]. 岩土工程学报,2012,34(5):855-862.

[206] 宁英成. 非饱和土土水特性曲线与渗透系数试验研究[D]. 大连理工大学,2014.

[207] Arezoo R, Harianto R, Eng-Choon L. Effects of soil-water characteristic curve and relative permeability equations on estimation of unsaturated permeability function[J]. Soils and Foundations, 2015, 55(6): 1400-1411.

第 2 章　非饱和土吸力强度研究

工程实践上遇到的土通常都不是两相体,绝大部分是非饱和土。在非饱和土中,吸力对强度的贡献部分称为吸力强度。吸力强度是非饱和土抗剪强度的核心变量,其与含水率和干密度之间的关系尤为密切。综合考虑干密度和含水率对非饱和黄土吸力强度影响的相关研究尚少。就工程而言,控制吸力的非饱和土三轴试验非常耗时,本章通过常规三轴试验来探讨非饱和黄土吸力强度与含水率和干密度之间的关系,并建立相应的吸力强度表达式。

2.1　非饱和土理论

非饱和土是由四相(土粒、水、空气和收缩膜)组成的多相混合体。收缩膜的特性是可以承受拉力(表面张力),在表面张力的作用下可以将土颗粒拉聚在一起。土粒和收缩膜是在外加应力梯度下达到平衡,空气和水是在外加应力梯度下产生流动。从体积—质量关系来看,可以将非饱和土当作三相体。

2.1.1　非饱和土的分类

目前,比较流行的非饱和土的分类有俞培基等的分类方法、包承纲等的分类方法和 Barden 的分类方法。包承纲等(1998)根据非饱和土中气相的存在形态将非饱和土划分为 4 种类型(见表 2-1)。Barden(1965)按非饱和土的饱和度和干湿程度将其划分为 5 类(见表 2-2)。

表 2-1　包承纲的非饱和土分类方法

气相类型	饱和度界限	液相形态	气相形态	孔压消散速率
气相完全连通	$S_r \leqslant 55\%$	残留在小空隙或“细颈”部位	连通并与大气连通	固结排出全是气体，孔压消散速率很快
气相部分连通	$55\% < S_r \leqslant 85\%$	存在于孔隙“细颈”部位	存在大孔隙并与大气连通	固结排出以气体为主，孔压消散速率快
气相内部连通	$85\% < S_r \leqslant 90\%$	开始占据大孔隙，并把气体封闭起来	与大气隔绝，土体内部部分连通	同时排出气体和水，孔压消散速率慢
气相完全封闭	$90\% < S_r$	分布于整个孔隙中	以气泡形式存在于水中，且随水流移动	排出含气泡水，孔压消散速率比饱和土慢

表 2-2　Barden 的非饱和土分类方法

土类型	界限饱和度	干湿程度	水、气形态	有效应力表达式
1	$S_r \leqslant 50\%$	很干或稍湿	孔隙水吸附于土颗粒表面，气相连通，并与大气相通，固结排出全为气体	$\sigma' = \sigma - u_a$
2	$50\% < S_r < 90\%$	湿	孔隙水不能流动，孔隙气连通，并与大气相通，固结排出以气体为主	$\sigma' = \sigma - u_a + \chi(u_a - u_w)$ 基质吸力很大

续表 2-2

土类型	界限饱和度	干湿程度	水、气形态	有效应力表达式
3	$S_r = 90\%$	$\omega = \omega_{op}$	孔隙水和孔隙气同时流动且流动速率为同一量级	$\sigma' = \sigma - u_a + \chi(u_a - u_w)$ 孔隙水压力为正值
4	$90\% < S_r \leqslant 95\%$	很湿，接近饱和	孔隙水将气泡封闭起来，孔隙气与大气不通，渗气系数很小，气泡不能移动	$\sigma' = \sigma - u_a + \chi(u_a - u_w)$ $\chi \to 1.0$
5	$95\% < S_r$	饱和	孔隙气以气泡形式存在	$\sigma' = \sigma - u_a$

愈培基将非饱和土划分为以下 3 类：

(1)水封闭非饱和土：在饱和度较低的情况下，自由水以环状形式存在于土颗粒接触点周围，结合水则包裹在颗粒表面。环状自由水不能形成连续水体，不能传递静水压力；土中气相则相互连通并能够传递压力。

(2)双开敞非饱和土：当饱和度增加时，环状自由水扩展称为连续水体，此时水相和气相都能传递压力。

(3)气封闭非饱和土：当饱和度继续增大时，气相被水相封闭为空气泡，至此，土体渐渐饱和。

该试验所用的砂土的水封闭状态和双开敞状态的界限饱和度为 20% ~25%，双开敞与气封闭的界限饱和度为 80% ~85%。

2.1.2　非饱和土强度准则

抗剪强度是岩土工程(如地基、土坝、挡土墙和路面路基)设计中的必要参数。非饱和土抗剪强度与其矿物组成、细观结构、含水率和密度等因素密切相关,学者们提出了多种非饱和土抗剪强度的形成机制、计算方法和测试手段。吸力的存在可以使非饱和土的强度提高,相同的吸力对土体可能有不同的强度贡献。非饱和土中的吸力主要包括吸附作用力和毛细作用力,徐筱等(2018)将二者对抗剪强度的贡献赋予相应的权重,建立了适用于宽广吸力范围内的非饱和土抗剪强度模型。基质吸力对土体抗剪强度的贡献,通常会显著提高土体的承载力和边坡稳定性计算的安全系数。Rahardjo 等(1995)阐述了基质吸力对新加坡土质边坡稳定性的影响;Oloo 等(1997)认为基质吸力对薄层路面结构承载能力有显著影响;Rassam(1997)的研究表明,考虑基质吸力对抗剪强度贡献的前提下,尾矿库边坡的稳定性可提高 30%。郑国锋等(2019)考虑体变的影响,将状态曲面函数引入 Vanapalli 强度公式,提出了一个与孔隙比相关的非饱和土抗剪强度模型。张常光等(2015)基于非饱和土的双应力状态变量及吸附强度特性,构建了非饱和土的双剪单元体模型,并通过真三轴试验对该模型进行了验证。近 30 年来,为了更好地了解基质吸力对非饱和土抗剪强度的影响,人们进行了大量的室内试验研究。这些试验可分为以下两类:

(1)采用直剪仪或三轴仪开展可控制吸力的剪切试验。吸力可采用轴平移技术或渗透吸力技术进行控制。在施加剪应力时,吸力通常保持恒定。在吸力控制试验中,应力状态(净应力和吸力)和应力路径通常是预先定义和控制的。

(2)含量恒定但吸力可能在试验期间发生变化的不排水三轴试验。对剪切过程中的吸力变化进行检测。由于应力状态不受控制,该类试验方法应用于特殊的工况下或是用来验证本构模型。

控制吸力试验比不排水或恒含水量试验更常见,因为应力状态是可以控制的。控制吸力试验也可以被认为是排水试验,在某种意义上,水和空气可以流入和流出试样,以保持所应用的基质吸力。控制吸力三轴试验可同时测定非饱和土的抗剪强度和变形特性。吸力控制三轴拉伸试验和空心圆柱试验可用于研究非饱和土的三维抗剪强度行为。因为排水路径长度减少,修正直剪试验通常用于确定塑性增加时非饱和土的剪切强度。

土体结构的改变会影响试验结果,因此土样的制备方法与排水条件同样重要。目前,土样制备方法可以分为如下两类:

(1)风干泥浆试样。对泥浆预先施加给定的固结压力,然后对其风干到不同的含水量水平(吸力水平)。也可以直接通过控制气压和水压对土样进行干燥以获得所需要的吸力值,然后在控制气压和水压以保持吸力恒定的条件下,对试样进行剪切试验,从而根据试验结果确定出抗剪强度与固结压力在不同吸力条件下的关系。

(2)压实土样。通过静压法或动压法制备压实土样,在压实过程中可以控制土样的含水量。通过控制所施加的气压和水压可以对吸力进行控制,进而可以在恒定的吸力条件下对试样进行测试。

对泥浆进行风干通常需要更多的时间,特别是对于黏土含量高的土样。但是,风干泥浆所获得的土样在试验时,其应力状态和施加于试样上的应力路径是明确的。压实试样在实验室中相对容易制备,但应力路径和预固结压力(屈服应力)不能被清楚地定义。风干泥浆试样和压实试样的屈服应力差异可能很大。已有文献对非饱和土抗剪强度所形成的一般结论具体如下:

(1)在相同的竖向压力(或围压)下,基质吸力越大,剪切强度越大;

(2)在相同吸力条件下,较高的竖向压力(或围压)导致较高的剪切强度;

(3)剪切强度与基质吸力呈非线性关系,剪切强度在低基质

吸力水平下增长最快,在高吸力水平下逐渐稳定(甚至下降);

(4)由吸力所引起的黏聚力的增加是非饱和抗剪强度提高的主要原因;

(5)一般来说,增加竖向应力(或围压)比增加基质吸力更能有效地提高抗剪强度。

为了预测非饱和土的抗剪强度,学者们提出了众多的非饱和土抗剪强度方程。其中,一些方程是基于直剪试验和三轴试验数据的回归分析而得到的;另外一类方程,通过有效应力和本构模型表达的非饱和土抗剪强度得到。前者由于与土水特征曲线相关,通常包含材料参数。后一种抗剪强度方程形式比较简单,只是弹塑性本构模型的一部分。所有这些方程都可以由 Bishop 强度模型和 Fredlund 强度模型来表示。

(1)基于 Bishop 应力变量的强度准则。

Bishop 和 Blight(1963)假定剪切强度受单一的有效应力控制,破坏时的有效应力与基质吸力唯一相关。通过推广饱和土的 Terzaghi 有效应力方程,建立了饱和土的抗剪强度方程。该非饱和土抗剪强度方程可以表示为:

$$\begin{aligned}\tau &= c' + (\sigma_n - u_a)\tan\varphi' + \chi(u_a - u_w)\tan\varphi' \\ &= c' + \bar{\sigma}_n\tan\varphi' + \chi s\tan\varphi'\end{aligned} \tag{2-1}$$

用应力不变量表示,式(2-1)可以写成

$$q = 2c' + M(\bar{p} + \chi s) \tag{2-2}$$

式中　τ ——非饱和土的抗剪强度;

φ' ——有效内摩擦角;

c' ——有效黏聚力;

σ_n ——正应力;

$\bar{\sigma}_n$ ——净正应力;

u_a ——孔隙气压力;

u_w——孔隙水压力；

s——基质吸力；

χ——与饱和度(S_r)相关的材料参数；

q——偏应力；

$\bar{p}$——净平均应力；

M——$p-q$ 空间中破坏面或临界状态线的斜率，是有效内摩擦角的函数。

根据参数χ确定方法的不同，有很多不同形式的抗剪强度方程，其中最为流行的是令$\chi = S_r$。

在以有效应力定义的非饱和土模型中，Schrefler(1984)首先用饱和度定义χ；Oberg 和 Sallfors(1997)首先使用$\chi = S_r$和式(2-1)来解释非饱和土抗剪强度；以有效应力表达的 Bishop 公式也被其他研究人员用于非饱和土的建模。Khalili 和 Khabbaz (1998)观察到如果令$\chi = S_r$，用 Bishop 有效应力抗剪强度公式的预测值与实测抗剪强度数据不吻合，提出了另一种有效应力参数，即

$$\chi = \begin{cases} 1 & s < s_e \\ \left(\dfrac{s_e}{s}\right)^r & s \geqslant s_e \end{cases} \tag{2-3}$$

式中 s_e——进气值吸力；

r——材料参数。

Tarantino 和 Tombolato(2005)和 Tarantino(2007)认为，如果只考虑宏观孔隙对饱和度的影响，可以用 Bishop 有效应力模型来描述非饱和土的极限抗剪强度。因此，饱和度S_r需要被替换为S_{rM}，其定义为

$$\chi = S_{rM} = \frac{\theta - \theta_m}{\theta_s - \theta_m} \tag{2-4}$$

式中 θ——体积含水量；

θ_s ——完全饱和状态下的体积含水量；

θ_m ——微观结构水比，通常假设与残余体积含水量 θ_r 对应。

如果将 θ_m 替换为式(2-4)中的残余体积含水量 θ_r，那么 Tarantino 等(2005)与 Vanapalli 等(1996)所提出的抗剪强度方程相同。Khalili 和 Khabbaz(1998)提出了可以直接用于计算抗剪强度的公式，该公式仅需要另外两个材料参数来定义非饱和状态。饱和度和体积含水量均与土水特征曲线有关，因此与破坏准则相关的材料参数的数量取决于特定的土水特征曲线方程。此外，必须注意到土水特征曲线不具有唯一性，土水特征曲线包括吸湿曲线和脱湿曲线及位于吸湿曲线和脱湿曲线边界之间的状态。抗剪强度模型的多样性及参数的复杂性可以认为是这种复杂性的具体体现。

(2)基于独立应力变量的强度准则。

Fredlund 等(1978)提出的非饱和土抗剪强度可以用两个独立的应力状态变量来表示，即净应力和吸力，按莫尔库仑强度准则可将其扩展为以下形式：

$$\tau_f = c' + (\sigma - u_a)\tan\varphi' + (u_a - u_w)\tan\varphi_b \tag{2-5}$$

式中 c' ——有效黏聚力；

φ' ——有效内摩擦角；

σ ——总应力；

u_a ——孔隙气压力；

u_w ——孔隙水压力；

$u_a - u_w$ ——基质吸力；

φ_b ——基质吸力对剪切强度的贡献。

该抗剪强度方程将吸力贡献的贡献部分独立出来，对岩土工程是非常有意义的。早期的研究结果表明，在有限的吸力范围内 φ_b 可能是个定值，尤其是对现场测试而言。后期的研究结果表明，φ_b 在整个吸力范围内都不是一个定值，与吸力之间呈强烈的非线性关系。方薇等(2018)基于广义非线性强度准则和 van Genuchten 模型,对 Fredlund 抗剪强度模型进行了非线性改进,构建了非饱和土的非线性抗剪强度包络壳模型,使其能够考虑净法向应力和基质吸力对土体强度的非线性影响。

沈珠江(1995)提出了双曲线非饱和土抗剪强度模型:

$$\tau_f = c' + (\sigma - u_a)\tan\varphi' + \frac{u_a - u_w}{1 + d(u_a - u_w)}\tan\varphi' \quad (2\text{-}6)$$

式中 d——试验参数。

党进谦(1997)以陕西关中地区的 Q_3 黄土为研究对象,提出了如下的非饱和土抗剪强度公式:

$$\tau_f = c_w + \sigma\tan\varphi + bS^d \quad (2\text{-}7)$$

式中 c_w——饱和黄土的有效黏聚力,$c_w = c'$;

φ——饱和黄土的内摩擦角,$\varphi = \varphi'$;

b、d——试验参数,随土样的不同而不同;

S——基质吸力。

为了便于与非饱和土的抗剪强度公式比较,式(2-7)可以改写为如下形式:

$$\tau_f = c' + (\sigma - u_a)\tan\varphi' + b(u_a - u_w)^d \quad (2\text{-}8)$$

缪林昌(1999)建立了非饱和土抗剪强度的双曲模型,即

$$\tau_f = c' + (\sigma - u_a)\tan\varphi' + \frac{u_s}{a + (a-1)/p_{at}}u_s \quad (2\text{-}9)$$

式中 u_s——基质吸力;

a——试验参数;

p_{at}——标准大气压。

张常光(2010)基于统一强度理论和非饱和土双应力状态变量抗剪强度,合理考虑中主应力效应,建立非饱和土双应力状态变量抗剪强度统一解:

$$\tau_f = c_t' + (\sigma - u_a)\tan\varphi_t' + (u_a - u_w)\tan\varphi_t^b \quad (2\text{-}10)$$

式中 c_t'——统一有效黏聚力；

φ_t'——统一有效内摩擦角；

$\tan\varphi_t^b$——与基质吸力有关的统一角。

从上述不同的非饱和土抗剪强度表达式来看，对于非饱和土的研究，通常是把强度划分为三部分：

$$\tau_f = C_{total} + \sigma\tan\varphi = c' + (\sigma - u_a)\tan\varphi' + \tau_s \quad (2\text{-}11)$$

式中 C_{total}——总黏聚力；

c'——有效黏聚力；

$(\sigma - u_a)\tan\varphi'$——摩擦强度；

τ_s——吸力强度。

从已有的试验结果来看，总黏聚力 C_{total} 随着含水率的增加而减小是众多学者所认同的，但是在二者的函数关系上却有很大的分歧。这其中的观点包括线性减小、指数型减小、二次函数型减小等。在含水率一定的情况下，总黏聚力 C_{total} 随干密度 ρ_d 的增大而呈指数型增加是众多学者所认同的。对特定土体而言，在饱和、非饱和两种状态下，土的有效抗剪强度指标基本不随含水率和干密度而发生变化，也是众多学者所认同的，这其中包括 Drumringht 和 Rohm。也有部分学者认为有效内摩擦角 φ' 会随着含水率和干密度的变化而变化，其中包括线性变化、基本不变、指数型变化等。真黏聚力 c' 在饱和土和非饱和土中基本相等，已有众多学者通过试验得以验证。摩擦力所引起的强度，在上述几种非饱和土抗剪强度表达式中并无异同，基本都是把其表达为 $(\sigma - u_a)\tan\varphi'$ 。非饱和土抗剪强度公式的实质性区别仅在于确定第三项吸力强度时，所采用的参数和试验方法的不同。这些吸力强度表达式基本上都是基于特定土体而言的。有些吸力强度表达式的参数并没有明确的物理意义，同时也存在拟合精度问题。

(3)用本构模型表达非饱和土抗剪强度。

除上述两类抗剪强度方程外，还有一些弹塑性本构模型也包含了抗剪强度方程，最简单的可能是 Alonso 等(1990)所提出的方程式。

$$q = M(\bar{p} + \bar{p}_0) = M(\bar{p} + \alpha s) \tag{2-12}$$

式中 $\bar{p}_0$——表观抗拉强度；

α——假设为常数的一个材料参数，但可以是吸力的函数。

有效黏聚力 c' 为零，这是一个与 $p-q$ 空间中的临界状态线相关的常见假设。

Sun 等(2000)提出了一个描述破坏包络线的方程(临界状态线)。方程如下：

$$q = M(s)[\bar{p} + \bar{\sigma}_0(s)] \tag{2-13}$$

其中

$$M(s) = M(0) + M_s\bar{\sigma}_0(s) \tag{2-14}$$

$$\bar{\sigma}_0(s) = \frac{s}{1 + s/a} \tag{2-15}$$

式中 $M(0)$——饱和土临界状态线斜率，$M(0) \equiv M$；

M_s——拟合参数；

a——常数，等于土体最大应力；

$\bar{\sigma}_0(s)$——土体在无限吸力作用下的最大应力，取决于非饱和土的类型。

Sun 等也将三轴压缩的临界状态方程扩展到基于 Matsuoka Nakai 准则的转换应力张量的三维应力状态。Sheng 等(2008)提出的 SFG 模型中包含了一个可选的抗剪强度方程。该模型对表观抗拉强度方程进行了如下的定义：

$$\bar{p}_0 = \begin{cases} -s & (s < s_{sa}) \\ -s_{sa} - (s_{sa} + 1)\ln\dfrac{s+1}{s_{sa}+1} & (s \geqslant s_{sa}) \end{cases} \tag{2-16}$$

式中 s_{sa}——饱和吸力，又称排气吸力。

需要指出的是，上述三组强度方程没有本质区别，它们本质上都是经验的和现象学的，都是基于一个基本假设，即土体的抗剪强度可以用有效黏聚力和有效内摩擦角等基本性质来解释。学者们希望非饱和土的力学性能可以独立于土体初始条件和测试条件，然而现实并非如此。例如，土体的有效黏聚力和有效内摩擦角可能取决于它的初始条件(例如孔隙率、含水量、初始结构)。另外，一些试验结果表明土体临界状态的抗剪强度对土体初始条件和试验条件的依赖性较小。对于非饱和土，临界状态线的斜率通常假定与吸力无关。实际上上述所有抗剪强度方程中，均假定应力引起的有效内摩擦角(φ')与吸力无关，吸力引起的摩擦角(φ_b)与应力无关。上述抗剪强度方程均可用应力不变量 q 和 p 表示，也可用净正应力和剪切应力表示。后者也可用于直接剪切试验结果的解释。如 Fredlund 等(1978)所述，利用净正应力和基质吸力可以将所有方程转化为这种形式。用应力不变量 q 和 p 表示的方程可用于三轴试验。利用表观内聚力 $\overline{p}_0$ 可将所有的方程都转化为应力不变形式。不同的抗剪强度方程之间的主要区别是所采用的数学函数的具体形式和方程中所使用的材料参数。实际上这些差异决定了该方程能在多大程度上预测不同非饱和土的抗剪强度。通常情况下，参数越多的函数在对数据拟合时会表现出比较大的灵活性。Fredlund 等(1996)、Vanapalli 等(1996)、Oberg 和 Sallfors (1997)、Toll 和 Ong(2003)、Tarantino 和 Tombolato(2005)提出的方程均包含饱和度或含水量，因此这些抗剪强度方程均需要与土水特征曲线相关的材料参数。土水特征曲线的滞后性也表明非饱和土中可能存在两个剪切强度包络线，即脱湿条件下和吸湿条件下。Melinda 等(2004)的试验研究表明，脱湿条件下和吸湿条件下的抗剪强度包络线之间存在一定差异。

2.2　吸力强度试验

2.2.1　试样制备

试验所用土样取自西安市南郊某基坑工程地表下 3.0 m 深度处,按颗粒组成分类和按塑性图分类均属于粉质黏土。该黄土属于典型的 Q_3 黄土,土样呈黄褐色,具有针状孔隙,含铁锰质斑点,其基本物理参数见表 2-3。

表 2-3　土样的基本物理参数

W_L (%)	W_P (%)	I_P	G_S	粒径分布(%)			按颗粒级配分类	按塑性图分类
				>0.05 mm	0.05 ~ 0.005 mm	<0.005 mm		
34.8	21.5	13.3	2.69	7.8	72.3	19.9	CL	CL

将试验所需的扰动土样风干碾碎后过 2 mm 筛,取筛下风干土样充分拌匀,测定其风干含水率,并将其放入可密封的塑料袋内备用。根据试验所需的土量和要求的含水率,制备试样所需的含水率按下式计算:

$$m_w = \frac{m_0}{1 + 0.01\omega_0} \times 0.01(\omega_1 - \omega_0) \tag{2-17}$$

式中　m_w——制备试样所需要的加水量,g;

m_0——风干土质量,g;

ω_0——风干土含水率(%);

ω_1——试样所要求的含水率(%)。

将质量已知的风干土样平铺于塑料盆内,用水壶将水均匀地喷洒于土样上,充分拌匀后装入塑料袋内,密封并润湿 1 昼夜。制样前分别取两点计算土样的实际含水率,试样的实际含水率与试验要求含水率之差不得大于 ±1%。根据三轴套筒容积及试验所需的干密度，在一定含水率下，制样所需的湿土量的计算式如下：

$$m_0 = (1 + 0.01\,\omega_0)\,\rho_d V \tag{2-18}$$

式中 m_0——湿土的质量，g；

ρ_d——试样的干密度，g/cm^3；

V——试样体积，cm^3；

ω_0——湿土含水率(%)。

该试验采用击样法制备扰动土样，所用的对开三轴圆模高度为 80 mm，直径为 39.1 mm，体积为 96 cm^3。把称取好的土样分 5 层通过击样法制样，各层的土料质量相等，为保证各层击实之后的高度相等，每击一层用钢尺测量击实后的高度。层与层之间的接触面应刮毛以保证层与层之间的紧密结合。击完最后一层后，将击样器内的土样两端整平，取出试样称量，利用上式计算其实际干密度。实际干密度与要求干密度之差不得大于 ±0.01 g/cm^3。

2.2.2 试验方案

采用 KTG 全自动三轴仪（见图 2-1）开展剪切试验。KTG 全自动三轴仪具有应变控制式 UU、CU、CD 压缩试验等基本功能。此外，还可以通过扩充功能模块具有应力式 K_0 固结、基床系数、体积变形模量(K)、剪切模量(G)、弹性模量(E)及多种应力路径试验的功能。主要技术指标：试样直径：39.1 mm、61.8 mm、101 mm；周围压力：0 ~ 800 kPa；误差≤1%；主应力差：0 ~ 2 400 kPa，误差≤1%；孔隙压力：－50 ~ 800 kPa，误差≤1%；体变（排水）：0 ~ 50 mL，误差≤1%；速率范围：0.003 ~ 2.000 mm/min，误差≤2%；轴向荷载：0 ~ 3 kN。试验方案见表 2-4。试验过程、破坏标准以及数据处理均遵守相关文献开展。

图 2-1　KTG 全自动三轴仪

表 2-4　试验方案

项目	土样	试验仪器	组数	试样数	σ_3 (kPa)	ω (%)	ρ_d (g/cm³)	剪切速率 (mm/min)
1	饱和重塑黄土	KTG 全自动三轴仪	16	64	50	12	1.3	0.032
					100	16	1.4	
					150	20	1.5	
					200	24	1.6	
2	非饱和重塑黄土	KTG 全自动三轴仪	16	64	50	12	1.3	0.032
					100	16	1.4	
					150	20	1.5	
					200	24	1.6	

试验过程中有下列事项需要注意：

(1)采用抽气饱和法对重塑黄土试样进行饱和时,真空缸和盖之间须涂抹一层凡士林。抽气时间不小于1 h,往真空缸中注入清水的时候,尽量地缓慢,以便于让黄土吸水饱和。注水完毕之后,继续抽气30 min,以便使黄土充分吸水饱和。当试样饱和度低于95%时,继续饱和。

(2)固结时间的选择:对于本试验所用的黄土,加上围压和轴平移气压后,经过10 h的固结,试样的体变已基本稳定。本试验固结稳定的标准是:体变连续2 h不超过0.01 mm^3,排水连续2 h不超过0.01 mm^3。

2.3　试验结果

2.3.1　抗剪强度参数

在全自动KTG三轴仪上完成了16组饱和重塑黄土的CD试验,抗剪强度包线见图2-2。由饱和重塑黄土的三轴CD试验结果得到其有效抗剪强度指标c'、φ',见表2-5。从表中可以看到饱和

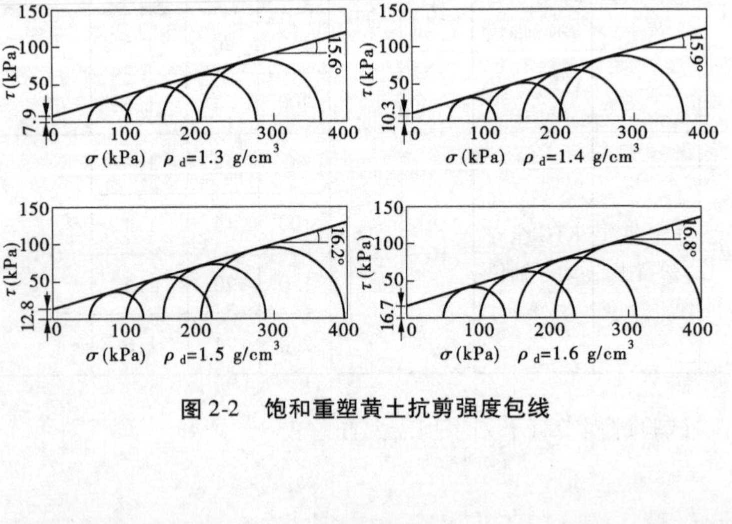

图2-2　饱和重塑黄土抗剪强度包线

重塑黄土的有效黏聚力 c' 随着干密度的增大而增大。有效内摩擦角也有随着干密度的增加而增加的趋势，但是增幅不大。

表 2-5　饱和黄土有效抗剪强度指标

ρ_d (g/cm³)	1.3	1.4	1.5	1.6
c' (kPa)	7.9	10.3	12.8	16.7
φ'(°)	15.6	15.9	16.3	16.8

将表中数据绘制在图 2-3 中，可以看到饱和重塑黄土的有效抗剪强度指标均随着干密度呈线性增加。有效黏聚力的变化速率较大，而有效内摩擦角的变化速率相对较小。

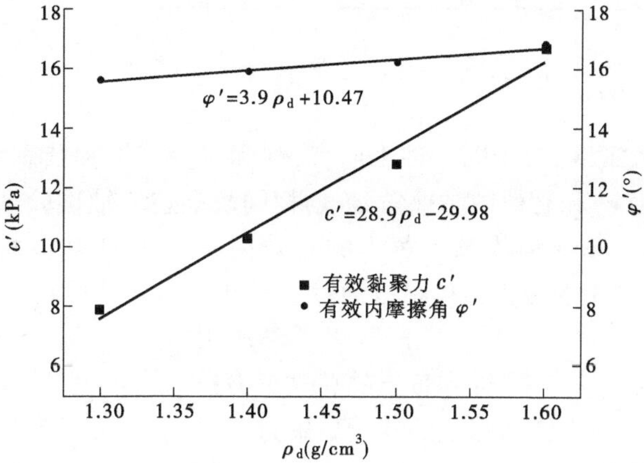

图 2-3　有效抗剪强度指标与干密度的关系

按 Mohr-Coulomb 总应力抗剪强度公式对非饱和重塑黄土的三轴试验结果进行整理，得到其总黏聚力 C_{total} 和有效内摩擦角 φ' 见表 2-6。从表中可以看出，当干密度不变的时候，总黏聚力 C_{total} 随着含水率的增加而减小；当含水率不变的时候，总黏聚力随着干密度的增加而增加，其内摩擦角的变化并不明显，且与饱和重塑黄土的有效内摩擦角基本相等。

表 2-6 不同含水率和干密度状态下的抗剪强度参数

ω(%)	ρ_d(g/cm³)							
	1.3		1.4		1.5		1.6	
	C_{total} (kPa)	φ' (°)	C_{total} (kPa)	φ' (°)	C_{total} (kPa)	φ' (°)	C_{total} (kPa)	φ' (°)
12	62.9	14.7	72.8	15.3	86.7	15.2	100.5	15.7
16	50.7	15.4	63.5	14.8	74.5	14.9	86.3	15.4
20	40.8	15.2	49.4	15.3	60.1	15.2	73.3	15.2
24	30.3	14.9	39.2	15.0	49.1	15.0	60.2	15.4

2.3.2 吸力强度

试验证明,对于同一种土而言,饱和以及非饱和状态下,其有效黏聚力 c' 和有效内摩擦角 φ' 均相同。上述三轴试验结果也证实了饱和、非饱和状态下黄土的有效内摩擦角 c' 基本相等。因此,非饱和土的吸力强度可以通过下式计算:

$$\tau_s = C_{total} - c' \tag{2-19}$$

式中 C_{total} ——非饱和黄土的总黏聚力;

c' ——饱和黄土的有效黏聚力。

计算结果见表 2-7,可以看到当干密度固定不变时,吸力强度随着含水率的增加而减小;当含水率固定不变时,吸力强度随着干密度的增加而增加。不难看出吸力强度取决于含水率和干密度这两个因素,含水率和干密度这两个指标中任何一个发生变化会导致吸力强度发生变化,因此有必要来分析二者对吸力强度是否具有交互效应。

表 2-7　不同含水率和干密度下的吸力强度参数

ω (%)	ρ_d (g/cm³)			
	1.3	1.4	1.5	1.6
	τ_s (kPa)	τ_s (kPa)	τ_s (kPa)	τ_s (kPa)
12	55.0	62.5	73.9	83.8
16	42.8	53.2	61.7	69.6
20	32.9	39.1	47.3	56.6
24	22.4	28.9	36.3	43.5

在进行交互效应分析之前,有必要在此简单介绍一些相关的数理统计概念。在此试验中有两个可控因素(含水率、干密度)同时发生变化,而其他可控因素均保持不变,这样的试验称为双因素试验。在两个因素的试验中,不但每一个因素单独对试验起作用,往往两个因素的不同水平组合还会产生一定的合作效应,在方差分析中,称为交互效应。因素的每一个状态或者等级称为因素的一个水平,在该试验中,因素含水率 ω 有 4 个水平分别为 12%、16%、20% 和 24%,因素干密度 ρ_d 同样有 4 个水平分别为 1.3 g/cm³、1.4 g/cm³、1.5 g/cm³、1.6 g/cm³。考虑含水率和干密度这两个因素交互效应的方差分析结果见表 2-8。

表 2-8　非重复观测下含水率和干密度的双因素方差分析

偏差来源	平方和	自由度	均方和	F 统计量
A 因素主效应	3 164.506 88	3	1 054.835 63	—
B 因素主效应	1 373.156 87	3	457.718 96	—
A、B 交互效应	37.625 63	9	4.180 63	—
随机误差	0	0	—	
总和	4 575.289 38	15		

由于该方差分析为考虑交互效应的非重复二元方差分析，因此随机误差的平方和以及自由度均为0，所以其均方和 F 统计量无法给出。但在 origin 所给出的方差分析报表中，认为在 $\alpha=0.05$ 的置信水平下，含水率和干密度这两种因素的交互作用显著。因此，在建立吸力强度的泛函或者吸力强度表达式的时候，应该同时考虑含水率和干密度这两个因素。

2.4 吸力强度分析

2.4.1 吸力强度与含水率和干密度之间的关系

吸力强度与含水率之间的关系曲线见图2-4。可以看到吸力强度与含水率之间为准线性关系，二者为负相关，其函数关系见表2-9。

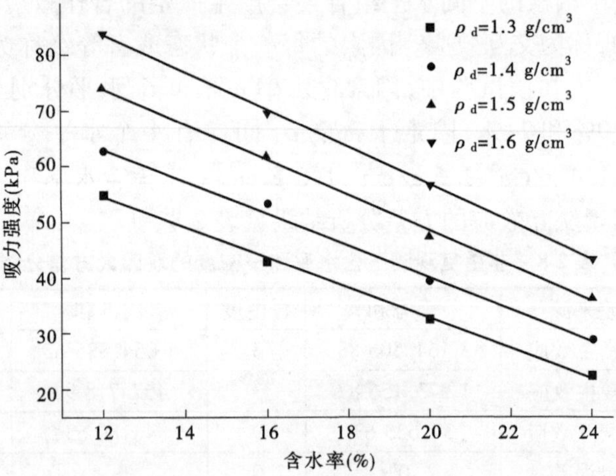

图2-4 不同干密度下吸力强度与含水率的关系

表 2-9　吸力强度与含水率的拟合方程

ρ_d (g/cm³)	函数关系	R
1.3	$\tau_s = -2.69\omega + 86.74$	0.999 02
1.4	$\tau_s = -2.87\omega + 97.63$	0.996 99
1.5	$\tau_s = -3.18\omega + 112.04$	0.998 81
1.6	$\tau_s = -3.35\omega + 123.63$	0.999 78

把表 2-9 中的 4 个线性方程统一记为：

$$\tau_s = k\omega + b \tag{2-20}$$

式中　k——斜率；

　　b——截距。

再以干密度 ρ_d 为自变量，k、b 分别为因变量，所拟合的函数关系如下：

$$k = -2.3\rho_d + 0.27 \tag{2-21}$$

$$b = 125.1\rho_d - 76.4 \tag{2-22}$$

因此，吸力强度 τ_s 可表达为如下的函数：

$$\tau_s = -2.3\rho_d \cdot \omega + 0.27\omega + 125.1\rho_d - 76.4 \tag{2-23}$$

不同含水率下吸力强度与干密度的关系见图 2-5，可以看出吸力强度与干密度为准线性关系，二者为正相关。

从表 2-10 中可以看到 4 个线性方程的相关性很强。可以把上述 4 个线性方程统一记为：

$$\tau_s = k\rho_d + b \tag{2-24}$$

式中　k——斜率；

　　b——截距。

据此可以建立吸力强度与干密度和含水率之间的函数。为了建立该函数，需先拟合出斜率 k 以及截距 b 与含水率 ω 的函数方程。

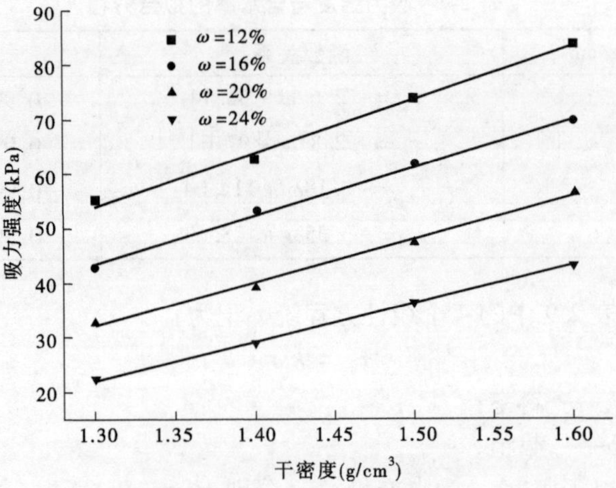

图 2-5　不同含水率下吸力强度与干密度的关系

表 2-10　吸力强度与干密度的拟合方程

ω（%）	函数关系	R
12	$\tau_s = 97.8\rho_d - 73.01$	0.996 98
16	$\tau_s = 88.9\rho_d - 72.08$	0.997 92
20	$\tau_s = 79.3\rho_d - 71.01$	0.996 14
24	$\tau_s = 70.7\rho_d - 69.74$	0.999 63

斜率 k 与含水率之间的函数关系为：

$$k = -2.3\omega + 125.1 \tag{2-25}$$

式中　$R = 0.999\ 8$。

截距 b 与含水率之间的关系为

$$b = 0.27\omega - 76.4b = 0.27\omega - 76.4 \tag{2-26}$$

式中　$R = 0.997\ 55$。

吸力强度 τ_s 可以表达为如下的函数：

$$\tau_s = -2.3\rho_d \cdot \omega + 0.27\omega + 125.1\rho_d - 76.4 \qquad (2\text{-}27)$$

综合考虑密度和含水率的非饱和黄土吸力强度表达式见式(2-28)，同时，也可以建立非饱和黄土的抗剪强度表达式：

$$\tau_f = c' + (\sigma - u_a)\tan\varphi' - 2.3\rho_d\omega + 0.27\omega + 125.1\rho_d - 76.4 \qquad (2\text{-}28)$$

利用式(2-28)计算黄土的吸力强度，其计算值与实测值见表 2-11，其计算值与实测值比较一致。

表 2-11　吸力强度的计算值与实测值

ω (%)	ρ_d (g/cm³)							
	1.3		1.4		1.5		1.6	
	τ_s (kPa)		τ_s (kPa)		τ_s (kPa)		τ_s (kPa)	
	实测值	拟合式	实测值	拟合式	实测值	拟合式	实测值	拟合式
12	55.0	54.1	62.5	63.8	73.9	73.6	83.8	83.4
16	42.8	43.3	53.2	52.2	61.7	61.1	69.6	69.9
20	32.9	32.6	39.1	40.6	47.3	48.5	56.6	56.5
24	22.4	21.9	28.9	28.9	36.3	36.0	43.5	43.0

把吸力强度、含水率和干密度的相关试验数据绘制在三维空间中，得图 2-6。从图 2-6 中可以看到，在含水率、干密度和吸力强度空间中，吸力强度 $\tau_s = f(\rho_d, \omega)$ 近似为一平面。

2.4.2　吸力强度与饱和度之间的关系

含水率和干密度的变化均会引起饱和度的变化，所以，有必要把饱和度区分为与水分状态相关的饱和度以及与密度状态相关的饱和度。不同水分状态和密度状态下的饱和度与吸力强度值，见表 2-12。

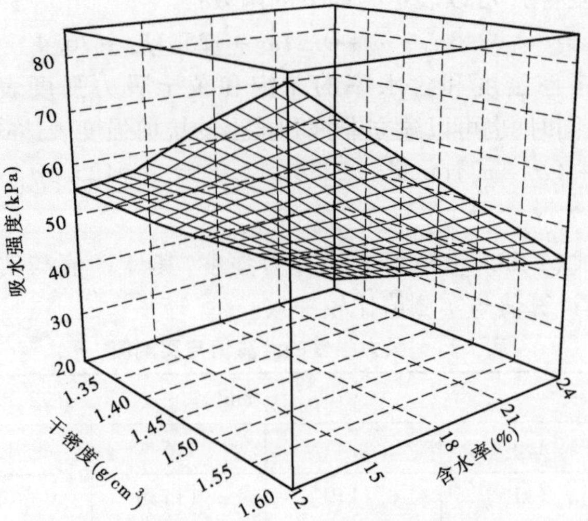

图 2-6 吸力强度在含水率和干密度空间中的变化

表 2-12 不同水分状态和密度状态下的饱和度与吸力强度值

ω (%)	ρ_d (g/cm³)							
	1.3		1.4		1.5		1.6	
	S_r (%)	τ_s (kPa)	S_r (%)	τ_s (kPa)	S_r (%)	τ_s (kPa)	S_r (%)	τ_s (kPa)
12	32.0	55.0	35.0	62.5	40.7	73.9	47.4	83.8
16	40.3	42.8	46.7	53.2	54.3	59.7	63.2	72.6
20	50.3	32.9	58.4	39.1	67.8	47.3	79.0	56.6
24	60.4	21.4	70.1	27.3	81.4	36.5	94.8	43.5

从表 2-12 中可以看出，土样饱和度的取值范围较大(32% ~ 94.8%)，包括了连续气相的非饱和土、具有封闭气泡的非饱和土

和具有过渡状态的非饱和土。当干密度固定不变的时候,随着含水率的增加,饱和度也随之增加,吸力强度则随之减小;当含水率固定不变的时候,随着干密度的增加,饱和度和吸力强度均随之增加。

不同密度状态下吸力强度与水分状态相关的饱和度的关系见图 2-7。从图 2-7 可以看出,吸力强度与饱和度 S_r^w 之间为准线性关系,二者为负相关。吸力强度与水分状态相关的饱和度的拟合方程见表 2-13。

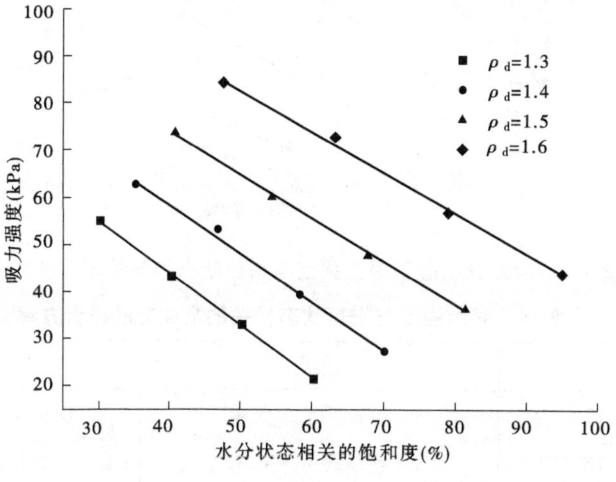

图 2-7　不同密度状态下吸力强度与水分状态相关的饱和度的关系

表 2-13　吸力强度与水分状态相关的饱和度的拟合方程

ρ_d(g/cm³)	函数关系	R
1.3	$\tau_s = -1.10S_r^w + 87.88$	0.999 35
1.4	$\tau_s = -1.02S_r^w + 99.29$	0.997 16
1.5	$\tau_s = -0.92S_r^w + 110.45$	0.998 14
1.6	$\tau_s = -0.87S_r^w + 125.73$	0.997 94

不同水分状态下吸力强度与密度状态相关的饱和度的关系见图 2-8。可以看出吸力强度 τ_s 与饱和度 S_r^d 之间为准线性关系，二者为正相关。吸力强度与密度状态相关的饱和度的拟合方程见表 2-14。

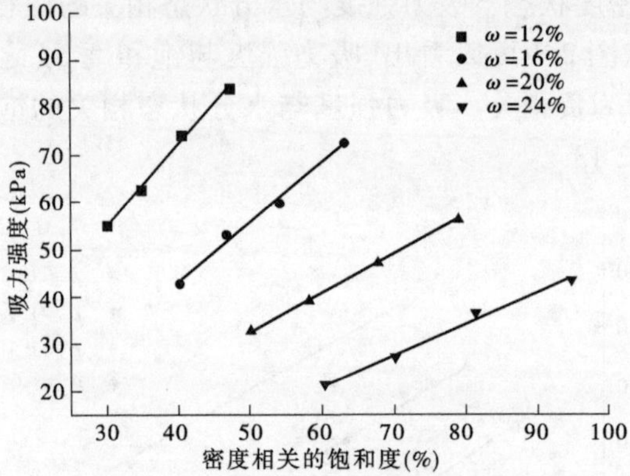

图 2-8　不同水分状态下吸力强度与密度状态相关的饱和度的关系

表 2-14　吸力强度与密度状态相关的饱和度的拟合方程

ω (%)	函数关系	R
12	$\tau_s = 1.70S_r^d + 3.48$	0.998 21
16	$\tau_s = 1.26S_r - 6.12$	0.998 35
20	$\tau_s = 0.83S_r^d - 12.11$	0.999 75
24	$\tau_s = 0.66S_r^d - 18.22$	0.996 25

2.5 小　结

在饱和、非饱和重塑黄土三轴试验结果的基础上，本章讨论了吸力强度与含水率和干密度之间的关系，主要结论如下：

(1) 吸力强度与含水率之间的关系为准线性关系，二者为负相关;吸力强度与干密度之间的关系为准线性关系,二者为正相关。

(2)建立了综合考虑干密度和含水率影响的吸力强度表达式以及非饱和重塑黄土的抗剪强度表达式。

(3)吸力强度在含水率、干密度和吸力强度空间中近似为一平面。

参考文献

[1] Fredlund D G,Rahardjo H. 非饱和土土力学[M]. 陈仲颐,等译. 北京：中国建筑工业出版社,1997.

[2] 俞培基,陈愈炯. 非饱和土的水汽形态及其力学性质关系[J]. 水利学报,1965(1):16-23.

[3] 承纲. 非饱和压实土的气相形态及孔隙压力消散问题[C]//第三届全国土力学和基础工程会议论文集. 北京:中国建筑工业出版社,1979.

[4] Barden L. Consolidation of compacted and unsaturated clay[J]. Geotechnique,1965,15(3):267-286.

[5] 徐筱,蔡国庆,李舰,等. 低应力及拉应力条件下非饱和土强度及剪胀特性[J]. 岩石力学与工程学报,2018,37(8):1933-1942.

[6] 付宏渊,马吉倩,史振宁,等. 非饱和土抗剪强度理论的关键问题与研究进展[J]. 中国公路学报,2018,31(2):1-14.

[7] 沈珠江. 非饱和土力学实用化之路探索[J]. 岩土工程学报,2006,28(2):256-259.

[8] 黄义,张引科. 非饱和土土－水特征曲线和结构强度理论[J]. 岩土力学,2002,23(3): 268-271,277.

[9] 龚壁卫,周小文,周武华. 干－湿循环过程中吸力与强度关系研究[J]. 岩土工程学报,2006,28(2): 207-209.

[10] Rahardjo H,Lim T T,Chang M F,et al. Shear-strength characteristics of a residual soil[J]. Canadian Geotechnical Journal,1995,32(1): 60-77.

[11] Oloo S Y,Fredlund D G,Gan J K M. Bearing capacity of unpaved roads[J]. Canadian Geotechnical Journal,1997,34(3): 398-407.

[12] Rassam D W, Williams D J. Shear strength of unsaturated gold tailings [C]//Proceedings of the eighth Australia-New Zealand conference on geotechnics, 1997, 1: 329-335.

[13] 郑国锋,郭晓霞,邵龙潭. 基于状态曲面的非饱和土强度准则及其验证[J]. 岩土力学,2019,40(4): 1441-1448.

[14] 张常光,范文,赵均海. 非饱和土统一强度理论及真三轴试验结果验证[J]. 岩石力学与工程学报,2015,34(8): 1702-1711.

[15] Toyota H, Sakai N, Nishimura T. Effects of stress history due to unsaturation and drainage condition on shear properties of unsaturated cohesive soil[J]. Soils and Foundations, 2001, 41(1): 13-24.

[16] Toyota H, Nakamura K, Sakai N, et al. Mechanical properties of unsaturated cohesive soil in consideration of tensile stress[J]. Soils and foundations, 2003, 43(2): 115-122.

[17] Gan J K M, Fredlund D G, Rahardjo H. Determination of the shear strength parameters of an unsaturated soil using the direct shear test[J]. Canadian Geotechnical Journal, 1988, 25(3): 500-510.

[18] Zhou A, Sheng D. Yield stress, volume change, and shear strength behaviour of unsaturated soils: validation of the SFG model[J]. Canadian Geotechnical Journal, 2009, 46(9): 1034-1045.

[19] Escario V, Saez J. The shear strength of partly saturated soils[J]. Géotechnique, 1986, 36(3): 453-456.

[20] Fredlund D G, Rahardjo H. Soil mechanics for unsaturated soils[M]. John Wiley & Sons, 1993.

[21] Vanapalli S K, Fredlund D G, Pufahl D E, et al. Model for the prediction of shear strength with respect to soil suction[J]. Canadian Geotechnical Journal, 1996, 33(3): 379-392.

[22] Wheeler S J, Sivakumar V. Influence of compaction procedure on the mechanical behaviour of an unsaturated compacted clay. Part 2: Shearing and constitutive modelling[J]. Géotechnique, 2000, 50(4): 369-376.

[23] Cunningham M R, Ridley A M, Dineen K, et al. The mechanical behaviour of a reconstituted unsaturated silty clay[J]. Géotechnique, 2003, 53(2):

183-194.

[24] 申春妮,方祥位,王和文,等.吸力、含水率和干密度对重塑非饱和土抗剪强度影响研究[J].岩土力学,2009,30(5):1347-1351.

[25] 耿慧辉,吴俊阳,单仁亮,等.非饱和土强度的吸力贡献形式研究[J].岩土工程学报,2012,34(9):1598-1603.

[26] 姚攀峰.再论非饱和土的抗剪强度[J].岩土力学,2009,30(8):2315-2318.

[27] Fredlund D G, Xing A, Fredlund M D, et al. The relationship of the unsaturated soil shear strength to the soil-water characteristic curve[J]. Canadian Geotechnical Journal,1996,33(3):440-448.

[28] Vanapalli S K, Fredlund D G, Pufahl D E, et al. Model for the prediction of shear strength with respect to soil suction [J]. Canadian Geotechnical Journal,1996,33(3):379-392.

[29] Toll D G, Ong B H. Critical-state parameters for an unsaturated residual sandy clay[J]. Géotechnique,2003,53(1):93-103.

[30] Alonso E E, Gens A, Josa A. A constitutive model for partially saturated soils[J]. Géotechnique,1990,40(3):405-430.

[31] Khalili N, Khabbaz MH. A unique relationship for the determination of the shear strength of unsaturated soils[J]. Géotechnique,1998,48(5):681-687.

[32] Sheng D, Fredlund D G, Gens A. A new modelling approach for unsaturated soils using independent stress variables[J]. Canadian Geotechnical Journal,2008,45(4):511-534.

[33] Bishop A W, Blight G E. Some aspects of effective stress in saturated and partly saturated soils[J]. Geotechnique,1963,13(3):177-197.

[34] Fredlund D G, Morgenstern N R, Widger R A. The shear strength of unsaturated soils[J]. Canadian geotechnical journal,1978,15(3):313-321.

[35] Sheng D, Sloan S W, Gens A. A constitutive model for unsaturated soils: thermomechanical and computational aspects[J]. Computational Mechanics,2004,33(6):453-465.

[36] Sheng D, Sloan S W, Gens A, et al. Finite element formulation and algorithms for unsaturated soils. Part I: Theory[J]. International journal for

numerical and analytical methods in geomechanics,2003,27(9):745-765.

[37] Nuth M,Laloui L. Effective stress concept in unsaturated soils: Clarification and validation of a unified framework[J]. International journal for numerical and analytical methods in Geomechanics,2008,32(7):771-801.

[38] 石建刚,邵生俊,陶虎,等. 非饱和土的真三轴试验及强度变形特性分析[J]. 岩土工程学报,2011,33(S1):92-97.

[39] Khalili N,Khabbaz M H. A unique relationship of chi for the determination of the shear strength of unsaturated soils[J]. Geotechnique,1998,48(5).

[40] Tarantino A,Tombolato S. Coupling of hydraulic and mechanical behaviour in unsaturated compacted clay[J]. Géotechnique,2005,55(4):307-317.

[41] Tarantino A. A possible critical state framework for unsaturated compacted soils[J]. Géotechnique,2007,57(4):385-389.

[42] Vanapalli S K,Fredlund D G,Pufahl D E,et al. Model for the prediction of shear strength with respect to soil suction [J]. Canadian Geotechnical Journal,1996,33(3):379-392.

[43] 方薇. 一种非饱和土的非线性抗剪强度包络壳模型[J]. 岩石力学与工程学报,2018,37(11):2601-2609.

[44] SHEN Z J. Reduced suction and simplified consolidation theory for expansive soils[C]. // Proceedings of the 1st international conference on unsaturated soils,Paris: 1995(3):1321-1328.

[45] 党进谦,李靖. 非饱和黄土的强度特征[J]. 岩土工程学报,1997,19(2):56-61.

[46] 缪林昌,殷宗泽. 非饱和土的剪切强度[J]. 岩土力学,1999,20(3):1-6.

[47] 张常光,张庆贺,赵均海. 非饱和土抗剪强度及土压力统一解[J]. 岩土力学,2010,31(6):1871-1876.

[48] 曹晓毅. 含水率和应力状态对晋西黄土抗剪强度的影响研究[D]. 西安: 长安大学,2011.

[49] 凌华,殷宗泽. 非饱和土强度随含水率的变化[J]. 岩石力学与工程学报,2007,26(7):1499-1503.

[50] 缪林昌,仲晓晨,殷宗泽. 膨胀土的强度与含水率的关系[J]. 岩土力学,1999,20(2):71-75.

[51] 边加敏,王保田. 含水率对非饱和土抗剪强度参数的影响研究[J]. 地下空间与工程学报,2011,7(1):17-21.

[52] 肖军华,刘建坤,彭丽云,等. 黄河冲积粉土的密实度及含水率对力学性质影响[J]. 岩土力学,2008,29(2):409-414.

[53] 涂平晖,赵慧丽,张弥. 饱和度的变化对非饱和土抗剪强度参数影响的试验研究[J]. 工程力学,2001(Z):115-118.

[54] 李永乐,张红芬,佘小光,等. 原状非饱和黄土的三轴试验研究[J]. 岩土力学,2008,29(10):2859-2863.

[55] 杨雪辉. 非饱和重塑黄土强度特性的试验研究[D]. 西安:西北农林科技大学,2008.

[56] 程小勇. 含水率对黄土强度的影响试验研究[D]. 武汉:中国地质大学,2009.

[57] 缪林昌,殷宗泽,刘松玉. 非饱和膨胀土强度特性的常规三轴试验研究[J]. 东南大学学报(自然科学版),2000,30(1):121-125.

[58] 党进谦,李靖. 含水率对非饱和黄土强度的影响[J]. 西北农业大学学报,1996,24(1):57-60.

[59] 熊承仁. 重塑非饱和粘性土的强度习性研究[D]. 长沙:中南大学,2005.

[60] Drumringht E E, Nelson J D. The shear strength of unsaturated tailings sand [C]//The 1st International Conference on Unsaturated Soils, 1995: 45-50.

[61] Rohm S A, Vilar O M. Shear strength of unsaturated sandy soil[C]//The 1st International Conference on Unsaturated Soils. Paris: 1995(1): 189-193.

[62] Alonso E E, Gens A, Josa A. A constitutive model for partially saturated soils[J]. Géotechnique, 1990, 40(3): 405-430.

[63] SUN D E A N, Matsuoka H, YAO Y, et al. An elasto-plastic model for unsaturated soil in three-dimensional stresses[J]. Soils and foundations, 2000, 40(3): 17-28.

[64] Matsuoka H, Yao Y, SUN D. The Cam-clay models revised by the SMP

criterion[J]. Soils and foundations, 1999, 39(1): 81-95.

[65] Sheng D, Fredlund D G, Gens A. A new modelling approach for unsaturated soils using independent stress variables[J]. Canadian Geotechnical Journal, 2008, 45(4): 511-534.

[66] Wood D M. Soil behaviour and critical state soil mechanics[M]. Cambridge university press, 1990.

[67] Toll D G. A framework for unsaturated soil behaviour[J]. Géotechnique, 1990, 40(1): 31-44.

[68] Ng C W W, Chiu A C F. Behavior of a loosely compacted unsaturated volcanic soil[J]. Journal of Geotechnical and Geoenvironmental Engineering, 2001, 127(12): 1027-1036.

[69] Nuth M, Laloui L. Effective stress concept in unsaturated soils: Clarification and validation of a unified framework[J]. International journal for numerical and analytical methods in Geomechanics, 2008, 32(7): 771-801.

[70] Vanapalli S K, Fredlund D G, Pufahl D E, et al. Model for the prediction of shear strength with respect to soil suction[J]. Canadian Geotechnical Journal, 1996, 33(3): 379-392.

[71] Öberg A L, Sällfors G. Determination of shear strength parameters of unsaturated silts and sands based on the water retention curve[J]. Geotechnical Testing Journal, 1997, 20(1): 40-48.

[72] Tarantino A, Tombolato S. Coupling of hydraulic and mechanical behaviour in unsaturated compacted clay[J]. Géotechnique, 2005, 55(4): 307-317.

[73] Melinda F, Rahardjo H, Han K K, et al. Shear strength of compacted soil under infiltration condition[J]. Journal of Geotechnical and Geoenvironmental Engineering, 2004, 130(8): 807-817.

[74] 冯志焱，邱本胜，谢定义. 黄土的三轴试验研究[J]. 西安建筑科技大学学报：自然科学版，2010，42(6)：803-808.

第 3 章　基于双曲线吸力强度模型研究

影响非饱和土抗剪强度的因素有很多，要想建立一个强度表达式全面地、准确地表述非饱和土的抗剪强度这一力学性质是有难度的。基于此，在建立非饱和土强度表达式的时候，需要从以下几个方面来考虑：①表达式应该尽量简化。表达式简化的目的是从工程角度来考虑的，是要帮助工程师用该表达式来解决具体的工程问题。简化的前提是建立在正确的理论基础以及准确的试验结果之上的。②表达式应该具有针对性。非饱和土抗剪强度表达式有很多，不同的土和不同的工程问题，需要选择最合适的强度表达式。强度表达式应该精准地反映该类特定土的力学性质。建立强度表达式的时候，表达式中的相关参数应该具有明确的物理意义而不仅仅是拟合出的一个常数。

在众多的非饱和土抗剪强度表达式中，双曲线型强度理论较为流行。其主要的原因是相对于非饱和土的线性强度理论，双曲线型强度理论的理论值与实测值吻合度更高，同时与更多的试验资料也相吻合。缪林昌双曲线吸力强度模型和沈珠江双曲线吸力强度模型是其中的典型代表。本章通过控制吸力的非饱和重塑黄土三轴试验，确定缪林昌双曲线吸力强度模型以及沈珠江双曲线吸力强度模型中参数的取值，并讨论二者对非饱和重塑黄土的实用性。

3.1 研究方案

试验采用与第2章中相同的土样，通过VJ非饱和三轴仪开展剪切试验(见图3-1)。VJTech公司生产的VJ非饱和土双压力室三轴仪主要由双压力室、控制系统、测量与采集系统、数据处理系统等组成。双腔式压力室(Bishop & Wesley)的内外压力室中的水是相通的，可以保证内外压力室中的压力相等，从而可以有效地阻止内压力室玻璃壁的变形。控制系统由MPX3000数据采集板、围压控制器、轴力控制器、孔隙水压力以及孔隙气压力控制器组成。采集系统主要由MPX3000数据采集板来采集并储存试验数据，主要包括：体变测量仪、孔隙水测量仪、轴向应变计算器和轴力传感器。数据处理系统由AutoClip软件及其DataManager数据管理系统组成。设备技术规格：最大轴向荷载：50 kN；最大围压：1 700 kPa；最大轴向位移：25 mm；试样尺寸：39.1 mm/61.8 mm/100 mm；压力室尺寸：300 mm直径×705 mm高；水压控制器：3 MPa/250 cc；气压控制器：1 MPa/250 cc。试验方案见表3-1。试验过程、破坏标准以及数据处理均遵守文献[2]开展。

图3-1 VJ非饱和土三轴仪

表 3-1　试验方案

土样	试验仪器	组数	试样数	σ_3 (kPa)	ω (%)	ρ_d (g/cm^3)	剪切速率 (mm/min)
非饱和重塑黄土	VJ 非饱和土三轴仪	4	12	50 100 200	16	1.6	0.032

试验过程中有下列事项需要注意：

(1)剪切速率的选择：剪切速率是影响土体抗剪强度的一个外因。参考文献[3]中的剪切速率，本章试验选用 0.032 mm/min 的剪切速率。

(2)对于非饱和土的三轴试验，为了防止土样中水分的蒸发以及土样从排水量测系统中吸水，土样的制备、安装过程均需要较快的速度。

3.2　试验结果

3.2.1　应力应变曲线

控制吸力的非饱和重塑黄土的应力—应变曲线见图 3-2。从图 3-2 中可以看出，其应力应变曲线基本以硬化型为主，当净围压较低时，在高吸力情况下，其应力应变曲线从硬化型向软化型转变。应变在 4% 之前，基本呈线性变化。在小应变时，随着土体应力的增加，其应变主要以弹性变形为主。从不同吸力下的应力—应变关系曲线图可以看出，当吸力增加时，其最大偏差应力也随之增加。在同一吸力下，其最大偏差应力随着净围压的增加而增加。吸力对于非饱和土强度的增长和维持有着至关重要的作用。吸力与非饱和土的抗剪强度是正相关。应力应变曲线上的最大主应力差随着吸力的增加而增加。

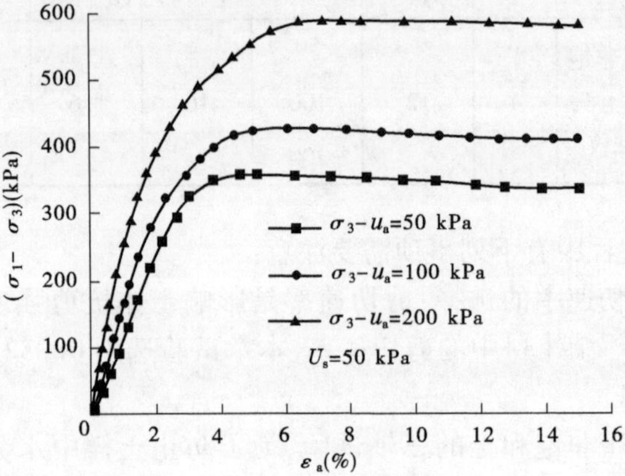

(a) μ_a=50 kPa

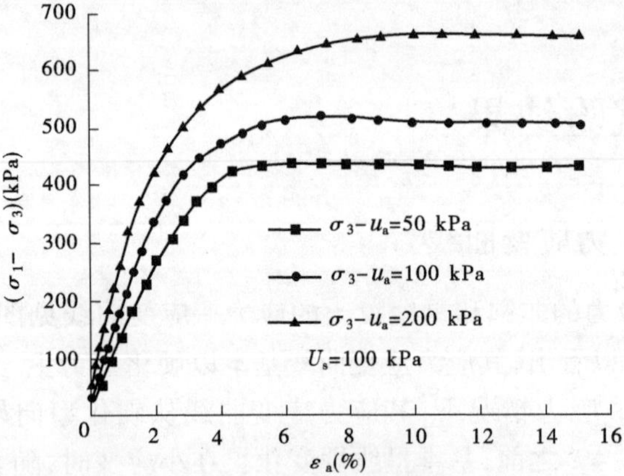

(b) μ_a=100 kPa

图 3-2　应力—应变曲线

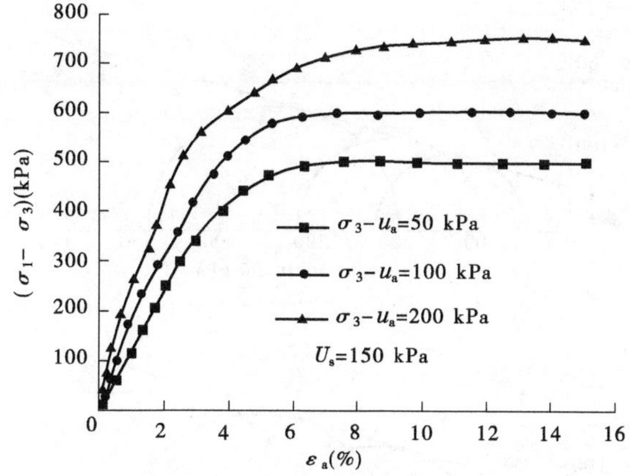

(c) μ_a=150 kPa

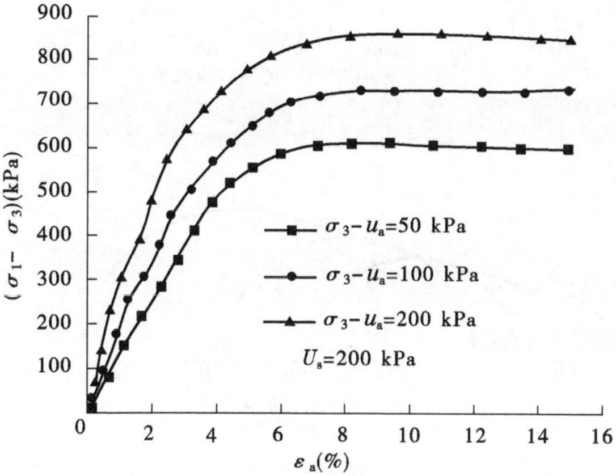

(d) μ_a=200 kPa

续图 3-2

3.2.2　强度参数测试结果

非饱和重塑黄土抗剪强度包线见图 3-3，非饱和土三轴剪切试验数据见表 3-2。

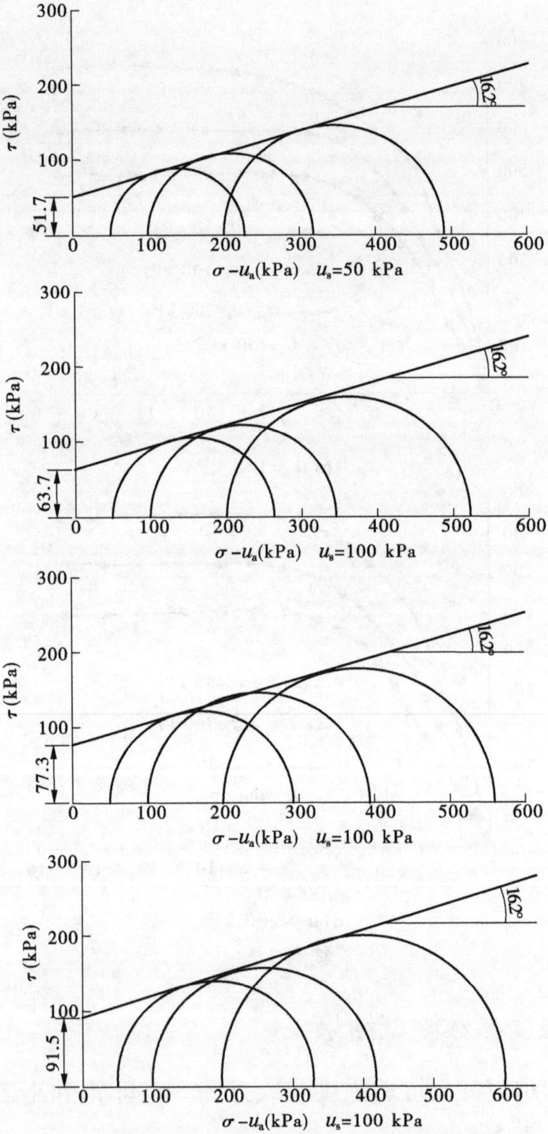

图 3-3 非饱和重塑黄土抗剪强度包线

表 3-2　非饱和土三轴剪切试验数据

u_s (kPa)	σ_3 (kPa)	u_a (kPa)	σ_3-u_a (kPa)	u_w (kPa)	$(\sigma_1-\sigma_3)_f$ (kPa)	c_{total} (kPa)	φ_b (°)	φ' (°)	c' (kPa)	τ_s (kPa)
50	150	100	50	50	326.7	51.7	37.9	16.2	12.8	38.9
	200	100	100	50	417.7					
	300	100	200	50	591.7					
100	200	150	50	50	413.9	63.7	27.0	16.2	12.8	50.9
	250	150	100	50	495.5					
	350	150	200	50	672.7					
150	250	200	50	50	493.6	77.3	23.3	16.2	12.8	64.5
	300	200	100	50	594.6					
	400	200	200	50	759.1					
200	300	250	50	50	580.0	91.5	21.5	16.2	12.8	78.7
	350	250	100	50	668.9					
	450	250	200	50	853.9					

从 Mohr-Coulomb 抗剪强度包线可以看出，非饱和重塑黄土的有效内摩擦角（$\varphi'=16.2$ kPa）与饱和重塑黄土的常规三轴排水剪试验结果相同。这也证实了 Drumringht（1995）、Rohm（1995）的研究成果，也就是有效抗剪强度指标 c'、φ' 与吸力无关。

从其抗剪强度包线不难看出随着吸力的增加，重塑黄土的总黏聚力 c_{total} 不断增加。当吸力为 50 kPa 时，总黏聚力为 51.7 kPa，当吸力为 200 kPa 时总黏聚力增大到 91.5 kPa。总黏聚力 c_{total} 和有效内摩擦角 φ' 可以直接从抗剪强度包线中得到。吸力强度可以通过 $\tau_s=c_{total}-c'$ 计算。并可以计算出 Fredlund（1978）提出的双应力状态变量抗剪强度表达式中的吸力内摩擦角（$\varphi_b=$

$\tan^{-1}|\tau_s/u_s|$），从上式中可以看到 φ_b 并不是一个常数，而且可以看到 φ_b 随着吸力的增大而减小。这一试验结果与之前众多学者的研究结果是一致的。

从图 3-4 中可以看到吸力强度与吸力之间的关系为准线性关系。图 3-4 中两条拟合直线的截距之差即为有效黏聚力。随着吸力的增加，非饱和重塑黄土的吸力强度也随之增加。吸力强度与吸力的拟合直线方程为：

$$\tau_s = 0.266u_s + 25 \quad (R = 0.999\ 29) \tag{3-1}$$

因此，可以将试验所用的重塑黄土抗剪强度表达为如下形式：

$$\tau_f = c' + (\sigma_n - u_a)\tan\varphi' + 0.266u_s + 25 \tag{3-2}$$

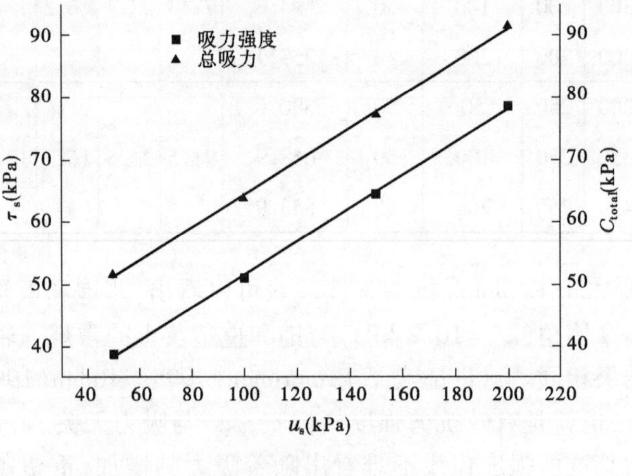

图 3-4　总黏聚力和吸力强度与吸力关系

3.3　双曲线吸力强度模型中的参数确定

3.3.1　对缪林昌双曲线吸力强度模型的拟合

缪林昌(1999)通过对南阳膨胀黄土的非饱和三轴试验,提出了一种双曲模型来拟合并预测非饱和土的吸力强度。试验过程中采用控制吸力的固结排水(CD)试验,以避免剪切速率对强度和孔隙压力测量的影响。其应力应变曲线为软化型。从土样的强度包线上可以得到土的 c_{total} 和 φ' ,其中 φ' 是定值,且与饱和黄土的内摩擦角相等; c_{total} 随着吸力的增大而增大。并由试验结果可以计算出土的吸力强度($\tau_s = c_{total} - c'$)和吸力内摩擦角 φ_b($\varphi_b = \tan^{-1}|\tau_s/u_s|$)。$\tau_s$ 和 u_s 是一一对应关系,将 (τ_s, u_s) 坐标变换为 $\left(\frac{1}{u_s + p_{at}}, \frac{1}{\tau_s + p_{at}}\right)$,并将其绘制在变换坐标后的 $\left(\frac{1}{u_s + p_{at}}, \frac{1}{\tau_s + p_{at}}\right)$ 平面上,二者在该平面上为线性关系,即:

$$\frac{1}{\tau_s + p_{at}} = \frac{1}{a}\left|\frac{1}{u_s + p_{at}}\right| + \frac{1}{b} \tag{3-3}$$

式中　a、b——试验参数;

p_{at}——标准大气压;

u_s——基质吸力。

对于饱和土而言,$u_s = 0$,$\tau_s = 0$,将该初始条件代入式(3-3)中,得:

$$b = \frac{a}{a-1}p_{at} \tag{3-4}$$

将式(3-4)代入式(3-3)得到:

$$\tau_s = \frac{u_s}{a + \frac{a-1}{p_{at}} u_s} \tag{3-5}$$

其双曲线吸力强度模型的强度表达式如下：

$$\tau_f = c' + (\sigma_n - u_a)\tan\varphi' + \frac{u_s}{a + \frac{a-1}{p_{at}} u_s} \tag{3-6}$$

从式(3-6)可知，当 $u_s \to 0$ 时，$\tau_s + p_{at} \to b$，也就是说 $b - p_{at}$ 为 τ_s 的极限。当 $u_s = 0$ 时，则式(3-6)退化为饱和土的抗剪强度表达式。

缪林昌双曲线吸力强度模型的理论基础是非饱和土的有效抗剪强度指标与饱和土的有效抗剪强度指标基本相同，也就是有效抗剪强度指标与吸力无关。缪林昌(1999)的试验结果也证实了这一结论。在缪林昌双曲线吸力强度模型中，吸力强度与吸力之间的关系是非线性的，为了便于拟合二者之间的关系，通常需要把 (τ_s, u_s) 坐标变换为 $\left(\frac{1}{u_s + p_{at}}, \frac{1}{\tau_s + p_{at}}\right)$ 坐标。由于吸力强度与吸力的关系为准线性关系，在本试验中并不需要通过上述坐标变换。为了验证缪林昌双曲线吸力强度模型对重塑黄土是否适用，将式(3-5)转换为下式：

$$a = \frac{u_s\left(1 + \frac{p_{at}}{\tau_s}\right)}{u_s + p_{at}} \tag{3-7}$$

通过式(3-7)计算双曲线模型中的参数 a，计算结果见表 3-3。

表 3-3　参数 a 的取值

吸力 u_s(kPa)	吸力强度 τ_s (kPa)	参数 a
50	38.9	1.19
100	50.9	1.49
150	64.5	1.53
200	78.7	1.52

从表 3-3 中可以看出参数 a 取值的离散性不大。当吸力为 50 kPa 时,参数 a 的取值为 1.19,出现了离散。在其他 3 个吸力条件下,参数 a 的取值基本在 1.5 左右。有可能是试验误差导致参数 a 的取值在吸力为 50 kPa 时出现离散性。取吸力为 100 kPa、150 kPa 和 200 kPa 时参数 a 的算术平均值 1.51 作为双曲线模型中参数 a 的取值。吸力强度与吸力的关系表达式为:

$$\tau_s = \frac{u_s}{1.51 + \frac{0.51}{p_{at}} u_s} \tag{3-8}$$

基于缪林昌吸力强度的非饱和重塑黄土的抗剪强度表达式如下:

$$\tau_f = c' + (\sigma_n - u_a)\tan\varphi' + \frac{u_s}{1.51 + \frac{0.51}{p_{at}} u_s} \tag{3-9}$$

其中, $c' = 12.8$ kPa, $\varphi' = 16.2°$ 。

利用式(3-8)计算的吸力强度结果见表 3-4。从表 3-4 中可以看到,参数 a 取值为 1.51 时,吸力强度的计算值与实测值比较吻合。当吸力为 50 kPa 时,由于试验误差,导致吸力强度的实测值与计算值相差较大,但就工程来讲,式(3-8)的计算精度是可以满足的。

表 3-4 吸力强度的计算值与实测值

吸力(kPa)	吸力强度(kPa)	
	实测值	计算值
50	38.9	28.4
100	50.9	49.7
150	64.5	66.2
200	78.7	79.5

3.3.2 对沈珠江双曲线吸力强度模型的拟合

沈珠江认为非饱和土的强度随吸力的变化呈强烈的非线性，并给出了如下的非饱和土抗剪强度表达式：

$$\tau_f = c' + (\sigma_n - u_a)\tan\varphi' + \frac{u_a - u_w}{1 + d(u_a - u_w)}\tan\varphi' \quad (3\text{-}10)$$

式中 c、φ'、d——常数。

如果令系数 $\chi = \dfrac{1}{1 + d(u_a - u_w)}$，式(3-10)在形式上就与非饱和土双变量强度表达式相同。系数 χ 随吸力增大而逐渐变小，称为折减系数。

3.3.3 试验参数 d 的确定

沈珠江双曲线吸力强度模型中的吸力强度可以定义为：

$$\tau_s = \frac{u_a - u_w}{1 + d(u_a - u_w)}\tan\varphi' \quad (3\text{-}11)$$

由式(3-11)可以推出：

$$d = \frac{\tan\varphi'}{\tau_s} - \frac{1}{u_s} \quad (3\text{-}12)$$

其中，$\varphi' = 16.2°$。把表 3-2 中的试验数据代入式(3-12)中，计算

参数 d 的取值,计算结果见表 3-5。

表 3-5　参数 d 的取值

吸力 u_s(kPa)	吸力强度 τ_s(kPa)	参数 d
50	38.9	-0.012 52
100	50.9	-0.004 28
150	64.5	-0.002 16
200	78.7	-0.001 30

从表 3-5 中可以看出参数 d 随着吸力及吸力强度的增大而增大,分别拟合出参数 d 与吸力及吸力强度的关系曲线见图 3-4,二者的拟合方程见表 3-6。

表 3-6　参数 d 与吸力和吸力强度的拟合方程

拟合的方程	a	b	c	R
$d = a - bc^{u_s}$	-0.001 13	0.040 45	0.974 96	0.974 96
$d = a - bc^{\tau_s}$	-0.001 27	0.746 68	0.897 75	0.999 67

从图 3-5 中可以看出,在沈珠江双曲线吸力强度模型中,参数 d 并不是一个常量,而是一个随着吸力变化的变量,二者为正相关。

对比缪林昌双曲线吸力强度模型和沈珠江双曲线吸力强度模型中的参数不难看出,缪林昌模型中的参数 a 为常量,而沈珠江模型中的参数 d 为变量,是吸力的指数函数。

缪林昌双曲线吸力强度模型是通过控制吸力的非饱和三轴试验,并对试验结果进行拟合而得到的。本书也是基于这样的试验思路,因此由本章试验结果所得出的参数 a 的取值同文献[6]一致均为常量。沈珠江双曲线吸力强度模式的提出是在分析其他非饱和土抗剪强度表达式的基础上,并结合折减强度理论提出的一种可能会适合非饱和土的抗剪强度表达式。

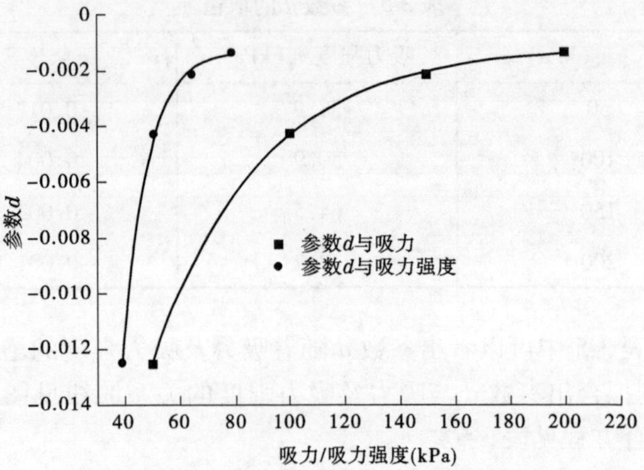

图 3-5 吸力及吸力强度与参数 d 的拟合曲线

3.4 小 结

本章在控制吸力的非饱和三轴试验结果的基础上，确定了两种双曲线吸力强度模型中相关参数的取值，主要结论如下：

(1)非饱和重塑黄土的应力应变曲线基本以硬化型为主，当净围压较低时，在高吸力情况下，其应力应变曲线从硬化型向软化型转变。应变在 4% 之前，基本呈线性变化，主要以弹性变形为主。

(2)非饱和重塑黄土的吸力强度与吸力为准线性关系，二者为正相关。缪林昌双曲线吸力强度模型中参数 a 为常量，其值为 1.51；沈珠江双曲线吸力强度模型中参数 d 为吸力的指数函数，其值随着吸力的增大而增大。

参 考 文 献

[1] 包承纲, 詹良通. 非饱和土性状及其与工程问题的联系[J]. 岩土工程学报, 2006, 28(2): 129-136.

[2] 国家质量技术监督局,中华人民共和国建设部. 土工试验方法标准 GB/T 50123—1999[S]. 北京:中国计划出版社,1999.

[3] 王燕. 原状黄土的力学特性及其模拟[D]. 西安:西安建筑科技大学, 2007.

[4] 沈珠江. 非饱和土力学的回顾与展望[J]. 水利水电科技进展, 1996, 16(1): 1-5.

[5] Shen Z J. Reduced suction and simplified consolidation theory for expansive soils[C] // First Int Conf on Unsaturated Soils. Paris, 1995, 3: 1321-1328.

[6] 缪林昌, 殷宗泽. 非饱和土的剪切强度[J]. 岩土力学, 1999, 20(3):1-6.

第4章 土中结合水特性研究

作为土体孔隙水重要组成部分的结合水,其物理力学性质具有不同于一般水的特殊性,土体中结合水含量的高低也会直接或间接地影响土体的工程力学性质,但是,目前对黄土中结合水的研究尚欠缺。本章将通过等温吸附法和热重分析法确定黄土中强结合水和弱结合水的界限,并讨论黏土矿物含量对不同类型的结合水含量的影响。在此基础上,通过试验与理论分析相结合的方法确定结合水的水膜厚度和结合水的密度。

4.1 试验方法的确立

有很多种方法可以用来确定固体表面的含水量,比如,膨胀仪法、X射线衍射、热容法和核磁共振等。但是,没有一种方法可以独立地并且直接测定土体表面不同类型的结合水及其相应的含量。综合对比各种试验方法,本章采用等温吸附法和热重分析法相结合的试验方法确定黄土中结合水的类型及含量。等温吸附法被广泛地应用于描述土体表面吸附结合水的进程。在恒温条件下,将干燥的土样置于一定的湿度环境下使其吸附水汽即为等温吸附法。对于给定的吸附体系,吸附量与气体平衡压力的关系曲线称为吸附等温线;不同的吸附剂和吸附质在不同的试验条件下发生吸附作用时,其吸附等温线会表现出不同的特点。

国际纯粹与应用化学联合会(International Union of Pure and Applied Chemistry,简称IUPAC)根据吸附等温线的特点将其分为

5种基本类型,不同类型的等温吸附线会表现出不同的吸附特点。土颗粒中的黏土矿物能吸附水汽形成结合水,根据土样吸附等温线的特点可以分析其水合历程。等温吸附试验的核心变量为相对湿度,本章将采用饱和盐溶液来控制等温吸附试验中的相对湿度。相对湿度(Relative Humidity,简称RH)是用于描述空气与水之间热力学平衡的专业术语,其定义为:在同一温度下,任何处于平衡状态的溶液的绝对湿度与平衡状态的自由水的绝对湿度的比值。非饱和土中孔隙气相的相对湿度是孔隙水相中化学势能与吸力之间的根本性连接纽带,也是建立孔隙水吸附动力学模型的核心变量。

热重分析法是在一定的气氛和程序控制下,测量试样质量与温度关系的一种热分析技术。由热重法测得的数据以质量(质量分数)随温度或时间而变化的形式表示的曲线为热重曲线(TG曲线);TG曲线上的阶梯反映了样品在对应的温度区间内所发生的质量变化,该温度也称为阶梯温度;阶梯温度可以作为鉴别样品发生物理变化或化学变化的定性依据。

4.2 试　验

4.2.1 土样的物理指标

试验所用的土样分别取自关中平原的不同地区,取土深度均为地表下1.5~2.0 m。采用《土工试验方法标准》(GB/T 50123—1999)测定土样的颗粒组成、塑性指数和有机质的含量,并依据《土的工程分类标准》(GB/T 50145—2007)对土样进行分类,具体见表4-1。

表 4-1　土样的基本物理指标

土样编号	土样名称	颗粒组成（%）			塑性指数	有机质含量（%）
		>0.075 mm	0.075 ~ 0.005 mm	<0.005 mm		
S1	粉质黏土	29.21	54.02	16.77	9.8	0.08
S2	粉质黏土	21.81	55.23	22.96	11.4	0.06
S3	粉质黏土	18.74	55.05	28.21	16.3	0.07
S4	黏土	12.24	48.17	42.59	19.2	0.09

黄土的矿物成分及含量采用日本理学公司的 D/Max2550 VB +/PC的 X 射线衍射仪测定。工作条件为 Cu Kα 靶，管电流 50 mA，管电压 40 kV，扫描步长 0.02°，测定范围 3° ~ 90°，检测结果见表 4-2。

表 4-2　土样的矿物成分

土样编号	矿物组成（%）						黏土矿物含量（%）
	方解石	石英	长石	伊利石	蒙脱土	高岭土	
S1	9.4	63.5	14.9	5.7	3.8	2.7	12.2
S2	6.5	64.4	13.4	7.5	4.5	3.7	15.7
S3	5.6	64.5	11.2	7.6	5.7	5.4	18.7
S4	7.9	56.7	8.5	11.3	7.7	7.9	26.9

XRD 的检测结果表明土样的主要矿物成分为亲水性极弱或非亲水的石英、长石、方解石，其中石英的含量最高；土样中的亲水性黏土矿物为伊利石、蒙脱石和高岭石，三者的总量在 12.8% ~ 22.9%。4 种土样中的各种矿物成分及含量相差并不大且与典型

黄土的主要矿物及含量是一致的。需要说明的是,XRD 为一种半定量测试方法,由 XRD 检测所得的矿物含量与土样中实际的矿物含量可能会存在微小的不同。但是,在目前的检测条件下,还没有一种办法可以准确地测定土样中各种矿物的含量。

4.2.2　试验内容

在本章中将土样在 250 ℃时烘干失水计算所得的含水量定义为含水量,以区别现行《土工试验方法标准》(GB/T 50123)中根据土样在 105~110 ℃烘干失水计算所得的含水量。在等温吸附试验进行之前,将风干土样碾碎过 1 mm 筛,取筛下土样在真空干燥器内下烘至恒重(250 ℃)。用 XRD 分析土样在加热前后的化学成分是否发生变化,XRD 的工作条件与确定土样中矿物成分时的工作条件相同。用分析天平秤 10 g 烘干土样放置在表面皿上,将表面皿置于不同相对湿度的干燥器内。之后,将干燥器放置在(25 ±0.2)℃恒温箱内,每 24 h 称重一次,直至干燥器内土样的质量不再发生变化。对于 RH =4% ~98% 的湿度环境,采用饱和盐溶液进行控制(见表 4-3),采用蒸馏水控制 RH =100% 的湿度环境。

表 4-3　饱和盐溶液及其对应的湿度值(25 ℃)

湿度固定点	盐溶液	RH(%)	湿度固定点	盐溶液	RH(%)
HFP4	CsF	3.4 ±1.0	HFP59	NaBr	57.6 ±0.4
HFP7	LiBr	6.4 ±0.6	HFP70	KI	68.9 ±0.3
HFP11	LiCl	11.3 ±0.3	HFP75	NaCl	75.3 ±0.2
HFP23	CH_3COOK	22.5 ±0.4	HFP85	KCl	84.2 ±0.3
HFP33	$MgCl_2$	32.8 ±0.2	HFP98	K_2SO_4	97.3 ±0.5
HFP43	K_2CO_3	43.2 ±0.4			

等温吸附试验中,每个湿度点下做 4 个平行样($n=4$)以建立试验的重现性。采用双侧 t - 检验($\alpha=0.05$)检验每个湿度点下的 4 次试验结果的平均值。如果计算出的观测值 t 使得 $|t|\leqslant t_{0.025}(n-1)$,则把 4 次的平均值作为该湿度点的最终的结果。否则,剔除掉与均值偏离程度最大的试验值,取剩下 3 个试验值重复进行双侧 t - 检验($\alpha=0.05$),若满足 $|t|\leqslant t_{0.025}(n-2)$,则取该 3 个试验值的平均值作为最终结果。若不满足,在该湿度点下重新进行等温吸附试验。

在热重分析试验中,取在不同相对湿度环境下吸附水汽平衡后的土样(50 mg)放置于 Al_2O_3坩埚内,升温速率控制为 5 ℃/min 以便使结合水在对应温度区间内有效脱出,测试温度为 27.5 ~ 300 ℃($RT=27.5$ ℃, Room Temperature),工作氛围为干燥空气,流量为 60 mL/min。同样做 4 个平行样,所用的数理统计方法与等温吸附试验相同。

4.3 结合水类型及含量的确定

黏土矿物中的结合水在 200 ~250 ℃将完全脱去。通过成对的 t - 检验($P<0.05$)检验土样加热前后的 XRD 结果的差异性。数理统计结果表明土样在 250 ℃前后的 XRD 图谱并未发生明显的变化,从图 4-1 中也可以很明显地看到,土样在加热前后的 XRD 图谱基本重合在一起。表明在加热前后黄土土样中并无显著的矿物成分发生改变,由此可以排除加热对土样的破坏以及由此对试验结果带来的误差。

4.3.1 等温吸附试验结果

等温吸附试验结果表明黄土在不同的相对湿度环境下吸附水汽达到平衡的时间为 8 ~10 d。数理统计结果表明,样本均值在

5% 的置信度下并无显著性差异。图 4-2 为黄土等温吸附试验结果，土样的含水量随着相对湿度的增加而不断地增加，也就是土样吸附水汽的总量随着相对湿度的增加而增加。可以由 Frendlich 吸附方程给这一现象以定性的解释。Frendlich 吸附方程式如下：

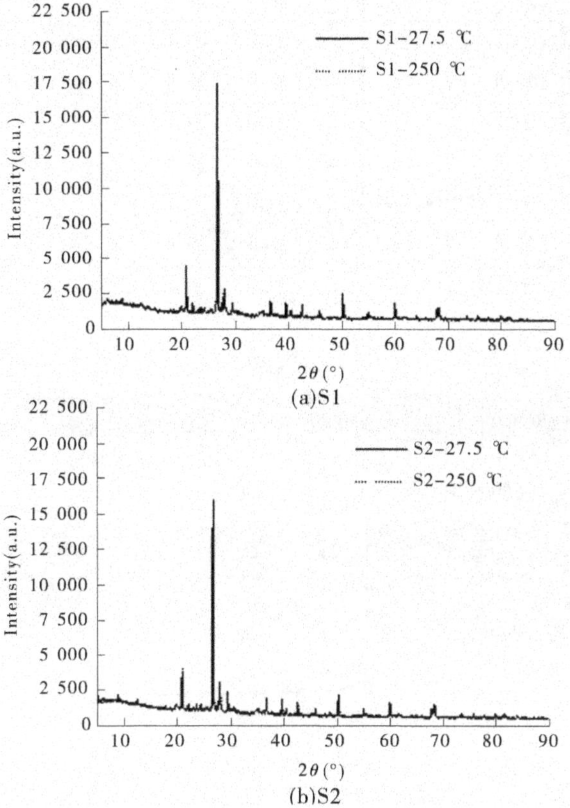

(a)S1

(b)S2

图 4-1　加热前后土样的 XRD 图谱

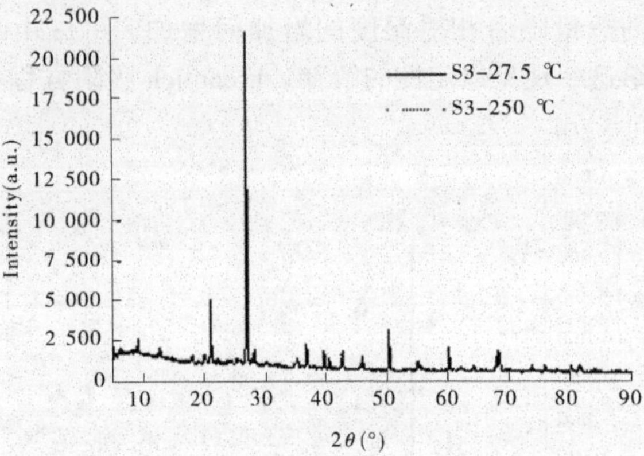
22 500
20 000
17 500
15 000
12 500
10 000
7 500
5 000
2 500
0
Intensity(a.u.)
S3-27.5 ℃
S3-250 ℃
10 20 30 40 50 60 70 80 90
2θ(°)

(c)S3

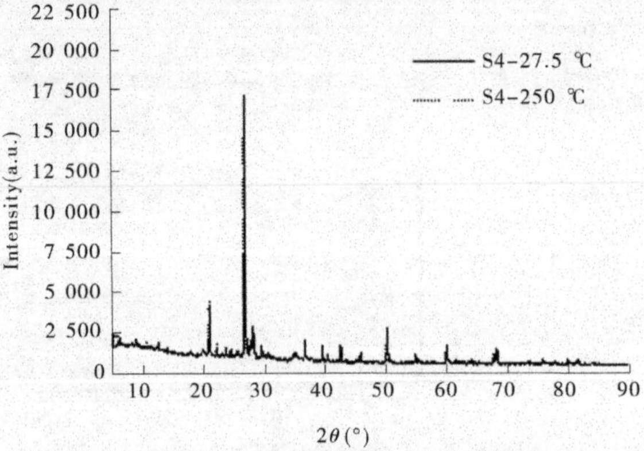
22 500
20 000
17 500
15 000
12 500
10 000
7 500
5 000
2 500
0
Intensity(a.u.)
S4-27.5 ℃
S4-250 ℃
10 20 30 40 50 60 70 80 90
2θ(°)

(d)S4

续图 4-1

$$q = mAc^{1/n} \tag{4-1}$$

式中　q——吸附量；

c——平衡时溶液浓度；

m——吸附剂的质量；

A——分配系数；

n——经验常数。

对等温吸附试验而言，式(4-1)中的变量仅为 c，而 c 随着 RH 的增加而增加，吸附量 q 则随着 c 的增加而增加。目前用于描述吸附作用的等温式有 Langmuir 式、Freundlich 式和 Temkin 式；其中，Langmuir 式和 Freundlich 式对物理吸附和化学吸附均实用，而 Temkin 式只能用于描述化学吸附。

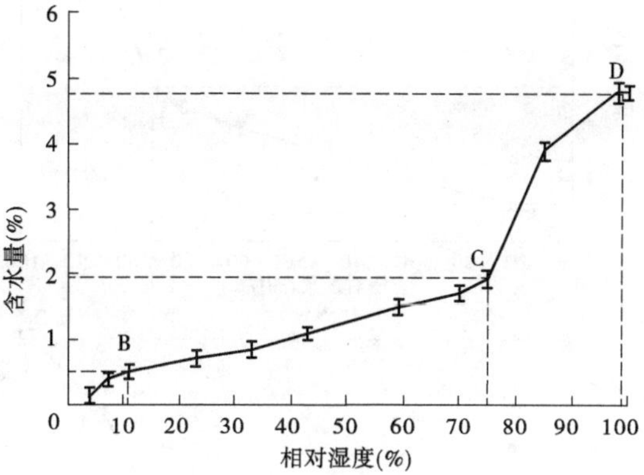

(a)S1

图 4-2　黄土等温吸附试验结果

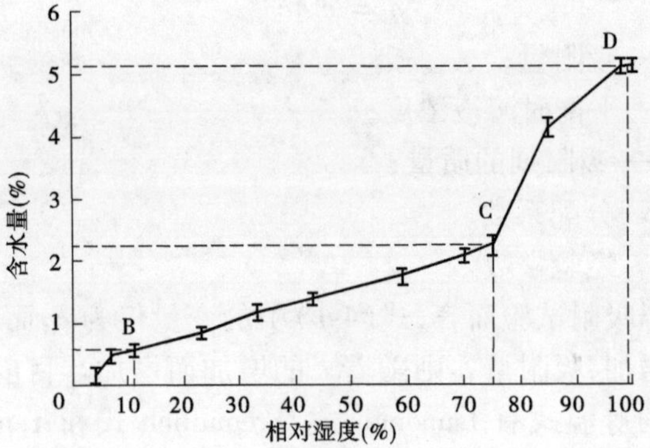

(b)S2

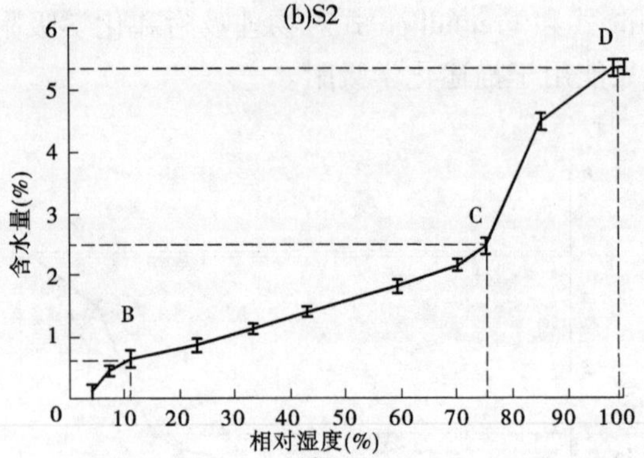

(c)S3

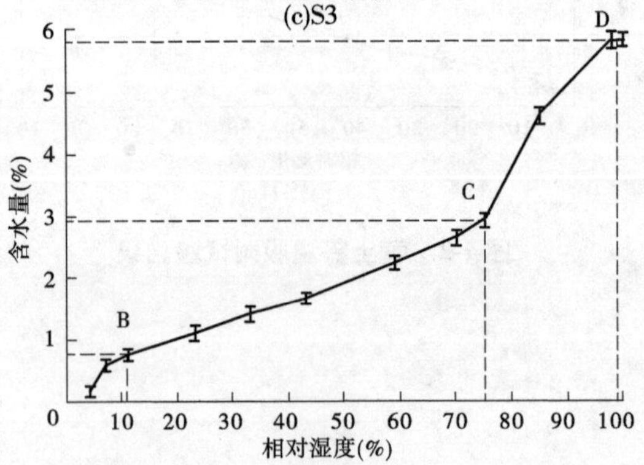

(d)S4

续图 4-2

土样的等温吸附线呈现出明显的S形，与国际纯粹与应用化学联合会（IUPAC）的Ⅳ型等温线非常类似。Ⅳ型等温线是介孔（2～50 nm）吸附质发生多层吸附和毛细凝结的结果。该试验现象与Martin（1960）和Osipov（2012）对黏土矿物的研究结果基本一致。Osipov（2012）的研究结果表明，黏土矿物的吸附等温线并不是典型的Langmuir单分子层吸附等温线，而是表现出S形，黏土矿物所吸附的结合水并非单分子层而是会形成几个纳米厚的多分子层。土样的吸附等温线上存在两个明显的拐点$RH=11\%$和$RH=75\%$（见图4-2），可以把土样的吸附等温线划分为三个区间：$RH<11\%$、$RH=11\%\sim75\%$和$RH>75\%$。处于低湿度区间（$RH<11\%$）时，土样吸附水汽所形成结合水的含量相对较低，该过程黏土矿物与水可能是以静电引力相互作用为主的物理化学吸附，反应了气体与土颗粒表面作用的大小。静电引力来自于黏土矿物表面的负电荷和周围水分子的偶极子、阳离子。在$RH=11\%\sim75\%$湿度区间内，土样的吸附等温线迅速上扬且近似为线性变化，该过程属于物理吸附。黏土矿物与水分子之间的作用力以van der Waals力为主，van der Waals力是一种存在于原子尺度内的分子相互作用力。吸附等温线上的B点（$RH=11\%$），通常被认为是单分子层吸附到多分子层吸附的拐点。该压力段（$RH=11\%\sim75\%$）反应了单分子层的形成及向多层或毛细凝结的转化。当$RH>75\%$时，迅速增加的吸附水应该来自土体中水汽的毛细冷凝（caplilary condensation）。在孔性固体中，发生蒸汽凝结的作用总是从小孔向大孔逐渐进行，即随着气体压力的增加，发生气体凝结的毛细孔越来越大。由于毛细凝结作用的发生，使得吸附量急剧增加。因此，可以看到当$RH>75\%$时，等温吸附线迅速上扬。当$RH=98\%$（D点）时，土样基本不再吸附水汽，表明土样自气相中吸附水汽已达到平衡。

有很多不同的土样的吸附等温线也呈现出典型的S形特征，

但是,其吸附等温线上的特征相对湿度却不尽相同。比如,刘清秉等(2012)的研究表明膨胀土吸附等温线上的特征湿度为 RH = 40% 和 80%;王平全(2001)的研究表明 Na-蒙脱土等温吸附线上的特征湿度为 RH = 90% 和 98%。本章所用的黄土土样的等温吸附线上的特征湿度则分别为 RH = 11% 和 75%。综上所述,土样的吸附等温线表现出明显的 S 形,土样的吸附等温线在不同的湿度区间内表现出不同的变化规律,反映出其各不相同的吸附机制。

4.3.2 热重分析试验结果

土样在被加热时,其最主要的热变化包括土样中水分的释放、有机质的分解和黏土矿物的脱羟基作用。本章试验所用土样中有机质含量相对较低(最大仅为 0.09%),这是因为黄土为干旱及半干旱地区形成的风积土,且土样取自较深的地层。在土样的预处理过程中,其所含的少量的有机质有可能已经被分解;即使未被完全分解,其含量也非常微小。因此,可以忽略有机质对土样吸附水汽的影响。黏土矿物在 400 ~ 500 ℃的加热温度下才会发生脱羟基作用。本章中 TGA 的工作温度为 27.5 ~ 300 ℃,远小于黏土矿物脱羟基所需要的加热温度。因此,吸附水汽达到平衡后的土样在热重分析中的主要热分解应为土样中水分的蒸发和释放。

土样在不同湿度环境下吸附水汽达到平衡后的 TG 曲线,即黄土的热重分析曲线见图 4-3,最大误差线为 ±0.05%。当 RH < 11% 时,土样的 TG 曲线上仅存在 1 个明显的热失重区间 135 ~ 210 ℃;当 RH = 11% ~ 75% 时,土样的 TG 曲线表现出 2 个热失重区间,分别为 75 ~ 135 ℃和 135 ~ 210 ℃;当 RH > 75% 时,土样的 TG 曲线上存在 3 个热失重区间,分别为 27.5 ~ 75 ℃、75 ~ 135 ℃和 135 ~ 210 ℃。很显然 75 ℃、135 ℃和 210 ℃为土样 TG 曲线上的 3 个特征温度。

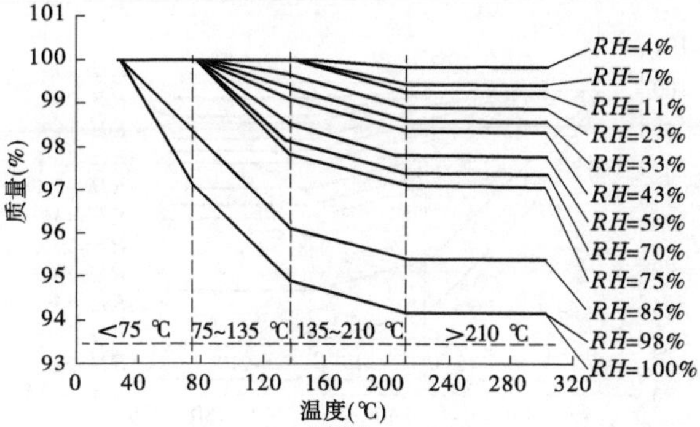

(a)S1

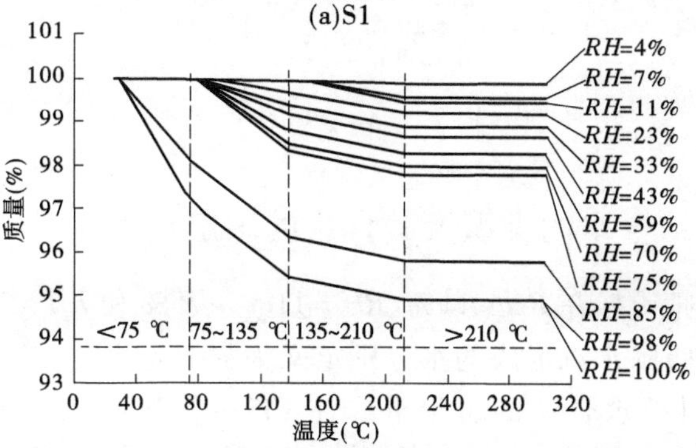

(b)S2

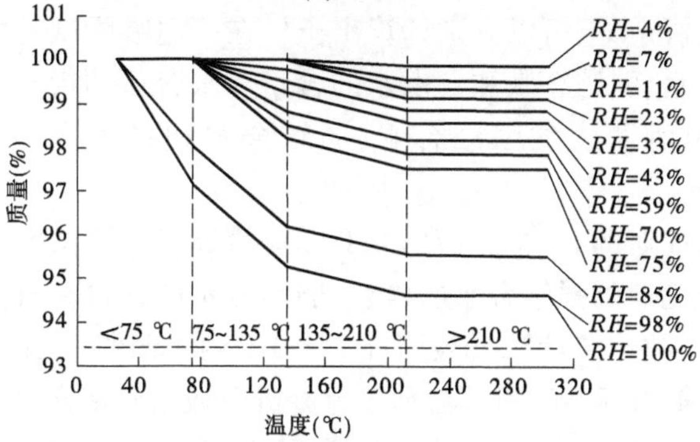

(c)S3

图 4-3　黄土的热重分析曲线

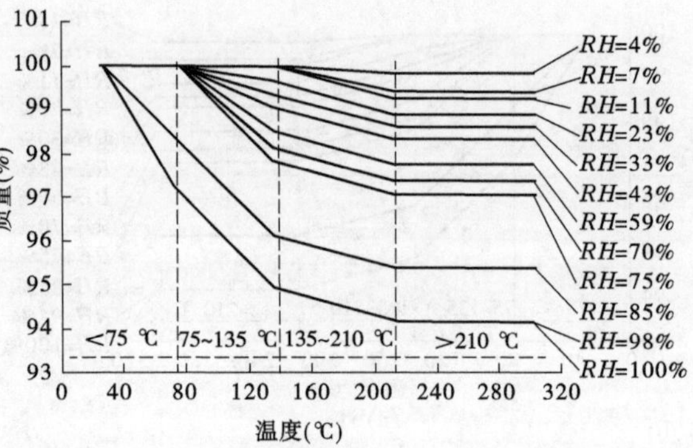

(d)S4

续图 4-3

4.3.3 结合水的类型及其含量的确定

如果把土样在 $RH<11\%$、$RH=11\%\sim75\%$ 和 $RH>75\%$ 的湿度环境中吸附水汽形成的水分别定义为强结合水、弱结合水和自由水,同时把水合后的黄土土样在 135 ~ 210 ℃、75 ~ 135 ℃ 和 27.5 ~ 75 ℃所失的水也分别定义为强结合水、弱结合水和自由水。在该假定下,可以分别计算出土样在等温吸附试验中所吸附的强结合水、弱结合水和自由水的含量和水合后的黄土土样在热重分析中所脱去的强结合水、弱结合水和自由水的含量(见表 4-4)。

采用成对的 t – 检验($P<0.05$)检验等温吸附试验和热重分析试验所确定的强结合水的含量、弱结合水的含量和自由水含量的差异性,数理统计结果表明在 $P<0.05$ 的条件下,并无显著差异。图 4-4 为等温吸附试验和热重分析中强结合水含量和弱结合水含量的对比。从图 4-4 中可以看到,通过等温吸附法和热重分析法所确定的强结合水和弱结合水的含量非常一致,尤其是弱结

合水的含量基本上都处于等值线上。两种方法所测得的强结合水尽管与等值线有一定的偏差,但是其偏差是非常微小的。

表 4-4　等温吸附法和热重分析中所确定的不同类型水的含量

土样编号	相对湿度(%)	强结合水含量(%)		弱结合水含量(%)		自由水含量(%)	
		等温吸附法	热重分析法(135 ~210 ℃)	等温吸附法	热重分析法(75 ~135 ℃)	等温吸附法	热重分析法(27.5 ~75 ℃)
S1	4	0.13	0.15	—	—	—	—
	7	0.39	0.41	—	—	—	—
	11	0.51	0.54	—	—	—	—
	23	0.51	0.53	0.20	0.22	—	—
	33	0.51	0.47	0.34	0.32	—	—
	43	0.51	0.48	0.58	0.61	—	—
	59	0.51	0.48	0.99	1.02	—	—
	70	0.51	0.55	1.20	1.23	—	—
	75	0.51	0.53	1.41	1.37	—	—
	85	0.51	0.54	1.41	1.42	1.06	1.07
	98	0.51	0.58	1.41	1.40	1.96	1.95
	100	0.51	0.57	1.41	1.36	1.97	1.95
S2	4	0.14	0.17	—	—	—	—
	7	0.46	0.49	—	—	—	—
	11	0.55	0.58	—	—	—	—
	23	0.55	0.59	0.27	0.29	—	—
	33	0.55	0.61	0.60	0.68	—	—
	43	0.55	0.62	0.81	0.76	—	—
	59	0.55	0.58	1.18	1.22	—	—
	70	0.55	0.54	1.50	1.53	—	—
	75	0.55	0.57	1.67	1.71	—	—
	85	0.55	0.54	1.67	1.68	1.97	1.89
	98	0.55	0.56	1.67	1.69	2.87	2.81
	100	0.55	0.57	1.67	1.62	2.88	2.92

续表 4-4

土样编号	相对湿度(%)	强结合水含量(%)		弱结合水含量(%)		自由水含量(%)	
		等温吸附法	热重分析法(135~210 ℃)	等温吸附法	热重分析法(75~135 ℃)	等温吸附法	热重分析法(27.5~75 ℃)
S3	4	0.16	0.14	—	—	—	—
	7	0.48	0.49	—	—	—	—
	11	0.66	0.67	—	—	—	—
	23	0.66	0.64	0.23	0.31	—	—
	33	0.66	0.63	0.49	0.47	—	—
	43	0.66	0.62	0.76	0.74	—	—
	59	0.66	0.72	1.18	1.21	—	—
	70	0.66	0.73	1.52	1.49	—	—
	75	0.66	0.74	1.83	1.86	—	—
	85	0.66	0.71	1.83	1.84	2.00	2.05
	98	0.66	0.69	1.83	1.81	2.89	2.91
	100	0.66	0.65	1.83	1.78	2.90	2.92
S4	4	0.18	0.17	—	—	—	—
	7	0.72	0.69	—	—	—	—
	11	0.76	0.75	—	—	—	—
	23	0.76	0.76	0.35	0.41	—	—
	33	0.76	0.78	0.65	0.67	—	—
	43	0.76	0.81	0.91	0.89	—	—
	59	0.76	0.73	1.48	1.53	—	—
	70	0.76	0.80	1.88	1.92	—	—
	75	0.76	0.72	2.17	2.14	—	—
	85	0.76	0.74	2.17	2.22	1.68	1.71
	98	0.76	0.73	2.17	2.15	2.90	2.97
	100	0.76	0.72	2.17	2.20	2.91	2.96

因此,可以得到下述结论:对于试验所用的黄土土样而言,在

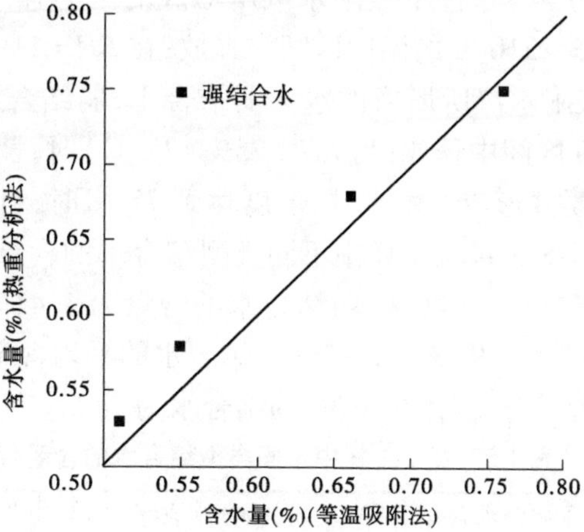

(a)

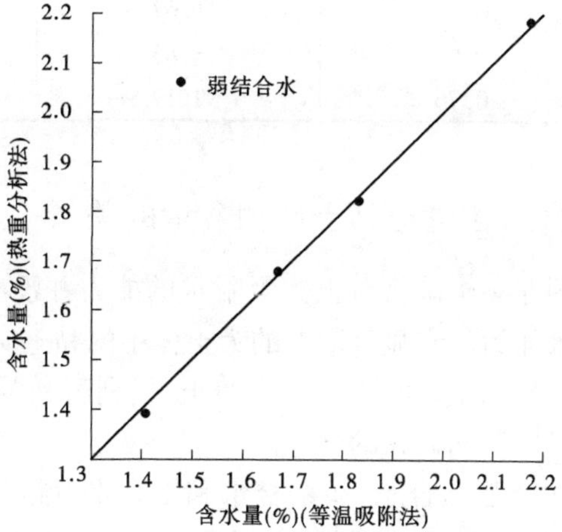

(b)

图 4-4　等温吸附试验和热重分析中强结合水含量和弱结合水含量的对比

$RH<11\%$（25 ℃）条件下吸附水汽所形成的水为强结合水，强结合水会在 135 ~ 210 ℃ 的温度区间中释放；在 $RH=11\%$ ~ 75%（25 ℃）条件下吸附水汽所形成的水为弱结合水，弱结合水会在 75 ~ 135 ℃ 的温度区间中释放；当 $RH>75\%$（25 ℃）时，黄土土样中会发生毛细冷凝并形成自由水，当温度达到 75 ℃时，自由水便会完全蒸发。表 4-5 为黄土土样中不同类型结合水的含量。强结合水的含量为 0.51% ~0.76%，弱结合水的含量为 1.41% ~2.17%，结合水的含量为 1.92% ~2.93%。结合水的平均含量为 2.39%。强结合水占结合水总量的 26%，弱结合水为 74%。

表 4-5　黄土土样中不同类型结合水的含量

土样编号	强结合水含量（%）	弱结合水含量（%）	结合水含量（%）
S1	0.51	1.41	1.92
S2	0.55	1.67	2.22
S3	0.66	1.83	2.49
S4	0.76	2.17	2.93

4.3.4　结合水含量与黏土矿物含量的关系

土体中的非黏土矿物对土体吸附水的能力并没有显著影响，对土体吸附水能力具有显著影响的为土体中的黏土矿物。试验所用黄土土样中的黏土矿物主要为高岭土、伊利石和蒙脱石，表 4-2 中已给出土样中不同矿物的含量。

黄土土样中强结合水、弱结合水和结合水（强结合水 + 弱结合水）的含量与黏土矿物含量的关系见图 4-5。强结合水、弱结合水和结合水（强结合水 + 弱结合水）与黏土矿物的含量均呈线性关系。数理统计结果表明在 95% 的置信度下，上述三种线性关系并无显著差异性，并拟合了强结合水、弱结合水和结合水（强结合水 + 弱结合水）与黏土矿物的含量的线性表达式[式(4-2)]。

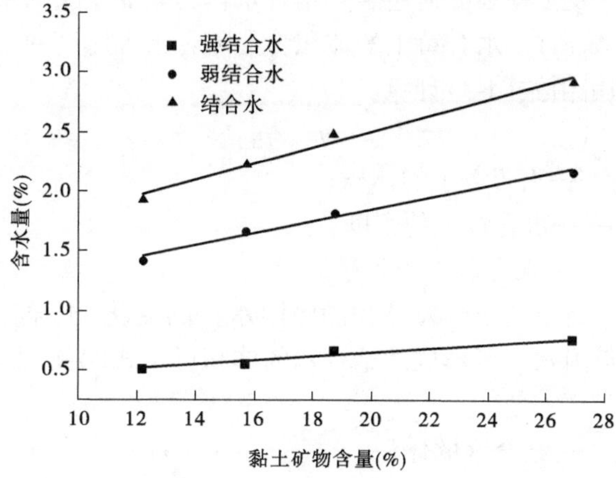

图 4-5　不同类型结合水的含量与黏土矿物含量的关系

$$\begin{cases} W_s = 0.02w_c + 0.297 \quad (R^2 = 0.930\,6) \\ W_w = 0.05w_c + 0.847 \quad (R^2 = 0.970\,1) \\ W_t = 0.07w_c + 1.144 \quad (R^2 = 0.973\,6) \end{cases} \tag{4-2}$$

式中　W_s、W_w 和 W_t ——强结合水、弱结合水和总结合水的含量(%)；

w_c ——黏土矿物的含量(%)。

需要说明的是,等温吸附法和热重分析法相结合的试验方法对于有机质含量较高的土体来说未必实用,当对土样进行 250 ℃ 加热预处理的过程中会导致土样中有机质的分解。

4.4　结合水密度和水膜厚度的计算方法

4.4.1　计算理论

干燥的土样在不同的湿度环境中吸附水汽形成结合水,在此把黄土土样及土样表面所包裹的结合水作为整体定义为水合黄土(Hydrous Loess)。水合黄土的体积将会随着水膜厚度的增加而变大,其体积可由式(4-3)计算。

$$V_{hs} = m_{hs}/\rho_{hs} \tag{4-3}$$

式中　V_{hs}——水合黄土的体积;

ρ_{hs}——水合黄土的密度;

m_{hs}——水合黄土的质量。

如果忽略干黄土颗粒体积随吸附水汽的变化,土样在等温吸附过程中吸附水汽所形成的结合水的体积可用式(4-4)表达:

$$V_{hw} = V_{hs} - V_s \tag{4-4}$$

式中　V_{hw}——结合水的体积;

V_s——干黄土颗粒的体积。

结合水的密度可以用式(4-5)计算:

$$\rho_w = m_w/V_{hw} \tag{4-5}$$

式中　ρ_w——结合水的密度;

V_{hw}——结合水的体积;

m_w——吸附结合水的质量,$m_w = m_{hs} - m_s$,其中 m_{hs} 为水合后黄土的质量,m_s 为干黄土的质量。

结合水水膜厚度可以用式(4-6)计算:

$$h_w = V_{hw}/S_0 \tag{4-6}$$

式中　h_s——结合水膜厚度;

V_{hw}——结合水的体积;

S_0——黄土中黏土矿物的表面积。

该处水膜厚度为假定厚度,其定义为:在既定的相对湿度下,脱水黏土矿物所吸附的水在矿物表面按照其表面积均匀分布时的最小厚度。黏土矿物的表面积 S_0 可以由式(4-7)计算

$$S_0 = S_c \cdot m_c \tag{4-7}$$

式中　S_c——土样中黏土矿物的总比表面积,m^2/g;

m_c——土样中黏土矿物的质量,g,其值为土样中黏土矿物的含量百分比(见表 4-2)与土样质量的乘积。

4.4.2　水合黄土的密度

从上述计算式中可以看到,计算结合水的密度和水膜厚度需要的物理量有水合黄土的密度和土样中黏土矿物的比表面积。水合黄土的密度可以由比重瓶法测量。试验时,采用中性溶液(煤油)作为测量介质以避免黏土矿物与水发生水合反应;通过分析天平以提高测量精度(精度为 0.000 1 g),具体操作步骤参照《土工试验方法标准》(GB/T 50123—1999)。每个湿度点下的土样均做 4 个平行样,所用的数理统计方法与等温吸附法相同。

水合黄土的密度与相对湿度之间的关系见图 4-6,可以看到水合黄土的密度随着相对湿度的增加而减小。在等温吸附过程中,土样表面吸附结合水的含量随着相对湿度的增加而增加,结合水含量的增加导致水合黄土密度的减小。尽管结合水的密度比自由水大,但是相比较于土颗粒的密度,其依然很小。事实上,当 $RH>75\%$ 时,土样中水已为毛细水,在此,为了展示试验结果的完整性也一并给出当 $RH>75\%$ 时土样的密度。

4.4.3　黏土矿物比表面积的确定

相较于水合黄土的密度,就目前的测试手段而言,还没有任何一种方法可以直接测量土样中黏土矿物的比表面积。本节将重点介绍一种近似的可以用来确定土样中所含的黏土矿物比表面积的方法。

由于黄土不是由单一的矿物组成,其吸附水的能力主要是由其所含的亲水黏土矿物所决定的,非黏土矿物对其水合能力的影响很小,可以忽略不计。黏土矿物的比表面积的大小对吸附能力有显著的影响,比表面积越大则吸附能力也越强。从已有文献中

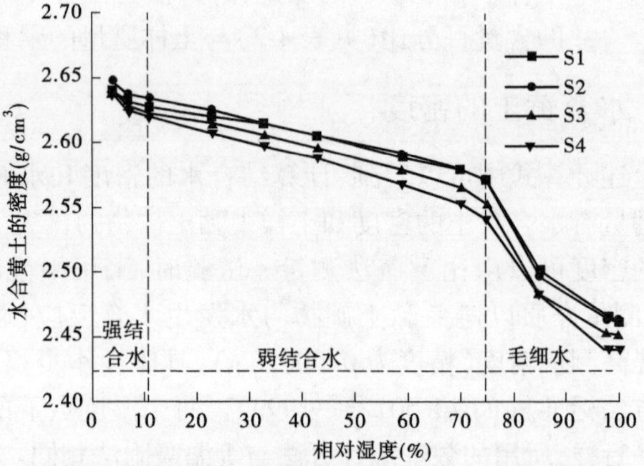

图 4-6　水合黄土的密度与相对湿度之间的关系

不难查到方解石、石英、长石、伊利石、蒙脱石和高岭石的比表面积，分别用 S_1、S_2、S_3、S_4、S_5 和 S_6 代表上述 6 种矿物的比表面积；其在土样中所对应的百分含量分别表示为 W_1、W_2、W_3、W_4、W_5 和 W_6。则土样中参与吸附结合水的伊利石、蒙脱石和高岭土的比表面积可由下式近似计算：

$$S_c = \frac{S_4 \cdot W_4 + S_5 \cdot W_5 + S_6 \cdot W_6}{W_4 + W_5 + W_6} \tag{4-8}$$

由于各种矿物的比表面积并非定值，而是分布于一定的数值区间内，因此，设计了如下方法以检验从文献所取的各种矿物的比表面积与实际土样中矿物的比表面积是否吻合。土样的比表面积可以通过下式计算：

$$S = \sum_{i=1}^{6} S_i W_i \tag{4-9}$$

其中，$S_1 \sim S_6$ 的取值从文献中查阅。

同时，还可以通过 BET 氮气吸附确定土样的比表面积。对比土样的计算比表面积和实测 BET 比表面积，当二者的相对误差小于 5% 时，认为按文献所取的各种矿物的比表面积与实际情况较为符合。当二者的相对误差大于 5% 时，在各种矿物比表面积的取值范围内调整其取值，直至相对误差小于 5%。值得注意的是，式(4-8)和式(4-9)并未考虑各种矿物混合后，比表面积之间的改性及相互影响，在此只做近似计算。粒径小于 74 μm 的上述 6 种矿物的比表面积可以按文献分别取为：5.6 m^2/g、6.8 m^2/g、118.9 m^2/g、4.3 m^2/g、376.5 m^2/g、18.8 m^2/g。将上述数值代入式(4-9)中，可以得到土样的计算比表面积(见表 4-6)。

表 4-6　土样的 BET 比表面积与计算比表面积

土样编号	计算比表面积(m^2/g)	BET 比表面积(m^2/g)	相对误差(%)
S1	37.62	36.58	2.8
S2	38.63	40.47	4.5
S3	40.82	42.37	3.7
S4	45.36	47.59	4.7

BET 氮吸附的试验设备为美国 Quantachrome 仪器公司的 Autosorb-1-MP 型物理吸附仪。吸附质为高纯氮气，体积分数大于 99.999 3%，吸附温度为 77 K(液氮温度)，土样经程序升温至 350 ℃后，恒温脱气 4 h。采用多点法计算土样的比表面积。4 种土样的 BET 比表面积与计算比表面积见表 4-6。从表 4-6 中可以看到，土样的计算比表面积与 BET 比表面积之间的相对误差分别为 2.8%、4.5%、3.7% 和 4.7%，均小于 5%，因此，黄土土样中各种矿物的比表面积取上述值基本上可以反映其实际比表面积。

4.5　结果与分析

等温吸附试验中所用的土样(10 g)中的黏土矿物的含量分别为 1.22 g、1.57 g、1.87 g 和 2.69 g，通过式(4-7)可以计算得到四种土样中的黏土矿物的表面积为18.37 m^2、28.19 m^2、42.63 m^2和83.27 m^2。

在获得水合黄土的密度和土样中黏土矿物的表面积后，黄土中结合水的相关计算结果汇总于表4-7中。计算等效水分层厚度时，取水分子直径为2.77 Å。计算一个吸附水分子的有效直径用下式：

$$\tau = \nu_w / A N_A \tag{4-10}$$

式中 ν_w——水的摩尔体积，18×10^{-6} m^3/mol；

N_A——Avogadro 常数，取 6.022×10^{23}；

A——假定液体水分子所占区域的横截面积，$A = 10.8$ Å^2。

表4-7 与结合水相关的测量结果和计算结果

土样编号	相对湿度(%)	结合水的质量(g)	水合黄土的密度(g/cm^3)	水合黄土的体积(cm^3)	结合水的密度(g/cm^3)	水膜厚度(Å)	等效水分子层数
S1	4	0.01	2.64	3.80	1.32	5	2
	7	0.04	2.63	3.82	1.28	17	6
	11	0.05	2.63	3.83	1.26	22	8
	23	0.07	2.62	3.84	1.22	32	12
	33	0.09	2.61	3.86	1.18	40	14
	43	0.11	2.60	3.88	1.14	53	19
	59	0.15	2.59	3.92	1.10	76	27
	70	0.17	2.58	3.94	1.08	88	32
	75	0.19	2.57	3.96	1.07	100	36
	85	0.39	2.50	4.15	1.06	203	73
	98	0.48	2.47	4.25	1.03	258	93
	100	0.48	2.46	4.26	1.01	264	95

续表 4-7

土样编号	相对湿度(%)	结合水的质量(g)	水合黄土的密度(g/cm^3)	水合黄土的体积(cm^3)	结合水的密度(g/cm^3)	水膜厚度(Å)	等效水分子层数
S2	4	0.01	2.65	3.78	1.25	4	1
	7	0.05	2.64	3.81	1.24	13	5
	11	0.06	2.63	3.82	1.20	16	6
	23	0.08	2.62	3.84	1.18	25	9
	33	0.12	2.61	3.87	1.16	35	13
	43	0.14	2.61	3.89	1.15	42	15
	59	0.17	2.59	3.93	1.12	55	20
	70	0.21	2.58	3.96	1.10	66	24
	75	0.22	2.57	3.98	1.08	73	26
	85	0.42	2.50	4.17	1.04	143	52
	98	0.51	2.46	4.27	1.03	177	64
	100	0.51	2.46	4.27	1.03	177	64
S3	4	0.02	2.64	3.80	1.29	3	1
	7	0.05	2.63	3.82	1.28	9	3
	11	0.07	2.62	3.84	1.24	13	5
	23	0.09	2.61	3.86	1.20	18	6
	33	0.12	2.60	3.88	1.17	23	8
	43	0.14	2.59	3.91	1.15	29	11
	59	0.18	2.58	3.95	1.12	39	14
	70	0.22	2.56	3.98	1.10	47	17
	75	0.25	2.55	4.02	1.09	55	20
	85	0.45	2.48	4.21	1.06	101	36
	98	0.54	2.45	4.30	1.05	122	44
	100	0.54	2.45	4.30	1.05	122	44

续表 4-7

土样编号	相对湿度(%)	结合水的质量(g)	水合黄土的密度(g/cm^3)	水合黄土的体积(cm^3)	结合水的密度(g/cm^3)	水膜厚度(Å)	等效水分子层数
S4	4	0.02	2.64	3.80	1.31	2	1
	7	0.06	2.62	3.83	1.24	6	2
	11	0.08	2.62	3.85	1.23	7	3
	23	0.11	2.61	3.88	1.18	11	4
	33	0.14	2.60	3.91	1.17	15	5
	43	0.17	2.59	3.93	1.16	17	6
	59	0.22	2.57	3.98	1.14	24	9
	70	0.26	2.55	4.02	1.12	28	10
	75	0.29	2.54	4.05	1.10	32	12
	85	0.46	2.48	4.21	1.08	52	19
	98	0.58	2.44	4.34	1.05	67	24
	100	0.58	2.44	4.34	1.05	67	24

4.5.1 结合水的密度

结合水的密度与相对湿度之间的关系见图 4-7,可以发现结合水的密度随着相对湿度的增加而减小,表现出强烈的线性关系。通过成对的 t - 检验($P<0.05$)检验四组数据的差异性,数理统计结果表明计算结果并无显著差异。表明结合水的密度与土样的差异性并不大,因此可以取四种土样在同一相对湿度点下的结合水的密度平均值作为结合水密度的最终结果。

结合水的平均密度与相对湿度之间的关系见图 4-8,强结合水的平均密度为 1.26 g/cm^3,弱结合水的平均密度为 1.14 g/cm^3,结合水的平均密度为 1.18 g/cm^3。自由水的密度为 1.05 g/cm^3,很接近 25 ℃下自由水的密度 1.0 g/cm^3。

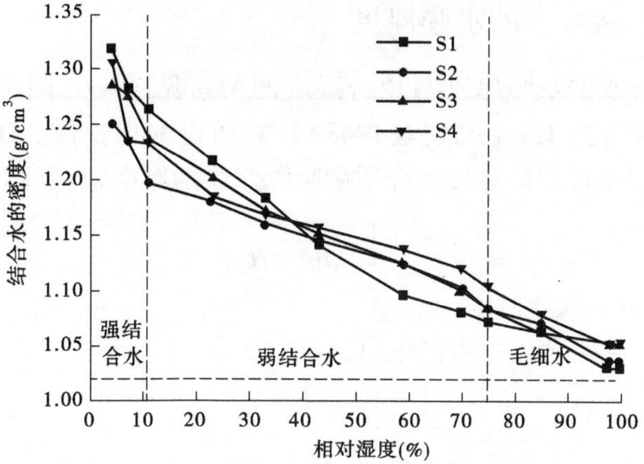

图 4-7　结合水的密度与相对湿度之间的关系

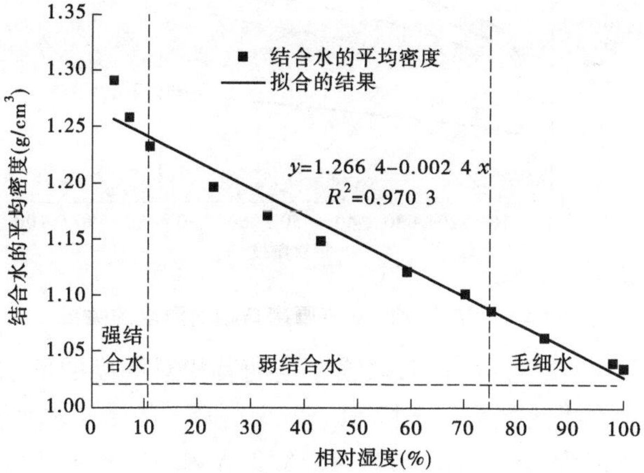

图 4-8　结合水的平均密度与相对湿度之间的关系

4.5.2 结合水的水膜厚度

结合水的水膜厚度与相对湿度的关系见图 4-9,图中的实线表示的是通过 Halsey 方程(1948)计算所得的理论值。Halsey 方程可以用来近似估算多孔介质中吸附水膜的厚度,其表述如下:

$$t = \tau \left[-\frac{5}{\ln(RH)} \right]^{1/3} \tag{4-11}$$

式中 t——水膜厚度,Å;

τ——水分子的直径,Å,取 2.77 Å。

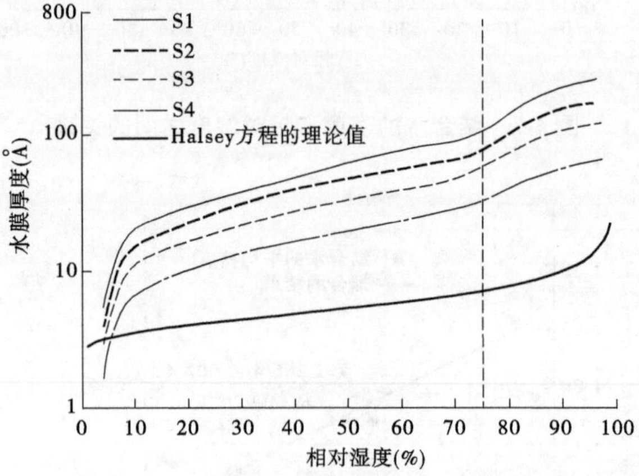

图 4-9 结合水的水膜厚度与相对湿度的关系

从图 4-9 中可以看到,水膜厚度随着相对湿度的增加而增加,二者近似为线性关系。土样 S1、S2、S3 和 S4 的结合水水膜厚度的平均值分别为 48.2 Å、36.8 Å、26.2 Å 和 15.8 Å;分别相当于 17.4、13.3、9.5 和 5.7 个水分层的厚度。强结合水的平均水膜厚度分别为 14.9 Å、11.2 Å、8.2 Å 和 5.0 Å;弱结合水的平均水膜厚度分别为 64.8 Å、49.5 Å、35.2 Å 和 21.2 Å。土样中发生毛细冷凝时($RH=75\%$),所对应的水膜厚度分别为 99.5 Å、73.3 Å、54.6

Å和32.0 Å。当固体与气相发生化学吸附时，为单分子层吸附；而土样S1、S2、S3和S4中强结合水水膜厚度分别相当于5.4、4.1、3.0和1.8个水分子厚度，并非单分子层。由此可以表明，土颗粒自气相中吸附水汽形成结合水为物理吸附。

从图4-9中还可以看到，4种黏土矿物含量不同的黄土中的水膜厚度也不尽相同。Luning等(2009)和Osipov(2012)认为吸附水膜厚度与土样的结构和矿物含量有直接关系，尤其是高岭土中的水膜厚度明显小于蒙脱土中的水膜厚度，高岭土中的水膜厚度为34～37 Å，而蒙脱土中的水膜厚度仅为3～5 Å。

从图4-9中还可以看到，通过Halsey方程计算得到的吸附水膜厚度与本试验中计算所得的水膜厚度在变化趋势上是吻合的，但是，水膜厚度的取值却相差较大，通过Halsey方程计算所得的水膜厚度的最大值仅为22 Å($RH=99\%$)。出现该现象一个可能的原因是Halsey方程是基于多种多孔介质分析而得到的统计结果，Halsey方程中并不包含能够反映多孔介质材料特性的参数，土颗粒中所包含的黏土矿物吸附水汽的过程是一个非常复杂的过程。事实上，通过Halsey方程计算所得的水膜厚度与相对湿度的关系基本上都小于文献中报道的水膜厚度，比如，Pashley和Kitchener(1979)报道净化后的石英中的吸附水膜的厚度最大可达200～300 Å；Osipov(2012)计算了14种Na-硅酸盐样品中吸附水膜的厚度，结果表明当$RH=98\%$时，样品中的水膜厚度为3～72 Å。

值得注意的是，本试验中计算所得的结合水水膜厚度随着黏土矿物含量的增加而减小，引起该现象的主要原因是蒙脱土的比表面积比伊利土和高岭土的比表面积大的多，三者分别为376.5 m^2/g、4.3 m^2/g和18.8 m^2/g。4种土样中蒙脱土的含量分别为3.8%、4.5%、5.7%和7.7%，由于蒙脱土含量的不同而造成土样比表面积的悬殊较大。当然，本章中所用的确定黏土矿物的比表面积的方法为一种近似法，土样中吸附结合水的水膜厚度与计算值之前难免会存在误差，但是，通过这种计算方法可以反映出水膜厚度的变化规律。

4.6 小 结

鉴于目前尚缺少非饱和黄土中结合水的相关研究，本章通过等温吸附法和热重分析法确定了黄土表面结合水的类型及其含量。土样在不同的湿度环境会吸附水气形成不同类型的结合水，低湿度环境中形成的为强结合水，中间湿度环境中形成的为弱结合水。在高湿度环境中，水气会在土样内冷凝形成毛细水。强结合水和弱结合水在总的结合水中所占的比例不同，前者所占的比例小于后者。黄土中结合水的含量主要与黏土矿物的含量有关，二者近似为线性关系；文中所建立的不同类型的结合水的含量与黏土矿物含量的关系式可以用来估算黄土中不同类型的结合水的含量。在此基础上，通过试验和理论分析确定了不同类型的结合水的密度和水膜厚度。

土颗粒自气相中吸附水气所形成的结合水，其形成规律、物理力学性质的研究涉及多相多组分系统热力学、胶体与界面化学、电化学以及热分析等诸多专业知识，与土体中结合水相关的研究内容也非常庞大。本章中针对结合水的探索内容有限，在后续的研究工作中，还可以考虑如下研究内容：

(1)开展不同土样的水蒸气脱附试验，以研究土样在等温吸附和等温脱附试验中的相关规律。

(2)开展土样吸附结合水的温度效应，包括温度对水膜厚度、结合水密度的影响。

(3)通过等温吸附法和热重分析法确定不同类型的土体中结合水的含量，使不同类型的土体中结合水的含量可以定量化。

参考文献

[1] Smith J K, Vesilind P A. Dilatometric measurement of bound water in waste water sludge[J]. Water Resources, 1995, 29: 2621-2626.

[2] Anderson, D M. Phase composition of frozen montmorillonite-water mixtures from heat capacity measurement[J]. Soil Science Society of America Journal, 1966, 30: 670-675.

[3] Watanabe K, Mizoguchi M. Amount of unfrozen water in frozen porous media saturated with solution[J]. Cold Regions Science and Technology, 2002, 34: 103-110.

[4] McCormick M, Smith R N, Graf R, et al. NMR studies of the effect of adsorbed water on polyelectrolyte multilayer films in the solid state[J]. Macromolecules, 2003, 36(10): 3616-3625.

[5] Osipov V I. Nanofilms of adsorbed water in clay: Mechanism of formation and properties[J]. Water Resources, 2012, 39(7): 709-721.

[6] Neuhaus D. Water adsorption and desorption pretreatment of surfaces increases the maximum amount of adsorbed water molecules by a multiple[J]. Adsorption, 2013, 19(6): 1127-1135.

[7] Sing K S W. Reporting physisorption data for gas/solid systems with special reference to the determination of surface area and porosity[J]. Pure and Applied Chemistry, 1985, 57(4): 603-619.

[8] 赵振国. 吸附作用应用原理[M]. 北京: 化学工业出版社, 2005.

[9] 刘振海, 陆立明, 唐远旺. 热分析简明教程[M]. 北京: 科学出版社, 2012.

[10] Xianmo Z, Yushan L, Xianglin P, et al. Soils of the loess region in China [J]. Geoderma, 1983, 29(3): 237-255.

[11] 张永双, 曲永新. 黄土高原马兰黄土粘土矿物的定量研究[J]. 地质论评, 2005, 50(5): 530-537.

[12] Greenland D J, Hayes M H B. The chemistry of soil constituents[M].

New York: John Wiley and Sons Ltd, 1978.
[13] 张乃娴. 粘土矿物的研究方法[M]. 北京: 科学出版社, 1990.
[14] Weaver C E, Pollard L D. The chemistry of clay minerals[M]. Amsterdam: Elsevier, 1973.
[15] Martin R T. Adsorbed water on clay: A Review[J]. Clays and Clay Minerals, 1960, 9(1): 28-70.
[16] Cheng M, An S S. Response of soil nitrogen, phosphorous and organic matter to vegetation succession on the Loess Plateau of China[J]. Journal of Arid Land, 2015, 7(2): 216-223.
[17] Costa A C S, Bigham J M, Tormena C A, et al. Clay mineralogy and cation exchange capacity of Brazilian soils from water contents determined by thermal analysis[J]. Thermochim Acta, 2004, 413: 73-79.
[18] Saxton K E, Rawls W J. Soil water characteristic estimates by texture and organic matter for hydrologic solutions[J]. Soil Science Society of America Journal, 2006, 70: 1569-1578.
[19] Mironov V L, Sukhovskii A A, Lukin Y I, et al. Measurement of the maximum content of bound water in bentonitic clay using dielectric and NMR methods[J]. Russian Physics Journal, 2011, 54(1): 71-76.
[20] Barros N, Salgado J, Feijóo S. Calorimetry and soil[J]. Thermochimica Acta, 2007, 458: 11-17.
[21] Liang J W, Fang Y G, Gu R G. Experiment and analysis of specific surface area of tiny-particle clay[J]. Science Technology and Engineering, 2009, 9(9): 2371-2377.
[22] 路长春, 陆现彩, 刘显东, 等. 基于探针气体吸附等温线的矿物岩石表征技术Ⅳ比表面积的测定和应用[J]. Bulletin of Mineralogy, Petrology and Geochemistry, 2008, 27(1): 28-34.
[23] Halsey, G. D. Physical adsorption on nonuniform surfaces[J]. Journal of Chemical Physics, 1948, 16: 931-937.
[24] Luning Z, Seema S, Chuanshan T, et al. Nanoporous silica-water interfaces studied by sum-frequency vibrational spectroscopy[J]. Journal of Chemical Physics, 2009, 130: 154702(1-10).

[25] Pashley R M, Kitchener J A. Surface forces in adsorbed multilayers of water on quartz[J]. Journal of Colloid and Interface Science, 1979, 71(3): 491-503.

第5章 非饱和土吸力量测分析

吸力是非饱和土的核心变量,对土体的强度、变形和渗流等问题均具有重要影响。现有的非饱和土吸力的分类方法均是基于描述非饱和土的强度和变形等问题,这些分类方法深化了对非饱和土的强度和变形问题的认知,并有效地推动了非饱和土强度和变形理论的发展。不同含水量水平的土体可存在不同吸力类型,其对渗流问题有不同影响,目前对此尚缺乏研究,针对非饱和土渗流问题尚缺乏对吸力的分类的研究。鉴于此,本章将从非饱和土孔隙水的赋存形态入手,对非饱和土中的吸力进行分类,使其能够更好地描述非饱和土中的流动问题。

5.1 现有的吸力分类方法

Fredlund 和 Rahardjo(1993)把根据相对湿度所确定的土中的吸力称为总吸力(ψ),总吸力包括基质吸力 ($u_a - u_w$) 和渗透吸力(π)两部分。事实上,基质吸力的概念来源于土壤学,目的是反映土体的吸水能力,当把基质吸力的概念简单地应用于非饱和土中时,致使在非饱和土力学中难以建立类似于经典土力学中的有效应力原理一样的非饱和土有效应力原理,最直接的表现为 Bishop(1960)和 Fredlund(1978)所提出的非饱和土抗剪强度公式中的参数 χ 和 φ_b 缺少明确的物理意义。之后,众多的学者为了更好地描述非饱和土中的应力和变形问题,对非饱和土中的吸力进行了更为细致的分类。

Lu 和 Likos(2004)把土中的吸力分为短程吸附作用力、毛细作用力和渗透作用力;并把由毛细作用和短程吸附作用所产生的吸力定义为基质吸力。沈珠江(1996)为了把饱和土的有效应力原理推广为广义的有效应力原理,提出了广义吸力的概念。汤连生等(2000,2001)把非饱和土颗粒间的吸力分为结构吸力、湿吸力和基质吸力。其中,基质吸力的产生源自于毛细水与气相交界面之间的表面张力,其值等于空气的平均压力(u_a)与水分的平均压力(u_w)之差,即 $u_a - u_w$ 。在湿吸力和结构吸力概念的基础上,汤连生等(2000,2001)分析了 Bishop 抗剪强度公式中的参数 χ 的物理意义和 Fredlund 抗剪强度公式中 φ_b 的物理意义。栾茂田等(2005)提出了等效基质吸力的概念,其定义为基质吸力在整个土表面上的平均吸力,可以表示为: $S_e = S \cdot A_e/A$;式中, S_e 为等效基质吸力;S 为基质吸力; A_e 为基质吸力的有效作用面积;A 为土颗粒总面积。之后,栾茂田等(2006)在黄文熙(1983)对非饱和土分类的基础上,对非饱和土进行了重新分类。

总体而言,现有的对吸力的分类方法均是为了更好地描述非饱和土的应力和变形问题,这些分类方法也是基于其对土体强度的贡献。非饱和土中的渗流问题与强度问题和变形问题既密切相关但又有本质上的不同,上述分类方法在用来描述非饱和土中的渗流问题时往往具有局限性。为了提出能够更加适用于描述非饱和土中液体流动问题的吸力分类方法,将首先对孔隙水的赋存状态进行分类。

5.2　孔隙水赋存状态的分类

非饱和土中的孔隙水可以分为结合水、毛细水和重力水,结合水主要受电场力和范德华力控制,毛细水主要受气液交界面上的表面张力的作用,重力水在重力的作用下便能自由地流动。土体中的孔隙水在土体中的赋存状态与土体的含水量有密切的关系。

图 5-1 描述了非饱和土孔隙水三种典型的赋存形式：

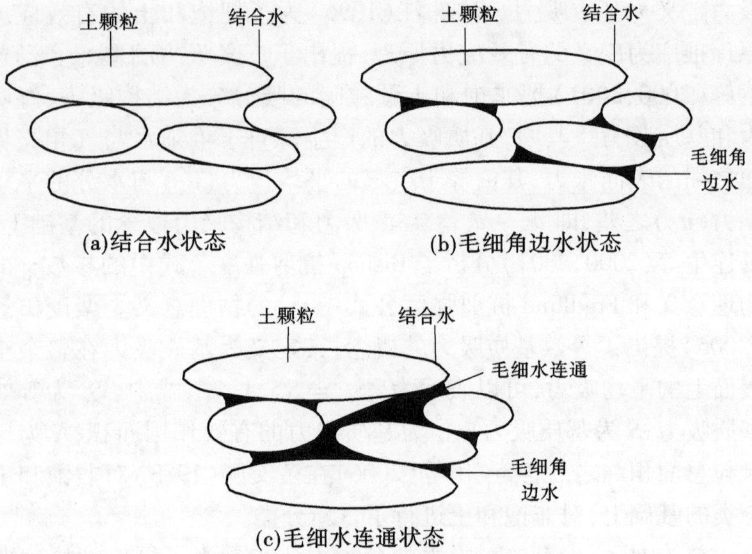

图 5-1　孔隙水的赋存形式

(1)结合水状态[见图 5-1(a)]，土颗粒表面仅包裹着结合水，此时土体中的孔隙水以结合水的形式存在。

(2)毛细边角水状态[见图 5-1(b)]，随着土体含水量的增加，非饱和土中开始出现毛细水，此时的毛细水也被称为毛细角边水；毛细角边水仅在土颗粒之间较为狭小的孔隙中存在，液相不联通。

(3)毛细水连通状态[见图 5-1(c)]，当土体的含水量继续增加时，土体中的毛细水开始连通，当含水量继续增加时，土体逐渐饱和。

当土体处于结合水状态时，土体中的孔隙水仅为结合水，可将此时土体的含水量定义为结合水含水量，并用 θ_b 表示。当土体处于毛细水连通状态时，可将能够维持毛细水连通的含水量定义为毛细水连通含水量,并用 θ_c 表示。当土体处于饱和状态时,其含水量为饱和含水量,可用 θ_s 表示。由此,从孔隙水赋存状态的角度可以将土体中的含水量(θ)从高到低依次分为饱和含水量 θ_s→毛细水连通含水量 θ_c→结合水含水量 θ_b。

在上述三个特征含水量中,结合水的含量已通过等温吸附法和热重分析法得以确定(平均值为2.4%),土体的饱和含水量通过理论计算和试验均能获得,通常认为当土体的饱和度达到90%时,土体已经饱和,尚未确定的特征含水量仅为毛细水连通时的含水量 θ_c。由于 θ_c 为土体中毛细水连续时的含水量的下限,因此有理由认为 θ_c 与土体的饱和度有直接关系。基于 Barden(1956)和包承纲(1979)对非饱和土的分类,认为当土体中毛细水连续时,其饱和度不应该小于40%。以等温吸附试验中的土样 S2 为例,土样的比重为2.67,干密度分布于1.3~1.7 g/cm³的土样的饱和度与含水量的关系见表5-1。

表5-1 黄土土样的饱和度与含水量和干密度之间的关系(S2)

饱和度	含水量(%)				
	1.3 g/cm³	1.4 g/cm³	1.5 g/cm³	1.6 g/cm³	1.7 g/cm³
40%	18.2	15.7	13.6	11.8	10.3
90%	41.3	35.4	30.6	26.4	23.1

当饱和度为40%和90%,土样 S2 在不同干密度状态下的平均含水量为14%和31%,其毛细水连通含水量应该位于14%附近。非饱和土中不同形式的水分迁移也与非饱和土的含水量有密切的关系,当非饱和土中的毛细水不联通时,其水分迁移主要以气态水为主。因此,通过非饱和土中气态水迁移试验可以判断非饱和土中毛细水是否连通。王铁行等(2005)对黄土的气态水迁移的试验结果表明,初始含水量为1%~8%黄土土样的水分迁移,

气态水迁移占到总迁移量的95%，此结论表明，非饱和黄土中维持毛细水连续所需的含水量应该不小于8%。基于上述分析，认为毛细水连续所需的含水量的下限应该介于8%和14%之间。

5.3 基于孔隙水赋存状态的吸力分类方法

土体中水气交界面的弯曲、溶质的溶解作用、电场势能的变化以及范德华力场的变化均会导致孔隙水势能的下降，所有势能下降的综合便构成了非饱和土的吸力。本节对非饱和土中吸力的分类主要是基于土颗粒与水之间的相互作用力，促使土体中孔隙水势能下降的主要因素为吸附作用、毛细作用和渗透作用等。渗透吸力是由于溶质的水合作用使水的活性下降，而且只有在半透膜存在的情况下才起作用，但是土体中一般不存在半透膜。因此，非饱和土体中的吸力主要包括结合水与土颗粒之间的吸附作用和毛细水的毛细作用两部分。对应于土体中孔隙水的三种赋存状态可以将非饱和土的吸力分为如下三类。

(1)吸附作用力。此时土体中仅含有结合水，土颗粒与结合水之间的相互作用主要表现为由电场力和范德华力控制的吸附作用。电场力和范德华力的作用强度将随着土颗粒与水分子距离的增加而迅速减弱。二者的相互作用促使相邻孔隙水分子相互吸引和重新排列并引起孔隙水化学势能的下降，这些下降的孔隙化学势能便构成吸附作用力。

(2)吸附毛细作用力。当土体中的孔隙水以结合水和毛细角边水并存时，土体中的吸力包括吸附作用力和由毛细角边水所产生的局部毛细作用力，因此将之称为吸附毛细作用力。当土颗粒表面仅包裹着结合水时，二者之间的吸力表现为吸附作用力；当土体局部较小的孔隙中存在毛细角边水时，毛细角边水与气相的交界面上的收缩膜可以与土颗粒接触，并将收缩膜上的张力传给土骨架，表现为毛细作用力。汤连生等（2000，2001）将此时收缩膜张力分解为湿吸力和牵引力，栾茂田等（2006）将收缩膜张力定义为张力吸力。这些都反映了此阶段非饱和土中土颗粒与水之间非常复杂的受力状况。

（3）毛细作用力。当土体中的毛细水连通时，土体中的吸力主要表现为由孔隙水的毛细作用所产生的吸力，即基质吸力。基质吸力是土体中一定范围内的平均毛细压力，其值等于空气的平均压力（u_a）与水分的平均压力（u_w）之差，即 $u_a - u_w$。随着含水量的增加，气液交界面收缩膜与土颗粒由搭接状态逐渐过渡到不搭接状态，收缩膜对土体的作用效应也随之下降。

可以建立上述不同形式的作用力与含水量之间的关系（见图5-2），即土水特征曲线。从图5-2中可以看到，以 θ_c 和 θ_b 为分界点可以将土水特征曲线分为三段：

（1）吸附作用区（$0 < \theta \leqslant \theta_b$），土体中的气体处于连通状态，土颗粒表面仍包裹着部分弱结合水，由于弱结合水含量较低（1.41%～2.17%），认为此时土体内基本上无水分迁移现象。

（2）吸附毛细作用区（$\theta_b < \theta \leqslant \theta_c$），土体中的毛细角边水处于气封闭状态，孔隙气与大气连通，当土体内部水气的蒸汽压大于大气中水汽的蒸汽压时，毛细边角水便会以气态水的形式向周围大气中扩散，即发生气态水迁移（蒸发）。反之，蒸汽浓度较高，大气便在土体中冷凝形成冷凝水，从而使土体中的含水量增加。因此，此时土体中水分迁移主要以气态水为主。

（3）毛细作用区（$\theta_c < \theta < \theta_s$），此时土体中的毛细水连通，随着含水量的增加，孔隙气逐渐开始变得不连通，直至最后形成气封闭状态。此作用区内，水分主要以液态水迁移为主。

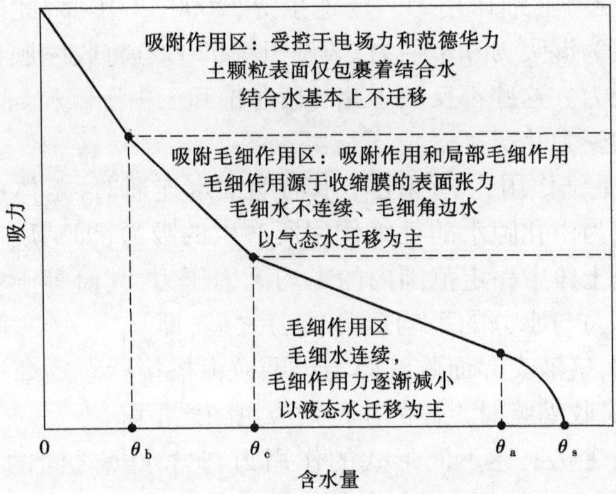

图 5-2 吸力与含水量之间的关系

5.4 不同类型吸力的确定方法

5.4.1 吸附作用力的确定

土颗粒与结合水之间的吸附作用力受控于二者之间的电场力和范德华力，电场力和范德华力促使孔隙水分子相互吸引和重新排列并引起孔隙水化学势能的下降，可以通过衡量结合水化学势能的下降量来衡量吸附作用力的大小。等温吸附试验中，处于平衡状态的封闭系统内各相的化学势能相等，也就是黄土表面吸附结合水的化学势能与干燥皿内水气的化学势能相等。因此，可以用气相的化学势能来表示结合水的化学势能。平衡时，各相的偏摩尔自由能相等，也就是结合水的 Gibbs 自由能与体系中水气的自由能相等，即 $G_{水} = G_{气}$。相对于自由水，水气 Gibbs 自由能的变化为：

$$dG = Vdp - SdT - \delta W \quad (5\text{-}1)$$

等温吸附试验中温度恒定,所以 $dT = 0$;土颗粒在等温吸附水气的过程中,非体积功为零,即 $\delta W = 0$。因此,式(5-1)即为

$$dG = Vdp \quad (5\text{-}2)$$

对于 1 mol 水气而言,由理想气体定律可知 $pV = RT$,由此式(5-2)即为

$$dG = Vdp = \frac{RT}{p}dp \quad (5\text{-}3)$$

对式(5-3)积分可得:

$$\Delta G = \int_{p_0}^{p} Vdp = RT\ln\frac{p}{p_0} = RT\ln(RH) \quad (5\text{-}4)$$

式中　T——热力学温度;

R——理想气体常数;

ΔG——吸附势能,J/mol。

需要说明的是,式(5-4)的计算结果为负,负号表示孔隙水相对于自由水的自由能的下降值,即吸附势能。可以将式(5-4)转化为压力势能(Pa)来表示。势能通常有以下三种表述方式:

(1)化学势能 μ (J/mol,J/kg),表示单位质量所包含的能量;

(2)压力势能 ψ ($1\ J/m^3 = 1\ N\cdot m/m^3 = 1\ N/m^2 = 1\ Pa$),表示单位体积所包含的能量;

(3)水头势能 h ($1\ J/N = 1\ N\cdot m/N = 1\ m$),表示单位重量所包含的能量。

三者之间的关系式如下:

$$\mu = \psi v_w = hg\omega_w \quad (5\text{-}5)$$

式中　g——重力加速度,m/s^2;

ω_w——水的摩尔质量,kg/mol;

v_w——水的偏摩尔体积,m^3/mol。

转换单位后的式(5-4)如下:

$$\psi = -\frac{RT}{\upsilon_{w0}\omega_v}\ln(RH) \tag{5-6}$$

式(5-6)即为 Kelvin 方程,Kelvin 方程可用于描述弯曲液面上方蒸汽压与曲率之间关系的方程;Kelvin 方程可用于解释中孔材料(2 ~50 nm)所对应的Ⅳ型等温线上的拐点,即发生毛细凝聚的相对湿度;等温吸附线拐点以下部分即为吸附作用力,即吸附势能。25 ℃ 时,υ_{w0} = 1/997 m³/kg、ω_v = 18.016 kg/mol、R = 8.314 32 J/(mol·K)将上述参数代入式(5-6)中,计算得到吸附作用力与相对湿度之间的关系(见图 5-3)。

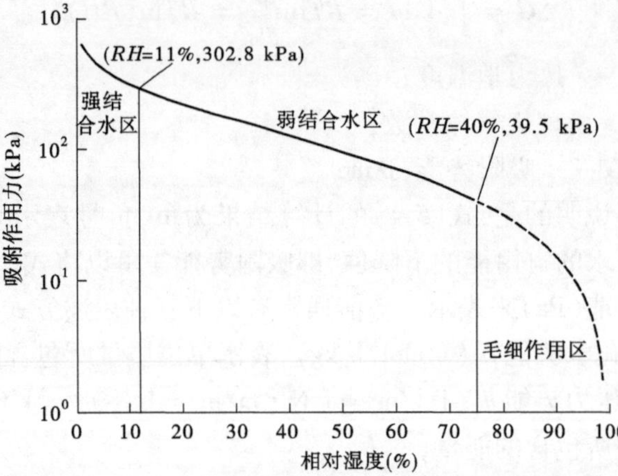

图 5-3 吸附作用力与相对湿度的理论关系(25 ℃)

等温吸附的试验结果表明:干燥的黄土颗粒在 RH < 11%、RH = 11% ~75% 的湿度环境中吸附水汽形成的水分为强结合水、弱结合水;当 RH = 75% 时,水气在土样中冷凝并形成毛细水。从图 5-3 中可以到,黄土土样中强结合水(RH < 11%)与土颗粒之间的吸力的下限为 302.8 kPa,弱结合水(RH = 11% ~75%)与土颗粒之间的吸力为 39.5 ~302.8 kPa,发生毛细冷凝时的起始吸力为

39.5 kPa。

Fredlund 和 Rahardjo(1993)便把根据式(5-6)所确定的吸力称为总吸力，事实上，式(5-6)可以用来衡量土颗粒与结合水之间的吸附作用力以及土体中发生毛细冷凝时的起始吸力，当土体中已处于毛细角边水状态和毛细水连通状态时，通过式(5-6)难以获得准确土体中准确的吸力，原因如下：

(1)式(5-6)中的核心变量为相对湿度，影响气相相对湿度的因素有很多，比如，温度、水分的可用性等；当土体中已处于毛细边角水状态或毛细水连通状态时，相对湿度与土体的含水量并非单值对应。

(2)式(5-6)中缺少衡量土体密实状态的参数，事实上，密度对土体的吸力具有显著的影响，尤其是当土体含水量较低时，比如，王铁行等(2003)、刘小文等(2009)和张鹏程等(2013)报道对含水量越低，吸力随密度的变化越明显。

5.4.2 毛细作用力的确定

液体在毛细管中上升或者下降称为毛细现象，非饱和土中的毛细水通常表现出上升现象，毛细水上升高度主要取决于气液交界面表面张力的大小。气－液交界面上的表面张力来源于组成液体相物质的分子之间的不平衡作用力，液相内部的水分子给界面处的水分子一个向内的拉力，接触面单位面积上分子具有的与水分子可以承受的内部净拉力相反的力就是表面张力。表面张力的存在使非饱和土中水－气交界面达到受力平衡状态，忽略气相的表面张力，体系中的气压、水压和水相表面张力三个分量满足受力平衡条件。水－气界面层内的应力的合力增长，也就是表面张力，在表面张力的作用下，液面会发生弯曲，弯曲液面的曲率与附加压力的关系可以用 Young-Laplace 方程来描述，Young-Laplace 方程如下：

$$\Delta p = T_s\left(\frac{1}{R_1} + \frac{1}{R_2}\right) \tag{5-7}$$

式中 Δp——液相的附加压力；

T_s——表面张力；

R_1、R_2——弯曲液面的两个主半径。

设毛细管的半径为 R，液体与毛细管接触角为 θ，毛细管中弯液面的曲率半径 R 与毛细管半径 r 的关系如下：$R = r/\cos\theta$。附加压力 Δp 可表示为：$\Delta p = -(2T_s/r) \cdot \cos\theta$；非饱和土中水－气交界面上产生的压降可以用下式来表示：

$$u_a - u_w = \frac{2T_s\cos\theta}{r} \tag{5-8}$$

式(5-8)即为毛细作用力的理论计算公式，该公式的核心变量为气液表面张力、固液接触角和土体毛细孔径。该式中的未知量包括表面张力 T_s、固液接触角 θ 和毛细管半径 r。当温度恒定时，可以确定气液交界面的表面张力 T_s。土体中的毛细孔径并不是均匀的，毛细孔径的大小、分布及形状在不同类型的土体中会表现出不同的形态，目前，可以通过试验获得土体的平均孔径分布，比如，曾召田等(2013)通过压汞法获得了膨胀土的平均孔径。相比较与较容易确定的表面张力和孔径，土颗粒与水的接触角的确定就显得较为困难。

固－液－气三相体系平衡时，三个界面张力与接触角之间的关系可以用 Young 方程表示为

$$\cos\theta = (\sigma_{g-s} - \sigma_{l-s})/\sigma_{g-l} \tag{5-9}$$

式中 σ_{g-s}、σ_{l-s} 和 σ_{g-l}——气固交界面、固液交界面和气液交界面的表面张力；

θ——气液交界面和固液交界面的夹角。

土颗粒与水通常为亲润性接触角，Kumar(1990)报道砂土中的接触角可达65°。在非饱和土中，水－气交界面的几何形状、土

颗粒的几何形状和土－水的接触角是控制三相之间作用力的三个主要因素。表面粗糙程度、表面材料的组成和温度对接触角均有直接或间接的影响，比如杨松等（2015）通过毛细上升试验获得了砂土的接触角分别为11.2°、57.8°和81.0°。接触角的另一特性便是其在吸湿和脱湿过程中所表现出的滞后性，即吸湿过程的固－液接触角大于脱水过程中的接触角，Letey等（1962）和Laroussi等（1979）报道砂土在吸湿过程中的接触角可以达到60°～80°，而其脱湿接触角仅为0～20°/30°。上述原因，致使固液接触角通常难以确定，现有办法所测出来的土－水的接触角通常只是具有相对意义的表观接触角。因此，在实际应用中很难通过式（5-8）准确测定非饱和土中的吸力。

5.4.3　吸附毛细作用力的确定

土体的吸力是由许多物理和物理化学作用产生的，这些因素各自所起的相对作用的大小取决于非饱和土的含水量，即孔隙水的赋存形态。在较低含水量和相应较高吸力值的非饱和土重，孔隙水主要以结合水附着于土颗粒表面，此时的吸力以吸附作用力为主。当非饱和土处于较高含水量和相应较低吸力值时，孔隙水主要以毛细水形式存在。作为受控于吸附作用的高吸力区与受控于毛细作用的低吸力区两者之间的吸附毛细作用区的情况与土体的类型有直接关系，包括土的孔隙大小分布、土颗粒大小分布、有机质含量和黏土含量等。黏土由于其土颗粒表面积较大，需要更多的水分来满足于高吸力区相应的水合作用；砂土在初始的颗粒表面发生水合作用时吸收的水分很少，大部分非饱和含水量以毛细作用为主。

结合水与土颗粒之间的吸附作用力可以通过等温吸附试验并结合式（5-4）来确定，毛细作用力可以通过式（5-8）并结合试验来确定。鉴于吸附毛细作用力是吸附作用力和毛细作用力的过渡作用力,当土体中的孔隙水接近结合水状态时的吸附毛细作用力更为接近吸附作用力;当土体中的孔隙水接近毛细水连通状态时,吸附毛细作用力接近毛细作用力。

5.5 高进气值材料量测吸力的适用性分析

高进气值材料的孔径微小而且分布均匀,当被水饱和后,孔隙的气液交界面产生表面张力,表面张力把气相和液相隔绝开,使得高进气值材料两侧的气相和液相存在压差。高进气值指的是当气压较高时,才可以冲破气液表面张力所形成的膜。陶土板为最常用的高进气值材料,陶瓷板的孔径越小,饱和渗透系数也越小,相应的进气压力值越大。陶土板上方的气压与陶土板内部以及陶土板下方液压之间存在的最大压差可用 Young-Laplace 方程表达如下:

$$(u_a - u_w)_b = 2T_s/R_s \tag{5-10}$$

式中 $(u_a - u_w)_b$ ——进气压力值;

T_s ——水汽交界面上的表面张力;

R_s ——高进气值材料最大孔径的有效半径。

陶土板量测基质吸力的原理可以用图 5-4 表示。气压 u_a和水压 u_w可以通过容器上部和下部端口独立控制,陶瓷板的进气压力值用 u_{wa} 来表示,并假设陶瓷板与容器壁紧密接触。气压和水压之间维持的最大压差与交界表面上的表面张力的大小以及高进气值材料的最大有效孔径有关。

该系统在量测非饱和土基质吸力时依赖于两个交界面的平衡:陶瓷板孔隙中的水-气交界面与土孔隙中的水-气交界面的平衡,二者之间是否能够达到平衡是保证吸力量测准确性的关键性因素。陶瓷板量测吸力的原理是通过陶瓷板孔隙中水气交界面的表面张力来表征土体中水气交界面的表面张力。当土体中的毛

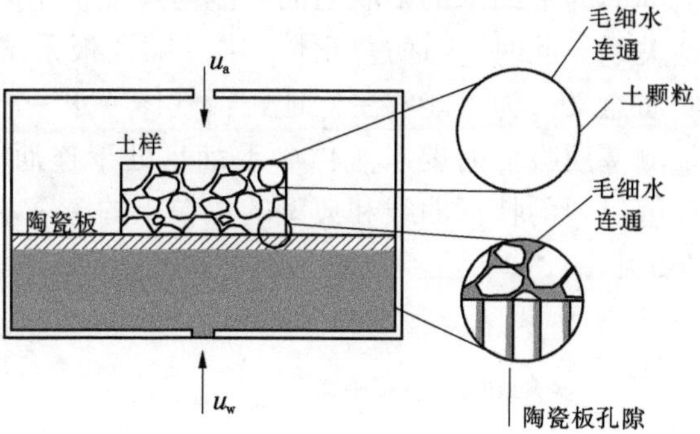

(a)土体中毛细水连通

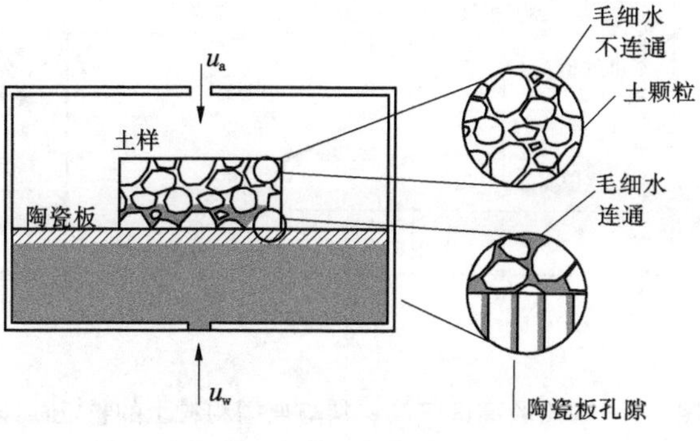

(b)土体中毛细水不连通

图5-4　气体－水－陶瓷板－土体量测系统

细水处于连通状态时[见图5-4(a)],陶瓷板孔隙中的水与土体孔隙中水可以保持连通状态,此时便可以通过气体－水－陶瓷板－土体系统来量测陶瓷板中水气交界面的表面张力来表征土体孔隙中水气界面的张力。图5-4(b)表示的是土体中毛细水不联通,通过气体－水－陶瓷板－土体系统量测土中吸力时,土样下部与陶瓷板接触并被湿润,所以土样下部因为被湿润而保持连通状态,但是土样的上部因为毛细水的不联通而不能与陶瓷板中的水气交界面建立平衡关系。此时,仍通过气体－水－陶瓷板系统所量测的吸力并无实质意义。为了能够更好地解释气体－水－高进气值材料系统在量测基质吸力时要求土体中毛细水处于连通状态,将理想的高进气值材料的特征曲线和典型的粗粒土的土－水特征曲线绘制于图 5-5 中。

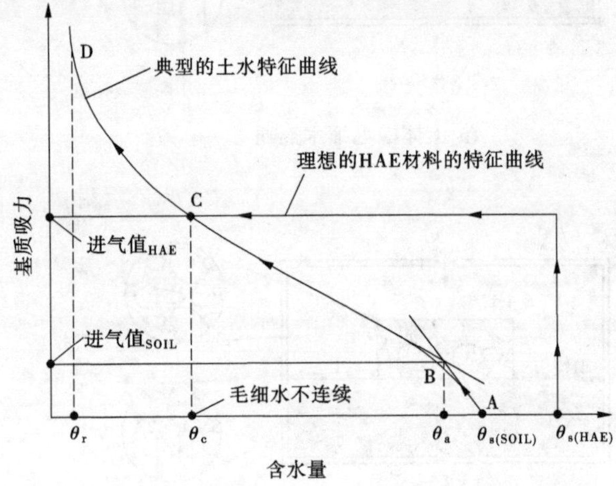

图 5-5　理想的高进气值材料与典型粗粒土的特征曲线

从图 5-5 中可以看到,理想的高进气材料的特征曲线相比较与土体的土水特征曲线较为简单。图 5-5 中的 A 点为土体的饱和含水量 θ_s ,B 点为土体的进气值含水量 θ_a ;随着土体含水量的不断减小,当达到 C 点时,土体中的基质吸力便与高进气值材料进气时的吸力相等,D 点为土体的残余含水量 θ_r 。当土体的含水量减小到 C 点时,土体中的基质吸力与高进气值材料进气值相等,有理由认为,此时土体所对应的含水量为量测系统所能量测的含水量的下限,也可以将该含水量作为维持非饱和土中毛细水连通所需含水量的下限(θ_c)。图 5-5 同样表明了,只有当土体中的毛细水处于连通状态时,通过气体－水－高进气值材料系统量测得到的非饱和土的基质吸力才是真实的。

当土体中的含水量不能维持毛细水连通时,土体中的孔隙水主要为结合水和毛细角边水,土体中的吸力为结合水与土颗粒之间的吸附作用力以及毛细角边水的表面张力。通过气体－水－高进气值材料系统测量所得的“吸力”只是形式上与吸力的表达式 $u_a - u_w$ 相吻合,而且量测的数据往往偏大。用这些测量数据拟合分析所得到的土水特征曲线模型往往在高吸力段表现出基质吸力随着含水量的降低而迅速增加的现象。

5.6　高吸力的量测

高吸力的定量化对 SWRC(Soil Water Retention Curve)模型的开发并通过 SWRC 模型解决实际工程问题具有重要意义。土壤最高吸力受控于水化类型,水化类型又由阳离子水化作用、层间引力、表面阴离子和水分子之间的分子间力相互作用决定。目前,相对湿度可控制到3%～4%,相当于440～480 MPa 的吸力,已有的文献中,最高总吸力被认为是一个独立于土壤类型的值,学者们报道该值能到1.0 GPa、900 MPa,还有一些学者定义在烘干条件下的吸力为 10^6 J/kg。Campbell(1993)认为吸力的最高值肯定会超过上述范围,事实上最高总吸力具有较强的变异性,其值不会超过1 GPa。

等温吸附法是一种量测高吸力的有效手段,Lu(2015)基于结合水滞后特性提出了一个土水特征曲线滞后概念模型,该概念模型包括颗粒表面水合作用和阳离子水合结晶作用两种机制。根据这一滞后模型可以确定任何土壤的最高总吸力,其通过 Brunauer(1938)所提出的 BET 等温吸附模型量化了含水率与相对湿度之间的关系[见式(5-8)]。

$$\frac{RH}{w(1-RH)} = \frac{1}{X_m c} + \frac{RH(c-1)}{X_m c} \tag{5-11}$$

式中 X_m——第一层吸附完成时的含水量；

w——含水量；

RH——相对湿度；

c——BET 常数。

其中，

$$c = \exp\left(\frac{E_1 - E_L}{RT}\right) \tag{5-12}$$

式中 E_1——第一层吸附热；

E_L——第二层及其后各层的吸附热。

式(5-11)中的两个能量参数的差值就是从吸附气体转移到液体所需要的能量。

因此，需要确定土壤最高吸力与 BET 常数之间的相关性。对式(5-11)和土壤干燥 SWRC 进行最小二乘拟合，可得到 BET 常数与土壤在第一层吸附完毕时的含水量(X_m)。通过对比 c 值与最高基质吸力值可以得到最高总吸力 u_{max} 的计算表达式：

$$u_{max} = \frac{RT}{3V_w}c \tag{5-13}$$

式中 u_{max}——最高吸力；

V_w——水的摩尔体积；

R——理想气体常数；

T——开尔文温度。

Lu(2015)基于式(5-13)的研究结果表明，25 ℃下不同的土壤的最高吸力为 475 ~ 1 180 MPa，该吸力值与土壤类型有关，与 BET 吸附常数唯一相关，BET 吸附常数表示土壤水从气相转化为液相所需的能量。Mooney 等(1952)和 Quirk 等(1955)报道从吸附等温线或脱附等温线所推断出的最高总吸力值是不同的；吸附过程需要克服的范德华力比脱附过程要高得多,因此脱附过程中的 SWRC 更具有代表性。

5.7 小　结

非饱和土孔隙水可分为结合水、毛细角边水和连通毛细水。非饱和土中的吸力分为吸附作用力、吸附毛细作用力和毛细作用力。吸附作用力可以通过结合水与土颗粒之间的吸附势能来衡量;基于分析非饱和土中吸附毛细作用力的作用效应,给出了吸附毛细作用力的确定方法;基于非饱和土力学原理列出了毛细作用力的确定方法,并对其适用性进行了评述。固-液接触角的不易确定性和孔径分布的随机性致使毛细作用力的理论计算公式难以在实际中应用,因此,往往通过以陶瓷板为代表的高进气材料来测定土体中的吸力。基于对水-气-陶瓷板-非饱和土测试系统的分析,给出了毛细作用力量测时适宜的含水量范围,只有当非饱和土中的毛细水处于联通状态时才可以通过该系统量测非饱和土中的吸力。等温吸附法是一种确定非饱和土最高吸力的有效手段。

参 考 文 献

[1] Bishop A W, Alpan I, Blight G E, et al. Factors controlling the strength of partly saturated cohesive soils[C] // ASCE Research Conference On Shear Strength of Cohesive Soil. 1960: 503-532.

[2] Fredlund D G, Morgenstern N R, Widger R A. The shear strength of unsaturated soils[J]. Canadian Geotechnical Journal, 1978, 15(3): 313-321.

[3] Lu N, Likos W J. Unsaturated soil mechanics[M]. 韦昌富, 侯龙, 简文星, 译. 北京: 高等教育出版社, 2012.

[4] 沈珠江. 广义吸力和非饱和土的统一变形理论[J]. 岩土工程学报, 1996, 18(2): 1-9.

[5] 汤连生，王思敬. 湿吸力及非饱和土的有效应力原理探讨[J]. 岩土工程学报，2000，22(1)：83-88.
[6] 汤连生. 从粒间吸力特性再认识非饱和土抗剪强度理论[J]. 岩土工程学报，2001，23(4)：412-417.
[7] 栾茂田，李顺群，杨庆. 非饱和土的理论土－水特征曲线[J]. 岩土工程学报，2005，27(6)：611-615.
[8] 栾茂田，李顺群，杨庆. 非饱和土的基质吸力和张力吸力[J]. 岩土工程学报，2006，28(7)：863-868.
[9] 黄文熙. 土的工程性质[M]. 北京：水利电力出版社，1983.
[10] 耿慧辉，吴俊阳，单仁亮，等. 非饱和土强度的吸力贡献形式研究[J]. 岩土工程学报，2012，34(9)：1598-1603.
[11] Barden L. Consolidation of compacted and unsaturated clay[J]. Geotechnique，1965，15(3)：267-286.
[12] 包承纲. 非饱和压实土的气相形态及孔隙压力消散问题[C]//第三届全国土力学和基础工程会议论文集. 北京：中国建筑工业出版社，1979.
[13] Ralph T Y. Adsorbents fundamentals and applications[M]. 马丽萍，宁平，田森林，译，北京：高等教育出版社，2010.
[14] 王铁行，王晓峰. 密度对砂土基质吸力的影响研究[J]. 岩土力学，2003，24(6)：979-982.
[15] 刘小文，常立君，胡小荣. 非饱和红土基质吸力与含水率及密度关系试验研究[J]. 岩土力学，2009，30(11)：3302-3306.
[16] 张鹏程，汤连生，姜力群. 基质吸力与含水量及干密度定量关系研究[J]. 岩石力学与工程，2013，32(Z1)：2792-2797.
[17] 曾召田，吕海波，赵艳林，等. 膨胀土干湿循环过程孔径分布试验研究及其应用[J]. 岩土力学，2013，34(2)：322-328.
[18] Kumar S，Malik R S. Verification of quick capillary rise approach for determining pore geometrical characteristics in soils of varying texture[J]. Soil Science，1990，150(6)：883-888.
[19] Diaz M E，Fuentes J，Cerro R L. Hysteresis during contact angles measurement[J]. Journal of Colloid and Interface Science，2010，343(2)：

574-583.

[20] 杨松，龚爱民，吴珺华，等. 接触角对非饱和土中基质吸力的影响[J]. 岩土力学，2015，36(3)：674-678.

[21] Likos W J, Lu N. Hysteresis of capillary stress in unsaturated granular soil [J]. Journal of Engineering Mechanics-ASCE, 2004, 130(6): 646-655.

[22] Pham H Q, Fredlund D G, Barbour S L. A study of hysteresis models for soil-water characteristic curves[J]. Canadian Geotechnical Journal, 2005, 42(6): 1548-1568.

[23] Letry J, Osborn J, Pelishek R E. Measurement of liquid-solid contact angles in soil and sand[J]. Soil Science, 1962, 93: 149-153.

[24] Laroussi C H, De Backer L W. Relations between geometrical properties of glass beads media and their main $\psi(\theta)$ hysteresis loops[J]. Soil Science Society of America Journal, 1978, 43(4): 646-650.

[25] Ramírez Flores J C, Bachmann J, Marmur A. Direct determination of contact angles of model soils in comparison with wettability characterization by capillary rise[J]. Journal of Hydrology, 2010, 382(1): 10-19.

[26] Salager S, Rizzi M, Laloui L. An innovative device for determining the soil water retention curve under high suction at different temperatures[J]. Acta Geotechnica, 2011, 6(3): 135.

[27] Richards B G. Measurement of the free energy of soil moistureby the psychrometric technique using thermistors [M]. Proc., Moisture Equilibria and Moisture Changes in Soils Beneath Covered Areas. A Symp. in Print, G. D. Aitchison, ed., Butterworths, London, 1965.

[28] Croney D, Coleman J D. Pore pressure and suction in soil. Proc., Conf. on Pore Pressure and Suction in Soils, ICE, Butterworths, London, 1961.

[29] Fredlund D G, Xing A. Equations for the soil-water characteristic curve [J]. Canadian geotechnical journal, 1994, 31(4): 521-532.

[30] Cui Y J, Tang A M, Mantho A T, et al. Monitoring field soil suction using a miniature tensiometer[J]. Geotechnical Testing Journal, 2007, 31(1): 95-100.

[31] Ross P J, Williams J, Bristow K L. Equation for extending water-retention

curves to dryness[J]. Soil Science Society of America Journal, 1991, 55(4): 923-927.

[32] Campbell G S, Jungbauer Jr J D, Shiozawa S, et al. A one-parameter equation for water sorption isotherms of soils[J]. Soil Science, 1993, 156(5): 302-305.

[33] 秦冰，陈正汉，孙发鑫，等. 高吸力下持水曲线的温度效应及其吸附热力学模型[J]. 岩土工程学报，2012，34(10)：1877-1886.

[34] 黄伟，刘清秉，项伟，等. 高吸力段黏土水合机制及微观持水模型研究[J]. 岩土工程学报，2018，40(7)：1268-1276.

[35] 孙文静，孙德安，刘仕卿，等. 高吸力下高庙子钙基膨润土的土水-力学特性[J]. 岩土工程学报，2014，36(2)：346-353.

[36] Lu N, Khorshidi M. Mechanisms for soil-water retention and hysteresis at high suction rang[J]. Journal of Geotechnical and Geoenvironmental Engineering, 2015, 141(8): 04015032.

[37] Brunauer S, Emmett P H, Teller E. Adsorption of gases in multimolecular layers[J]. Journal of the American chemical society, 1938, 60(2): 309-319.

[38] Mooney R W, Keenan A G, Wood L A. Adsorption of water vapor by Montmorillonite. I. Heat of desorption and application of BET theory1[J]. Journal of the American Chemical Society, 1952, 74(6): 1367-1371.

[39] Quirk J P. Significance of surface areas calculated from water vapor sorption isotherms by use of the BET equation[J]. Soil Science, 1955, 80(6): 423-430.

第 6 章　基质势梯度作用下非饱和土水分迁移研究

在众多可能引起非饱和土中水分迁移的势能中,基质势是最重要的驱动力之一,目前已有的研究成果基本上都是基于初始含水量均匀的土样而得到的。本章将采用初始含水量不均匀的土样并控制土样的初始含水量梯度,以研究其水分迁移的现象。另外,前述研究中已分析指出了土水特征曲线在低含水量区间的非可靠性并确定了黄土中不同特征含水量的取值。本章将选取毛细水连通时的非饱和黄土,以便通过土水特征曲线来确定土样中的基质势梯度。

6.1　试　验

6.1.1　试验内容

忽略非饱和土土水特征曲线的滞后性,非饱和土的含水量与其基质势之间为单值对应关系,由此,可以通过非饱和土的含水量梯度来表征其基质势梯度。具体制样时,可以使土样的含水量分布沿土样的长度方向均匀变化,以使土样内存在一个初始的含水量梯度,并通过土水特征曲线模型来计算其基质势梯度。制样时,采用 20 cm × 7 cm × 7 cm 的长方体有机玻璃盒分段制样(见图 6-1)。制样时,沿有机玻璃盒长度方向将其分割为 10 等份,每 2 cm 一段,分别控制每一段的含水量。因此,沿土样长度方向,以土样长度方向的中点为界限,可以将土样分为低含水量段和高含水量段。

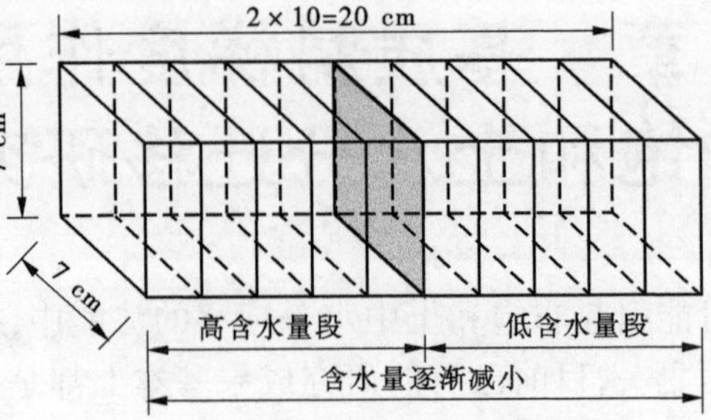

图 6-1　黄土土样的示意图

第 3 章中分析认为非饱和黄土的 θ_c 应该介于 8% ~14%，当黄土中黏粒含量越低，对应的 θ_c 就越小。选择第 2 章中的土样 S1 制样，S1 中黏土矿物含量在土样 S1 ~ S4 中最低，仅为 12.2%，有理由认为土样 S1 的 θ_c 应该为 8%。因此，在制样时，使土样中的含水量分布于 8% ~24%，一方面，介于处于该区间的黄土土样中的基质势可以通过土水特征曲线模型来计算；另一方面，含水量分布于 8% ~24% 的非饱和土也是工程中最为常见的含水量区间。天然状态下黄土的干密度分布于 1.3 ~1.7 g/cm^3，本试验中土样的干密度取天然状态下黄土干密度的平均值（1.5 g/cm^3）以排除干密度对试验结果的影响。黄土土样的含水量梯度和对应的含水量取值范围见表 6-1。

土样的饱和含水量为 29.3%；含水量为 8%、12%、16%、20%、24% 时，土样的饱和度分别为 27.4%、41.1%、54.8%、68.5% 和 82.2%。试验时，将土样放进恒温箱（25 ℃）以排除温度对试验的影响。分别在试验的第 7 d、14 d 和 21 d 通过烘干法测量土样的含水量。所有试验步骤均严格遵守现行的《土工试验方法标准》（GB/T 50123—1999）。

表6-1　黄土土样的含水量梯度和对应的含水量取值范围

含水量梯度(%/cm)	土样编号	含水量范围(%)	平均含水量(%)
0.2	S1	8～12	10
	S2	12～16	14
	S3	16～20	18
	S4	20～24	22
0.4	S5	8～16	12
	S6	16～24	20
0.6	S7	8～20	14
	S8	12～24	18
0.8	S9	8～24	16

6.1.2　试验结果

含水量梯度分别为0.2%/cm、0.4%/cm、0.6%/cm和0.8%/cm的土样的水分场的动态变化见图6-2～图6-5。可以看到,随着试验时间的增加,初始含水量线性分布的土样其内部水分场不断发生变化,土样低含水量段的含水量不断增加,高含水量段的含水量不断减小,所有土样的变化规律基本相同;随着试验时间的增加,土样内部含水量趋于处处相等,即图中曲线逐渐与X轴趋于平行。该现象意味着随着试验时间的增加,土样内部的水分场逐渐趋向于处处相等。若不考虑非饱和土中土水特征曲线的滞后性,通常土体中含水量与基质势是单值对应关系。较高的含水量对应着较低的基质势;反之,较低的含水量对应着较高的基质势。土样内的水分在该势能梯度的驱动下,会从能量较高处向能量较低处迁移,直至土样内基质势处处相等。热力学第二定律的Clausius表述为:不可能把热从低温物体传向高温物体而不引起其他的变化。热力学第二定律指明了系统在一定条件下某过程发生的可能性。在本试验中,很显然,非饱和土样内部基质势的不同导致能量的不同,在无外界任何作用力做功的条件下,能量只能自发地从高能量去向低能量区传递,而该能量传递的介质为非饱和土中的孔隙水。

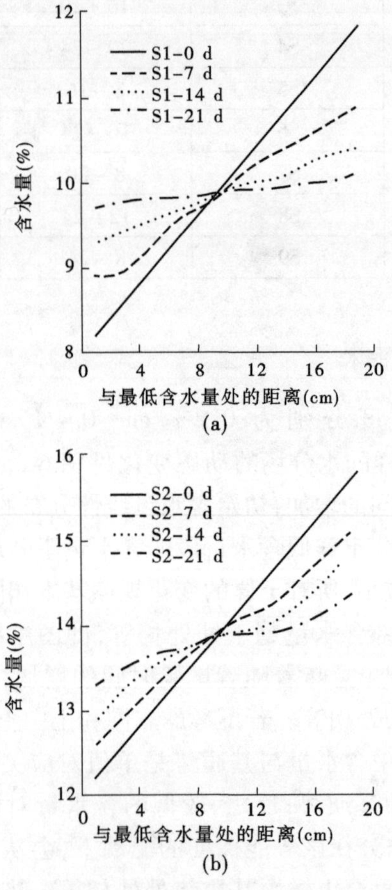

图 6-2 土样水分场的动态变化($\text{grad}\omega = 0.2\%/\text{cm}$)

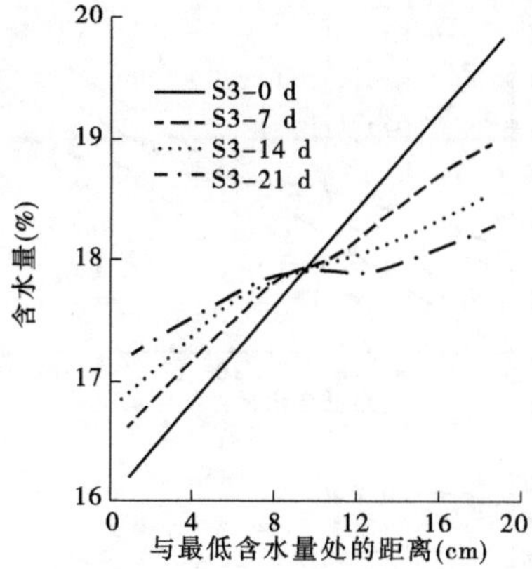

(c)

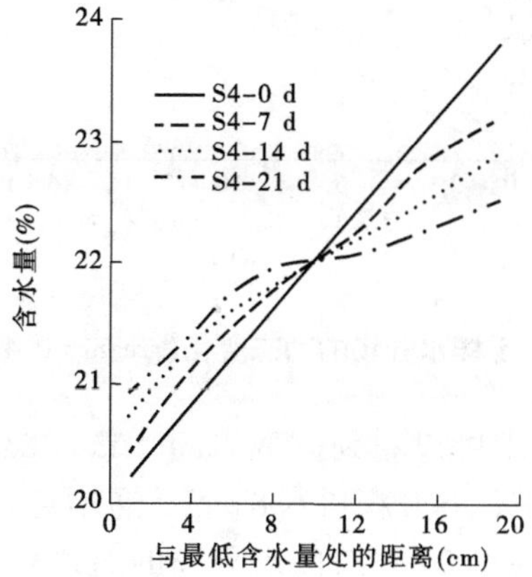

(d)

续图 6-2

土样 S1 ~ S9 在第 21 d 时的水分场见图 6-6,为了更好地呈现出水分场的变化规律,将土样 S1 ~ S9 分别表示于图 6-6(a)和图 6-6(b)中;$\Delta\omega_i$ 为土样两端含水量的差值。

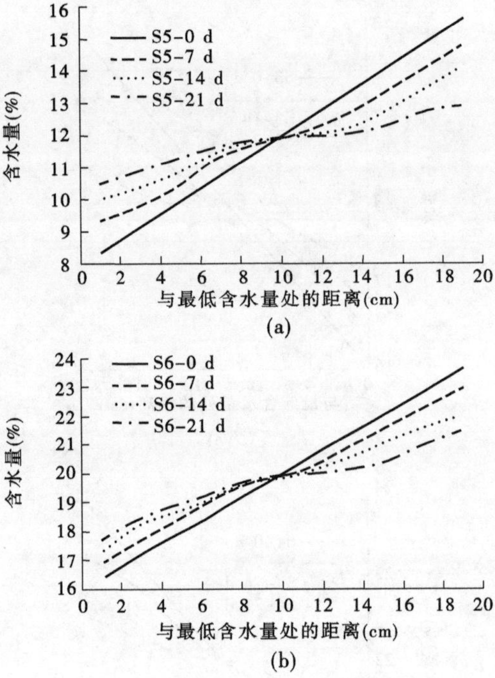

图 6-3　土样水分场的动态变化(gradω = 0.4%/cm)

从图 6-6(a)中可以看到,$\Delta\omega_1$、$\Delta\omega_3$、$\Delta\omega_5$、$\Delta\omega_7$ 和 $\Delta\omega_9$ 分别为 0.4%、1.1%、2.4%、6.0% 和 6.8%,呈递增趋势,代表土样 S1、S3、S5、S7 和 S9 在第 21 d 时的水分场的曲线与 X 轴的夹角也不断增加;图 6-6(b)中也表现出了同样的规律,$\Delta\omega_2$、$\Delta\omega_4$、$\Delta\omega_6$ 和 $\Delta\omega_8$ 分别为 1.1%、1.6%、3.8% 和 6.8%。较大的夹角表明土样内部的水分场还未达到稳定状态。该现象是由初始含水量梯度的不同而造成的,较大的含水量梯度意味着较高的基质势梯度,土样内部较高的能量差致使其需要较长的时间达到能量平衡状态。

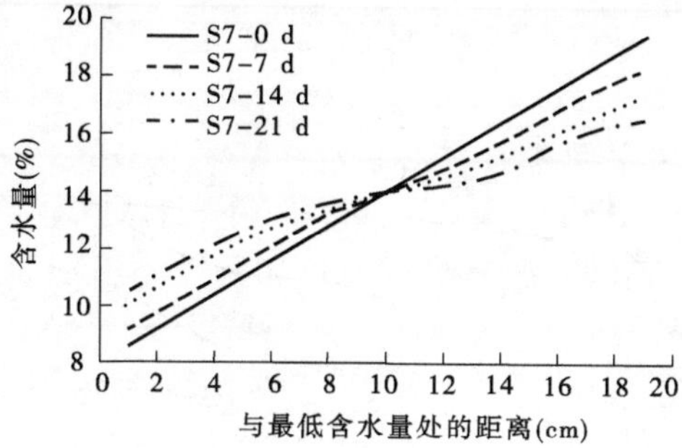

(a)

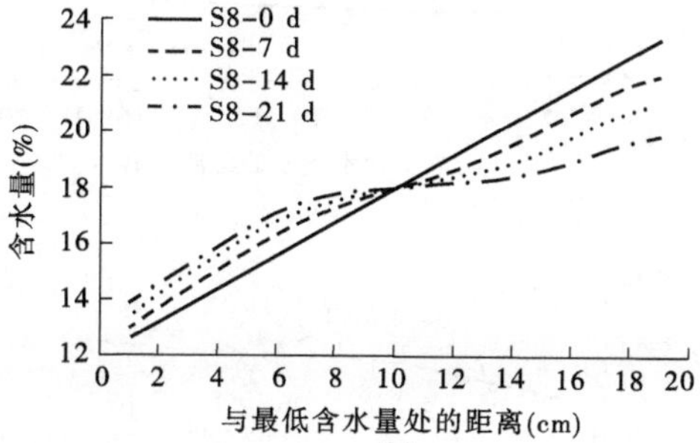

(b)

图6-4　土样水分场的动态变化(gradω = 0.6%/cm)

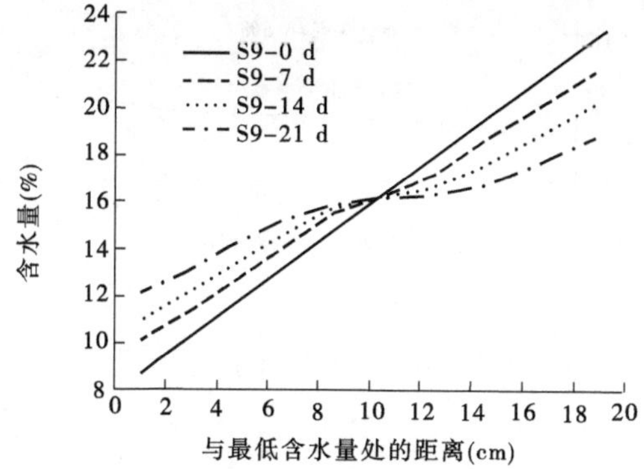

图6-5　土样水分场的动态变化(gradω = 0.8%/cm)

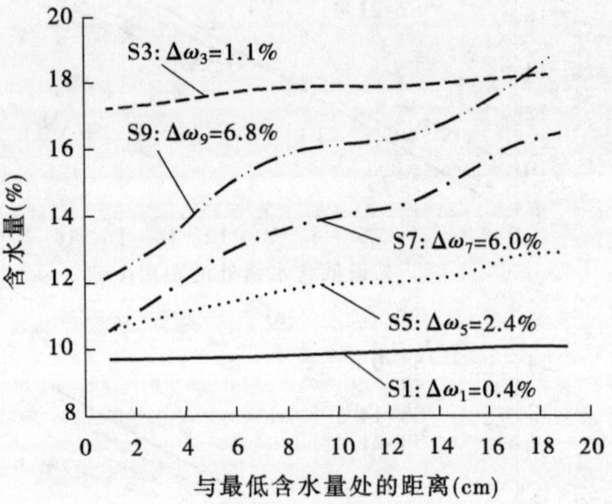

(a)

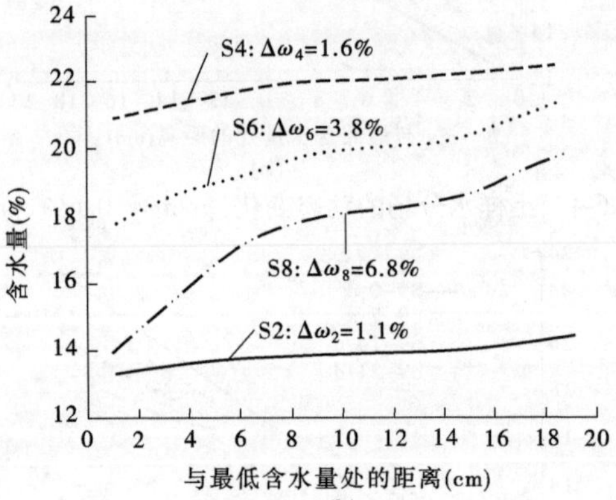

(b)

图 6-6　黄土土样的水分场(21 d)

6.2　水分迁移量与基质势梯度的关系

6.2.1　基质势梯度的确定

在确定土样内部基质势梯度之前,首先需要确定土样的土水特征曲线。当获得了土样的土水特征曲线之后,便可以计算出土样初始基质势梯度以及土样基质势梯度在水分迁移过程中的动态变化。具体计算时,把土样的基质势近似按线性分布来处理。采样 VG 模型来确定土样的土水特征曲线,VG 模型的数学表达式如下:

$$\theta = \theta_r + \frac{\theta_s - \theta_r}{[1 + (\alpha h)^n]^m} \tag{6-1}$$

式中　θ——体积含水量;

θ_r——残余含水量;

θ_s——饱和含水量;

h——吸力水头,m;

α、m、n——系数,$m = 1 - 1/n$。

由式(6-1)可得基质势的表达式:

$$h = \frac{1}{\alpha}\left[\left(\frac{\theta_s - \theta_r}{\theta - \theta_r}\right)^{\frac{1}{m}} - 1\right]^{\frac{1}{n}} \tag{6-2}$$

土样的饱和含水量为 29.3%,即 $\theta_s = 0.44$;参数 θ_r、α、n 的取值如下:

$$\theta_r = -0.38 + 0.36\rho_d \tag{6-3}$$

$$\alpha = \exp[(8.89 - 0.08T) + (0.07T - 9.36)\rho_d]$$

$$n = (10.51 - 0.78T + 0.015T^2) + \tag{6-4}$$

$$(-14 + 1.14T - 0.022T^2)\rho_d + (5.56 + 0.41T + 0.008T^2)\rho_d^2 \tag{6-5}$$

式中 ρ_d——土样的干密度，$\rho_d = 1.5\ g/cm^3$；

T——试验时土样的温度，$T = 25\ ℃$。

将上述参数代入式(6-2)中便可以计算出土样中基质势与含水量之间的关系，也即土水特征曲线。土样 S1 的土水特征曲线见图 6-7。含水量 8%、12%、16%、20%和 24%的非饱和黄土土样的基质势分别为 612 kPa、320 kPa、218 kPa、164 kPa 和 128 kPa。土样 S1 ~ S8 的初始基质势梯度分别为：12.8%/cm、4.5%/cm、2.4%/cm、1.6%/cm、16.7%/cm、4.0%/cm、18.3%/cm、8.3%/cm、19.0%/cm。

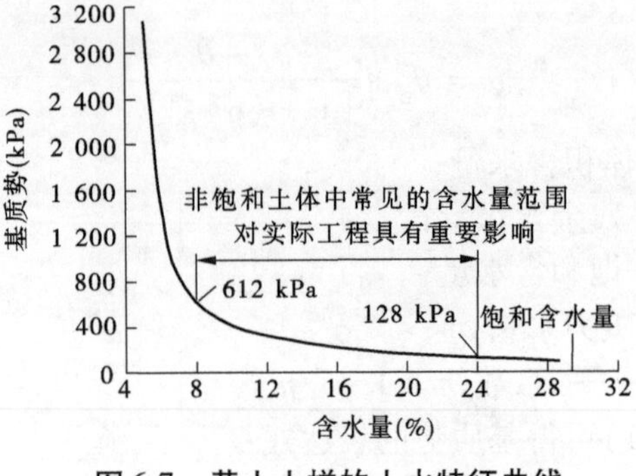

图 6-7 黄土土样的土水特征曲线

6.2.2 水分迁移量基质势梯度的关系

土样中的水分在基质势梯度作用下自高含水量处向低含水量处迁移，在迁移的过程中，土样中总的水分的含量是固定的，因此高含水量段含水量的减小量与低含水量段含水量的增加量相同，试验结果也证实了这一点。在此，取土样低含水量段含水量的平均增量作为土样的水分迁移量，表 6-2 为土样的水分迁移量随时间的变化。

表6-2　土样的水分迁移量随时间的变化

时间	水分迁移量(%)								
(d)	S1	S2	S3	S4	S5	S6	S7	S8	S9
0～7	0.30	0.26	0.30	0.22	0.52	0.42	0.56	0.52	0.90
7～14	0.26	0.22	0.16	0.16	0.40	0.28	0.52	0.44	0.66
14～21	0.24	0.14	0.12	0.14	0.34	0.22	0.30	0.28	0.64

由于在水分迁移试验中,同一含水量梯度下有多个初始含水量不同的土样,在此,分别取土样 S1-S4、S5-S6、S7-S8 的平均水分迁移量作为含水量梯度为 0.2%/cm、0.4%/cm、0.6%/cm 作用下的水分迁移量,土样 S9 的水分迁移量为 0.8%/cm 的含水量梯度所对应的水分迁移量。不同含水量梯度作用下,土样在第0～7 d、7～14 d 和 14～21 d 的水分迁移量见图 6-8。

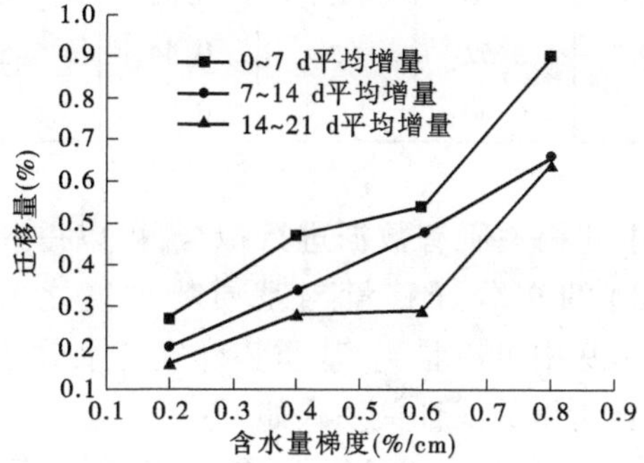

图6-8　不同含水量梯度作用下水分迁移量的动态变化

水分迁移量随着含水量梯度的增加而增加,非饱和黄土内部较大的含水量梯度代表着较高的基质势梯度,基质势梯度越大则其对水分迁移的驱动力就越强,因此其迁移量也就越大。从图 6-8中还可以看到,水分迁移量随着迁移时间的增加却不断地减小,这是由于随着迁移时间的增加,土样内部的含水量逐渐趋于均匀分布，土样内部的基质势梯度也随之减小。表 6-3 为土样在每个时间段内的基质势梯度与对应的水分迁移量。

表 6-3　土样的基质势梯度与水分迁移量

土样编号	0 ~ 7 d		7 ~ 14 d		14 ~ 21 d	
	基质势梯度（kPa/cm）	水分迁移量（%）	基质势梯度（kPa/cm）	水分迁移量（%）	基质势梯度（kPa/cm）	水分迁移量（%）
S1	9.9	0.30	5.4	0.26	2.6	0.24
S2	3.9	0.26	3.0	0.22	2.0	0.14
S3	2.1	0.30	1.5	0.16	1.0	0.12
S4	1.5	0.22	1.2	0.16	0.9	0.14
S5	14.1	0.52	9.7	0.40	6.5	0.34
S6	3.7	0.42	3.1	0.28	2.4	0.22
S7	16.5	0.56	12.7	0.52	9.8	0.30
S8	7.8	0.52	6.6	0.44	5.5	0.28
S9	16.2	0.90	11.7	0.66	8.6	0.64

将表 6-3 中的相关所有数据进行拟合，可以得到土样在每个时间段内（7 d）的水分迁移量与基质势梯度之间的关系（见图 6-9）。从图 6-9 中可以看到，基质势梯度与水分迁移量近似为线性分布。拟合所得的线性关系式如下：

$$y = 0.033x + 0.145 \quad (R^2 = 0.701\,1) \tag{6-6}$$

式中　x——基质势梯度，kPa/cm；

y——每个时间段内的水分迁移量（%）。

需要说明的是，式(6-6)为拟合所得的统计关系式，目的是反应基质势梯度不同的土样在其内部基质势梯度作用下，其水分迁移量与基质势梯度的变化关系，因此在拟合分析时并未考虑土样的含水量水平。物质运动的自发趋势是从高能量状态向低能量状

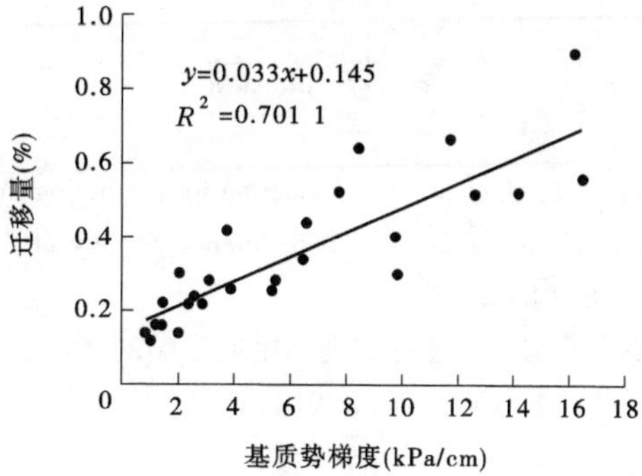

图6-9　水分迁移量与基质势梯度之间的关系

态，若忽略温度和重力的影响，土体含水量的高低可以表征土体中孔隙水化学势能的大小，较高的含水量意味着土体中孔隙水具有较低的化学势能，土体内化学势能要保持平衡则必然要求能量从化学势能相对较高的区域或物质相向化学势能相对较低的区域或物质相迁移。因此，在试验中就表现出水分迁移量随基质势梯度的增加而增加。二者之间所表现出的线性关系则表明了水分迁移量与基质势梯度呈比例增加。

6.3　小　结

本章开展了等温条件下，非饱和土黄土在基质势梯度作用下的水分迁移试验，试验结果表明，对于毛细水连通的非饱和黄土，其水分迁移量随着基质势梯度的增加而增加。在对试验结果分析拟合的基础上，建立了非饱和黄土水分迁移量与基质势梯度之间的统计关系表达式，该表达式可以为定量评价基质势梯度对非饱和土中水分迁移的驱动作用提供参考。

参考文献

[1] van Genuchten M T. A closed-form equation for predicting the hydraulic conductivity of unsaturated soils[J]. Soil Science Society of America Journal, 1980, 44(5): 892-898.

[2] 王铁行, 卢靖, 岳彩坤. 考虑温度和密度影响的非饱和黄土土-水特征曲线研究[J]. 岩土力学, 2008, 29(1): 1-5.

第 7 章　温度梯度作用下非饱和土水分迁移研究

非饱和土中的水分可以在等温条件或非等温条件下迁移,并以液态水和气态水两种方式混合进行。等温条件下的液态水迁移和气态水迁移控制方程已经建立且已得到广泛的应用。对于暴露于自然环境下的土体来讲,其内部的水分迁移往往是在非等温条件下进行的,比如,在干旱和半干旱地区浅层土体中水分在昼夜温差的变化下而发生的迁移现象;核废料反应堆、热力工程以及高压输电线周围土体内部水分的迁移现象。对非等温条件下非饱和土中水分迁移的研究早已成为了岩土工程领域中的热点。土体内部水分和热量在非等温条件下的传输是一个复杂的耦合过程,学者们已开展了许多与水 - 热耦合相关的试验并建立了众多基于不同原理的水 - 热耦合模型。尽管大多水 - 热耦合模型在建立控制方程时已考虑到气态水的迁移,但温度梯度作用下气态水迁移的相关试验依然少见,气态水迁移规律尚难以把握。温度梯度作用下,非饱和土中水分迁移达到稳定状态时需要多长时间,稳态时其水分场又将如何分布,也缺少相关回答。非饱和土水分迁移的温度效应也缺少相关研究。鉴于此,本章将针对上述问题开展相关试验研究。

7.1　试　验

在已报道的文献中,温度梯度作用下水分迁移的相关试验大多是在土体中插入热电阻,通过改变热电阻的功率以获得不同的温度,同时监测热电阻周围土体水分场的变化,或者只对土样的一段施加不同于与环境的温度,而土样的另一端保持为环境温度,这样的试验方法对土样内温度梯度的控制不够准确。鉴于此,试验选用杭州雪中碳公司的 XT5405FSC 土木冻胀试验箱/冻融循环试验箱严格控制土样两端的温差,并在试验时对土样采取密封措施。该冻融循环试验箱可以独立地控制箱体内的环境温度和两个换热器的温度。箱体内的温度范围为 −30 ~ +50 ℃,温度波动为 ±0.2 ~0.5 ℃;换热器的控温范围为 −40 ~ +60 ℃,温度波动为 ±0.1 ~0.2 ℃。水分迁移试验装置如图 7-1 所示。

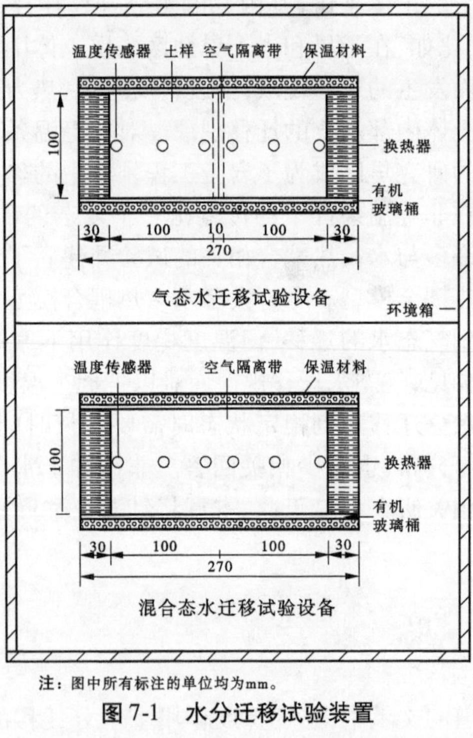

图 7-1　水分迁移试验装置

混合态水分迁移试验中使用的有机玻璃桶的直径为 10 cm,

长为 26 cm。气态水迁移试验中采用 2 个直径为 10 cm,长为 13.5 cm 的有机玻璃桶;试验时将两个有机玻璃桶对接,中间留 1 cm 的空气带以隔绝液态水迁移,使此界面上只有气态水迁移。所有试验中,有机玻璃桶外壁均缠绕保温材料以减少侧向散热,并将有机玻璃筒水平放置以排除重力势的影响。箱体内的环境温度控制为土样两端换热器温度的平均值以减小环境温度对试验结果的影响。土样中每 5 cm 放置一个温度传感器以监测土体中温度场的变化。试验所用黄土土样的物理指标与第 4 章中土样的物理指标相同。水分迁移的试验方案见表 7-1。试样的初始含水量控制为 9%、13%、17% 和 21%,对应的饱和度分别为 30.8%、44.5%、58.3% 和 71.9%。试验时,土样两端温差分别控制为 10 ℃(土样两端换热器的温度分别为 5 ℃和 15 ℃)、20 ℃(换热器的温度分别为 5 ℃和 25 ℃;15 ℃和 35 ℃)、30 ℃(换热器的温度分别为 5 ℃和 35 ℃),土样内部对应的温度梯度分别为 0.5 ℃/cm、1.0 ℃/cm、1.5 ℃/cm。温差为 20 ℃时,土样两端换热器的温度分别设置为 5 ~ 25 ℃和 15 ~ 35 ℃以研究水分迁移的温度效应。平行制样,分别在试验的第 4 天、第 7 天、第 10 天、第 14 天和第 21 天测量土样的含水量。测量含水量时,用千斤顶将试样顶出并把土样切割为 2 cm 厚的切片,用微波炉烘干法测量切片中间的土样的含水量,以减小试验误差。

表 7-1　水分迁移的试验方案

试验因素	取值
初始含水量	9%、13%、17%、21% 0.5 ℃/cm(5 ~ 15 ℃)
温度梯度	1.0 ℃/cm(5 ~ 25 ℃;15 ~ 35 ℃) 1.5 ℃/cm(5 ~ 35 ℃)
试验时间	第 4 天、第 7 天、第 10 天、第 14 天、第 21 天

7.2 温度场的动态变化

换热器中的热量在非饱和黄土中的传递是一个导热过程。发生导热时,物体各部分之间不发生宏观的相对位移,导热机制从本质上讲是物体内部微观粒子的热运动所形成的能量扩散;当物体内部温度分布不均匀时,微观粒子之间就会发生能量交换,热量从温度较高(热运动较强)的部分传递到温度较低(热运动较弱)的部分。物体与环境进行热量传递的过程通常可以分为三个阶段:①初始阶段,物体温度场受环境影响很大,只表现在边界附近;②准稳态阶段,物体内部温度变化随不同的环境条件而呈现出规律性的变化;③稳态阶段,物体内各点温度不随时间的变化而变化。图 7-2 为初始含水量为 17% 的土样在不同温度梯度作用下混合态水迁移试验时温度场的动态变化。

从图 7-2 中可以看到在不同温度梯度作用下,从试验开始历经 24 h,土样中的温度传感器读数已稳定,表明土样内部温度场在 24 h 便已达到稳定状态。当土体内温度场稳定后,非饱和黄土中的水分便在稳态导热条件下进行迁移。稳定后的温度场沿土样长度近似为线性分布,土样长度方向中点处的温度与环境温度基本相等。以土样的长度方向的中点为界限可以将土样分为高温段和低温段;高温段内土样的温度均高于环境温度,低温段内土样的温度均低于环境温度。由于土样体积较小,在试验过程中,热量传递的三个过程的阶段性并不是非常显著。

在此,仅以初始含水量为 17% 的土样的混合态迁移作为代表,其他试验条件下的土样均具有同样的规律。值得注意的是,尽管在气态水迁移试验中,土样中段因留有 1 cm 的间隙而变得不连续,由于土样两端均有稳定的热源(换热器)提供热量且土样体积并不大,因此气态水迁移试验中的土样的温度场也表现出了同样的规律。

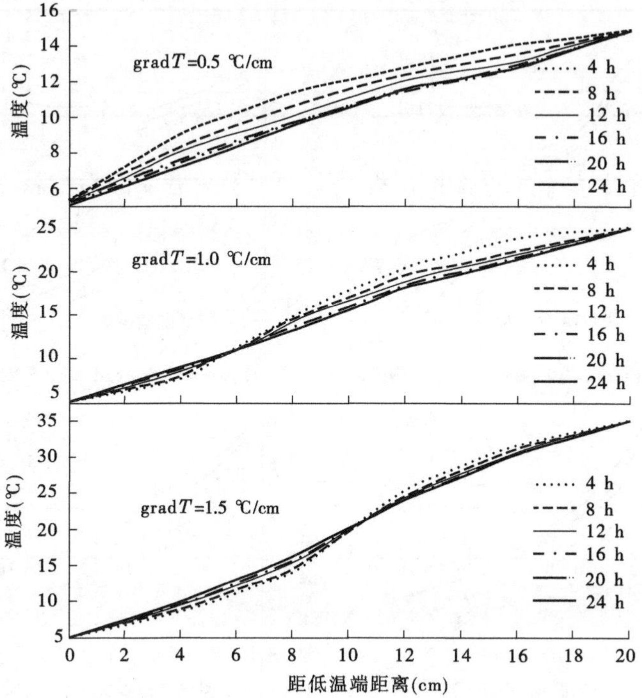

图 7-2　黄土土样温度场的动态变化

7.3　含水量的动态变化

7.3.1　气态水迁移

初始含水量分别为 9%、13%、17% 和 21% 的土样的含水量在气态水迁移试验中的变化量见图 7-3 和图 7-4。可以看到,在温度梯度作用下非饱和黄土中气态水的迁移不仅是存在的而且其迁移量也是非常显著的,其低温段含水量增加、高温段含水量减小。由

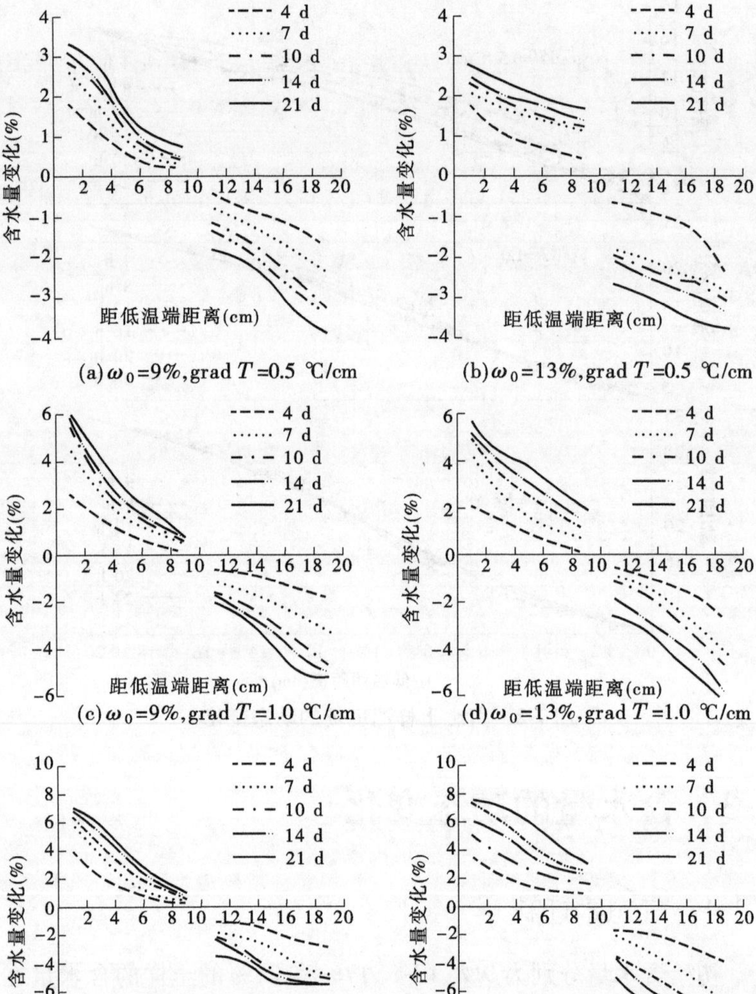

(a) ω_0=9%, grad T=0.5 ℃/cm

(b) ω_0=13%, grad T=0.5 ℃/cm

(c) ω_0=9%, grad T=1.0 ℃/cm

(d) ω_0=13%, grad T=1.0 ℃/cm

(e) ω_0=9%, grad T=1.5 ℃/cm

(f) ω_0=13%, grad T=1.5 ℃/cm

图 7-3 土样含水量在气态水迁移试验中的变化量(ω_0 = 9%、13%)

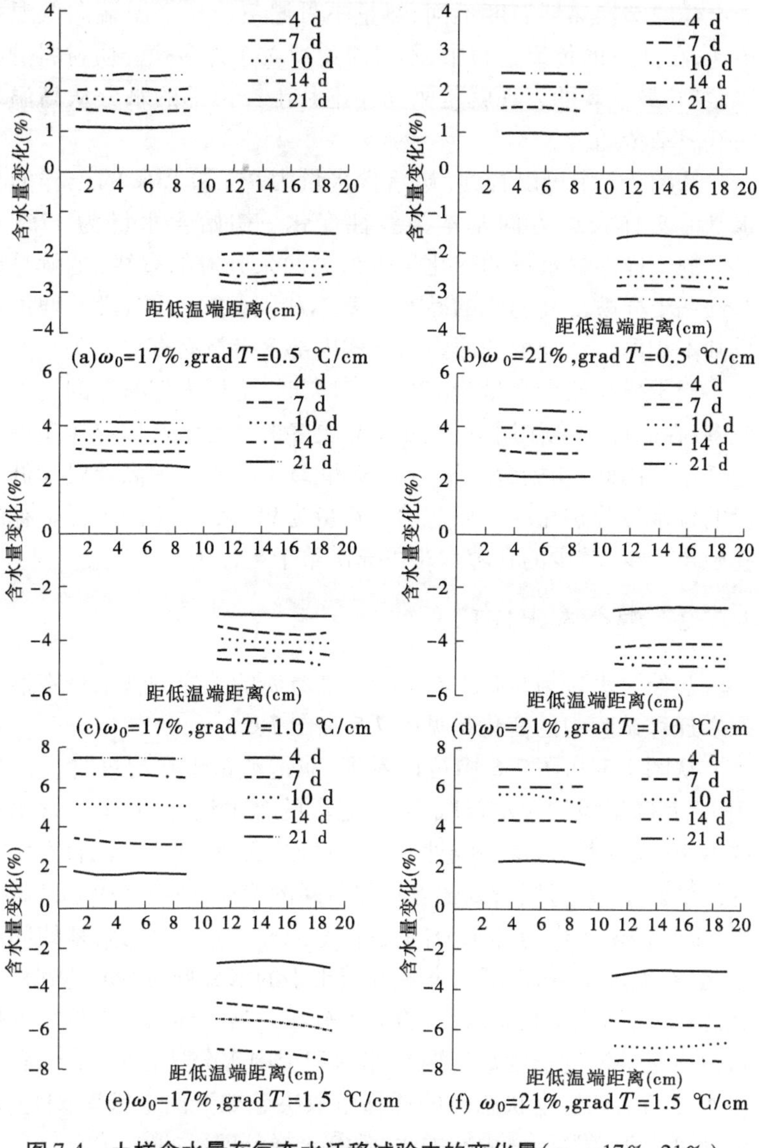

图 7-4 土样含水量在气态水迁移试验中的变化量(ω_0 = 17%、21%)

于土样两端换热器温度不同,热量不可避免地从高温端向低温端传递,在热量的传递过程中,不可避免地对作为多孔介质材料的土体做功,最直观的表现就是驱动非饱和土样内部的水分从高温端向低温端传递。

从图 7-3 中可以看到,初始含水量为 9% 和 13% 的土样的含水量沿土样长度方向基本为线性变化。初始含水量为 17% 和 21% 的土样的含水量的变化量近似为两条分段的直线,也就是说非饱和土样整个高温段的减小量基本相同,整个低温段的增加量也基本相同。该现象的原因与土样内部含水量有直接的关系。

当土样初始含水量为 17% 和 21% 时,土样内部赋存的孔隙水较多,在温度梯度作用下,土样中有更多的气态水可以充斥于整个土样中。因此,初始含水量为 17% 和 21% 的土样的高温段和低温段的含水量分别相同。而初始含水量为 9% 和 13% 的土样赋存的孔隙水较少,较少的孔隙水难以充满整个土样中。

7.3.2 混合态水迁移

初始含水量为 9%、13%、17% 和 21% 的土样的含水量在混合态水迁移试验中的变化量见图 7-5 和图 7-6。

从图 7-5 和图 7-6 中可以看到,非饱和黄土在温度梯度的作用下,其高温段的含水量减小、低温段的含水量增加,土样含水量的沿土样长度均近似为线性变化。对比气态水迁移和混合态水迁移的试验结果,可以看到随着迁移时间的增加,曲线变得越来越紧密,也就是说土样内部水分的变化量越来越小。随之而来的问题便是,在温度梯度作用下,非饱和黄土中的水分场何时能达到稳定状态;当达到稳定状态时,又将如何分布。当土样内部温度梯度保持恒定且该温度梯度足以驱动非饱和土中水分迁移时,非饱和土中水分场达到稳定状态时的迁移量取决于如下两个因素:①土样内部可用于迁移的自由水的含量;②土样低温段的饱和度。

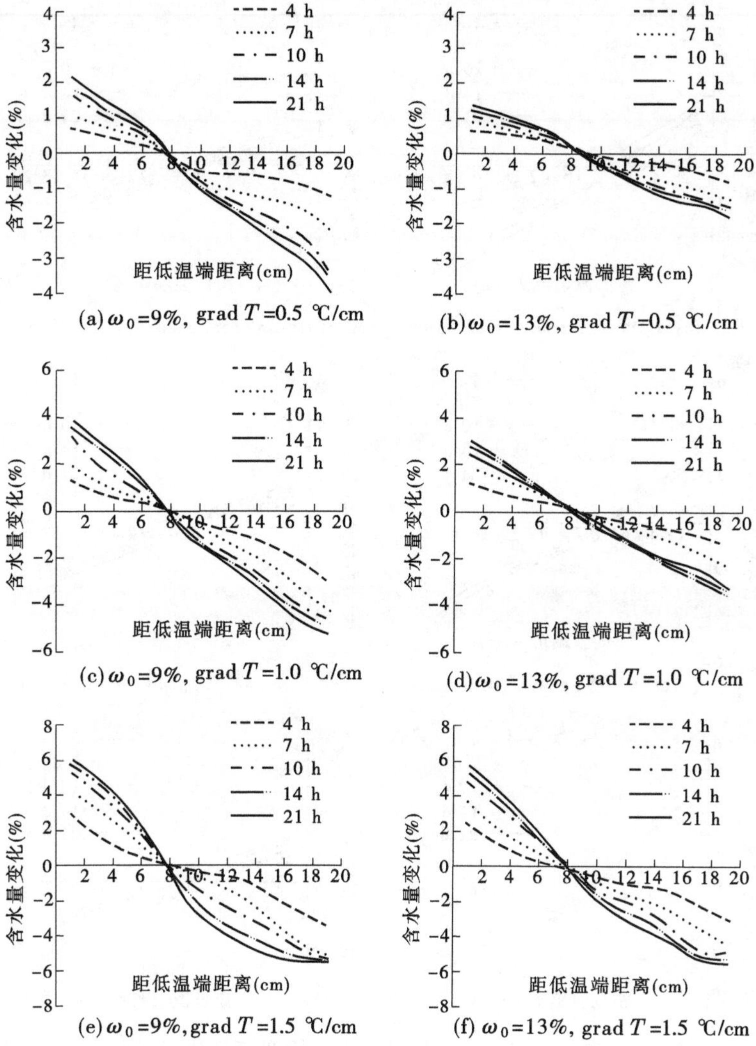

图 7-5　土样含水量在混合态水迁移试验中的变化量(ω_0 = 9%、13%)

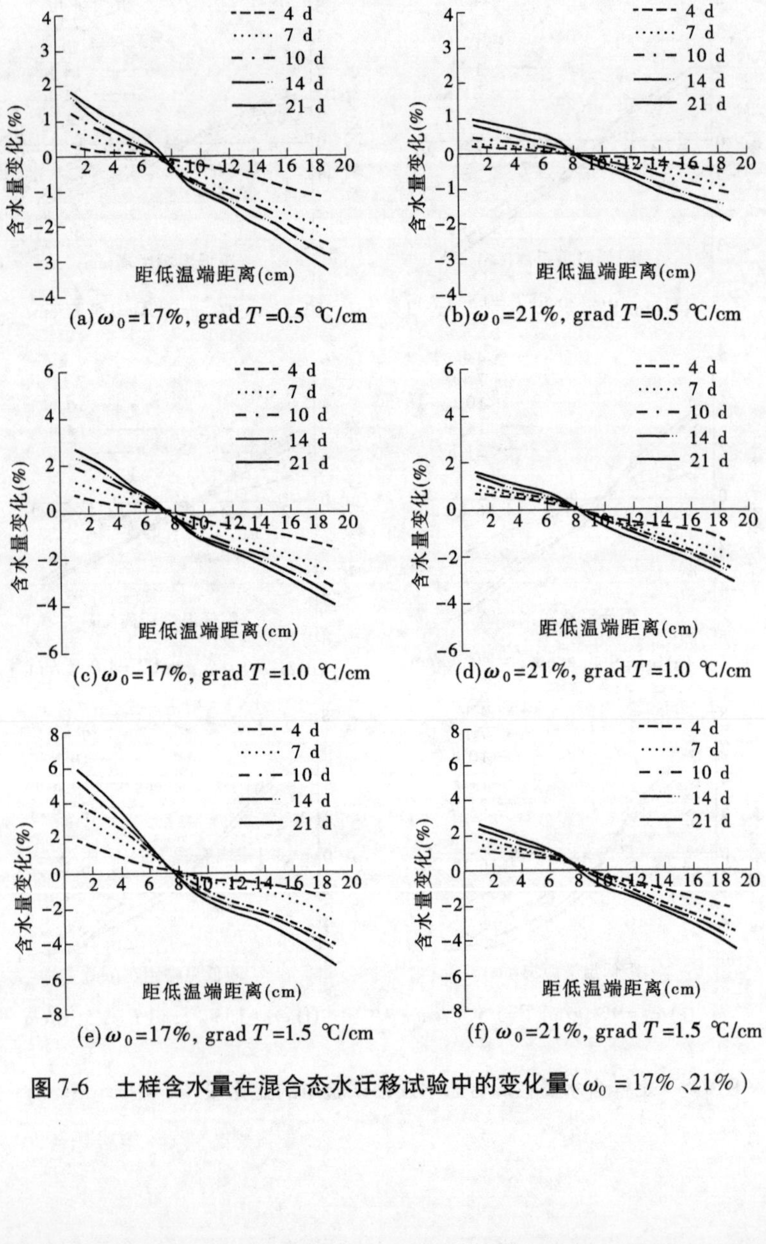

图 7-6　土样含水量在混合态水迁移试验中的变化量(ω_0 = 17%、21%)

在本试验的温度条件下，非饱和土中可以迁移的水为自由水，结合水并不迁移，也就是说，非饱和黄土中毛细水含量的下限即为可用于迁移的水分的最小含量。非饱和黄土中毛细水含量的下限即为结合水含量的上限，第2章已确定了该界限含水量。当非饱和黄土内有足够的自由水可用于迁移且迁移的时间足够长时，最终的水分迁移量还取决于土样低温段的饱和度。按着Barden(1956)对非饱和土的分类，饱和度大于90%的非饱和土已经处于准饱和状态。此时孔隙水将气泡封闭起来且与大气不连通，渗气系数很小，孔隙气泡不能移动。此时，非饱和土内没有空间可供多余的水分存在。当非饱和土接近饱和状态时，即便有足够大的温度梯度和足够多的自由水，在温度梯度作用下也不会迁移。

土样在第21天时高温段的平均残余含水量($\overline{\omega}_H$)和低温段含水量的平均增量($\overline{\omega}_L$)见表7-2。值得注意的是，土样低温段含水量的平均增加量小于高温段含水量的平均减少量，尽管土样两端采取了密封措施，高温段中仍有部分水汽在试验过程中向外界蒸发。在气态水迁移中，当温度梯度为1.5 ℃/cm时，初始含水量为9%的土样的高温段平均残余含水量为5.6%，已接近自由水的下限，没有多余的自由水可供迁移，因此土样内部的水分场基本稳定。初始含水量为13%的土样，当温度梯度为1.5 ℃/cm时，其高温段的平均残余含水量为5.7%，低温段的平均含水量为18.6%，饱和度仅为61.6%；此时高温段尚有自由水可用于迁移，低温段也尚未饱和，其内部水分仍将继续迁移。初始含水量为17%的土样，当温度梯度为1.5 ℃/cm时，其低温段的平均含水量为24.4%，饱和度为83.8%，尚未达到饱和状态，高温段的平均残余含水量为8.8%，大于自由水含量的下限，土样内的水分仍将继续迁移。初始含水量为21%的土样，当温度梯度为1.5 ℃/cm时，低温段的平均含水量为27.7%，饱和度为92.6%，已达到准饱和状态，水分场已基本稳定状态。当温度梯度为0.5 ℃/cm时，低温段的平均含水量为21.8%，饱和度仅为75.3%，尚未达到稳定状态。

表 7-2 高温段平均残余含水量与低温段含水量的平均增量(第21天)

(%)

水分迁移形态	ω_0	温度梯度(℃/cm)					
		0.5		1.0		1.5	
		$\overline{\omega}_H$	$\overline{\omega}_L$	$\overline{\omega}_H$	$\overline{\omega}_L$	$\overline{\omega}_H$	$\overline{\omega}_L$
气态水迁移	9	6.3	1.9	5.6	3.1	5.3	4.3
	13	9.5	2.2	8.7	3.7	5.7	5.6
	17	14.2	2.4	12.2	4.1	6.8	6.2
	21	17.9	2.5	15.4	4.6	12.6	6.7
混合态水迁移	9	6.7	1.3	5.8	2.4	5.0	3.8
	13	11.9	1.2	11.0	1.9	9.3	3.5
	17	15.0	1.1	14.6	1.6	13.9	3.4
	21	20.0	0.8	19.3	1.1	18.6	1.8

在混合态水迁移中，当温度梯度为1.5 ℃/cm时，初始含水量为9%的土样的高温段的平均残余含水量仅为5.0%，该含水量已基本接近自由水的下限，与气态水迁移类似已经达到稳定状态。当温度梯度为0.5 ℃/cm时，对于初始含水量为9%的土样，高温段的平均残余含水量为6.7%还未达到自由水的下限，土样内仍有部分自由水可迁移，因此未达到稳定状态；对于初始含水量为13%、17%和21%的土样，其高温段的平均残余含水量均大于自由水的下限且其低温段的最大饱和度为78%(初始含水量为21%的土样在温度梯度为1.5 ℃/cm作用下)小于90%的准饱和状态。在迁移的第21天均未达到稳态。

土样在大温度梯度作用下的迁移现象比小温度梯度作用下显著：一方面，是小温度梯度对水分迁移的驱动力小于大温度梯度所产生的驱动力；另一方面，土样内水分的迁移会导致土样内部含水量不均匀继而在土样内部形成基质势梯度，基质势对水分迁移的逆向作用会削弱温度势的作用。

气态水迁移和混合态水迁移中土样低温段含水量平均增量的动态变化见图 7-7 和图 7-8。将土样低温段含水量的平均增量定义为水分迁移量。图 7-9 为土样在第 21 天的水分迁移量与温度

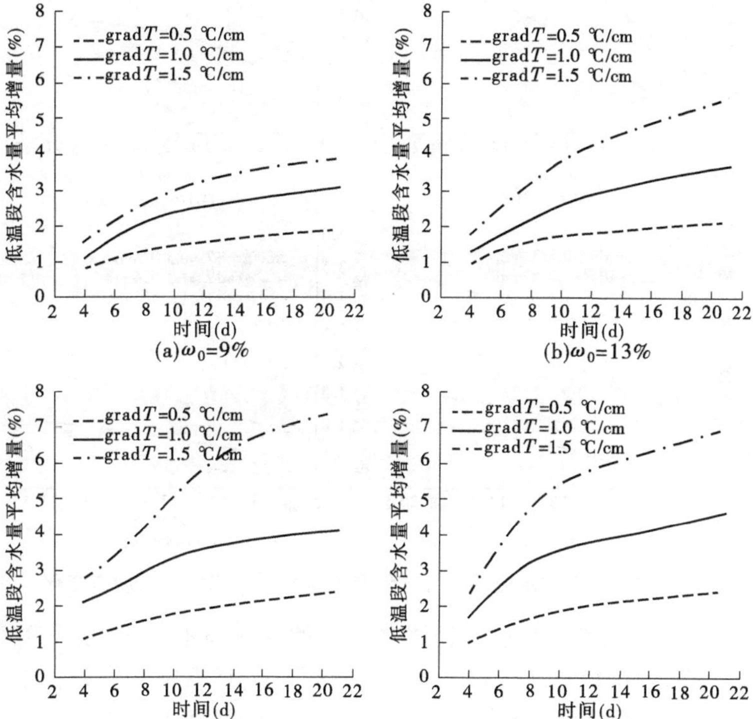

(a) $\omega_0=9\%$　(b) $\omega_0=13\%$　(c) $\omega_0=17\%$　(d) $\omega_0=21\%$

图 7-7　气态水迁移中土样低温段含水量平均增量的动态变化

梯度的关系,可以看到土样低温段含水量的平均增量随着温度梯度的增加而不断变大,整体表现为线性关系。从图 7-9 中还可以发现气态水迁移中的迁移量显著地大于混合态水迁移,有可能是,在气态水迁移中,土样中段所留的 1 cm 的空气带阻碍了土样内部基质势对水分迁移的逆向驱动作用。

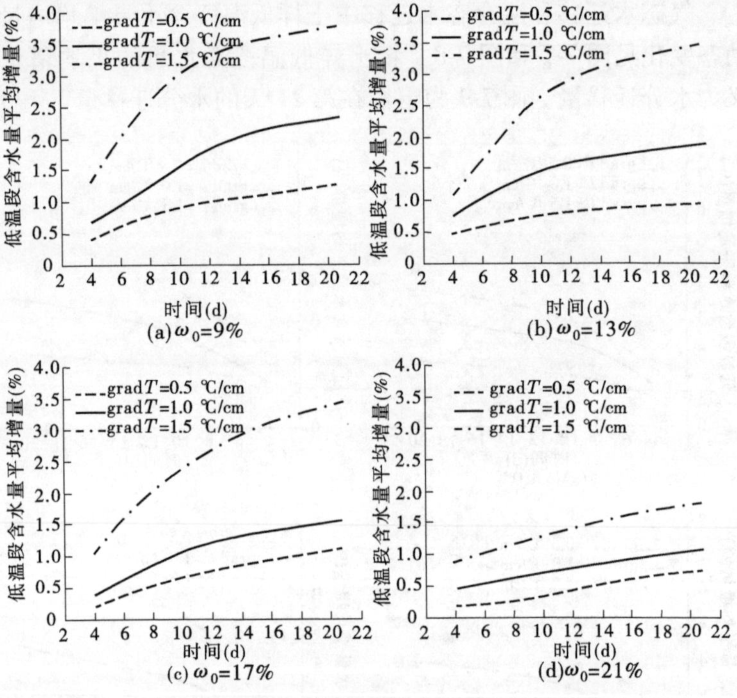

图 7-8　混合态水迁移中土样低温段含水量平均增量的动态变化

土样在第 21 天水分迁移量与初始含水量的关系见图 7-10。在气态水迁移中,土样低温段含水量的平均增量随着初始含水量的增加而增加。在混合态迁移中,水分迁移量随着土样初始含水量的增加有不断减小的趋势。该现象表明温度梯度对液态水的迁移相比较与气态水而言并不显著,这一试验现象与 Romero 等

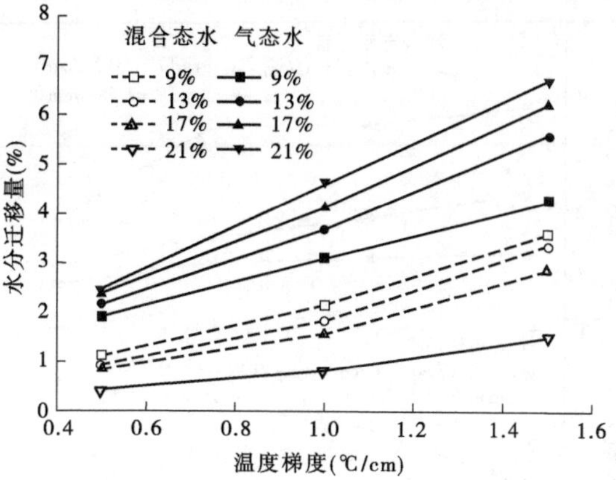

图 7-9　水分迁移量随温度梯度的变化

(2001)的研究结果较为一致。非饱和土中液态水仅在连续液相所占的空间中迁移;气态水仅在连续气相物质所填充的空隙里迁移。不同的初始含水量的土样在水分迁移过程中其内部的水分会以不同的形态进行迁移。土样含水量较低时水分迁移以气态水为主;含水量居中时,土样中气态水和液态水迁移并存,此时水分迁移量最大;初始含水量较高的土样以液态水迁移为主。

7.4　含水量梯度的变化

混合态迁移过程中,不同温度梯度作用下土样含水量梯度的动态变化见图 7-11。可以发现,土样内的含水量梯度随着迁移时间的增加而增加,在前 10 天增长较快,后期增长较为缓慢,预示着土样内的水分场逐渐达到稳定状态。如果能够确定土样的含水量梯度与温度梯度之间的定量关系,在实际应用中便可以由土体内的温度梯度来预测非饱和土体水分场的变化。由于土样在第 21 天的水分场最接近稳态时的水分场,把土样在第 21 天的水分场近

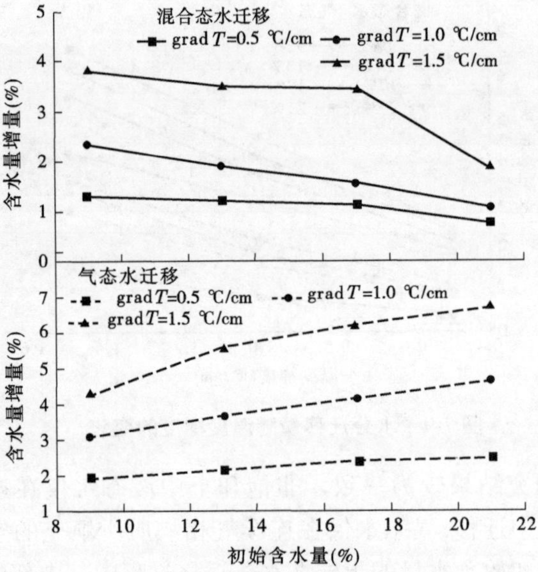

图 7-10　水分迁移量随初始含水量的变化

似作为其稳态时的水分场进行下述定量分析。

不同温度梯度下，土样含水量梯度与初始含水量的关系见图 7-12。可以看到，第 21 天时，土样内的含水量梯度随着其初始含水量的增加而降低。该现象表明土样的初始含水量越高，温度梯度对水分迁移的驱动力越弱。从图 7-12 中还可以发现温度梯度越高土样的含水量梯度越大。

将同一温度梯度下，土样内的含水量梯度与初始含水量的关系进行拟合，其函数关系式见表 7-3。结合图 7-12 可以发现，在同一温度梯度作用下，土样内的含水量梯度与土样的初始含水量近似为线性关系。

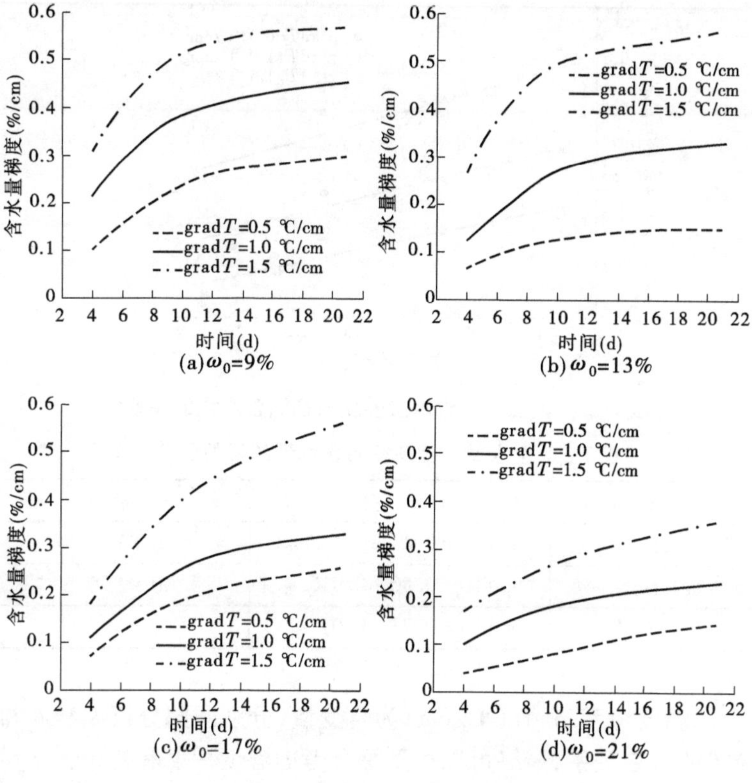

图7-11　土样含水量梯度的动态变化

把表7-3中的3个线性方程统一标记为：

$$\mathrm{grad}\omega = b - k \cdot \omega_0 \qquad (7\text{-}1)$$

式中　k——斜率；

b——截距；

gradω——含水量梯度，%/cm；

ω_0——土样初始含水量(%)。

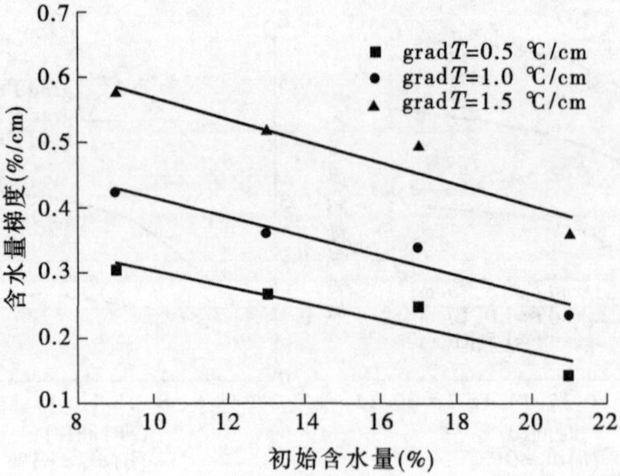

图 7-12　黄土土样含水量梯度与初始含水量的关系

表 7-3　含水量梯度与初始含水量的函数关系

gradT(%/cm)	函数关系	R^2
0. 5	$\mathrm{grad}\omega = 0.43 - 0.012\omega_0$	0. 834 9
1. 0	$\mathrm{grad}\omega = 0.56 - 0.015\omega_0$	0. 927 7
1. 5	$\mathrm{grad}\omega = 0.73 - 0.017\omega_0$	0. 844 5

以温度梯度 grad$T$(℃/cm)为自变量,分别回归分析 k 和 b 与 grad$T$ 的函数关系,最终可以得到综合考虑温度梯度和初始含水量影响的非饱和黄土的含水量梯度的关系式:

$$\mathrm{grad}\omega = 0.27 + 0.31\mathrm{grad}T - 0.01\omega_0 - 0.004\mathrm{grad}T \cdot \omega_0 \tag{7-2}$$

在实际应用中,可以用式(7-2)来近似计算不同初始含水量的非饱和黄土在不同温度梯度下,当其水分场接近稳态时其内部的含水量梯度。

7.5　水分迁移的温度效应

气态水迁移和混合态水迁移在第 14 天时的含水量变化见

图 7-13和图 7-14,可以看到,气态水迁移中,温度效应随着土样初始含水量的增加而显著;在混合态水迁移中,温度效应不仅整体上不如气态水迁移中明显,而且随着土样初始含水量的增加而变得更加不明显。试验结果表明,第 14 天时,土样内部平均温度升高使气态水迁移的平均增量为 1. 27%,而混合态水迁移的平均增量仅为 0. 27%。值得注意的是,在混合态水迁移中,初始含水量为 9% 的土样的温度效应却较为显著,这是由于土样饱和度较低(30. 8%)、气相连通,此时土样中以气态水迁移为主,因此就表现出了与气态水迁移相一致的试验现象。而液态水迁移在混合态水迁移中所占的比例随着土样初始含水量的增加而增加,由此可以表明气态水迁移的温度效应较液态水迁移显著。

土体内平均温度的增加会导致土体内蒸汽压增加、液态水黏滞性降低以及水气交界面表面张力降低。蒸汽压对温度的变化是相当敏感的,Tetens(1930)年所提出的经验公式可用于饱和蒸汽压的计算:

$$u_{v,snt} = 0.611\exp(17.27\frac{T-273.2}{T-36}) \tag{7-3}$$

式中　$u_{v,snt}$——饱和蒸汽压;

T——温度,K。

式(7-3)表明水蒸气的饱和蒸汽压主要受温度影响。在 1 atm 条件下,当温度从 5 ℃增加到 35 ℃时,水蒸气的饱和蒸汽压则从 0. 872 kPa 增加到 5. 624 kPa,增幅为 650%。

对于温度处于 0 ~ 50 ℃的水,其动力黏度可以利用下述经验公式来计算:

$$\mu_w = 2.5\times10^{-5}\times10^{248/(T+133)} \tag{7-4}$$

式中　μ_w——水的动力黏度,kg/(m · s);

T——温度,℃。

通过式(7-4)计算得到液态水在 15 ℃和 25 ℃时,所对应的动

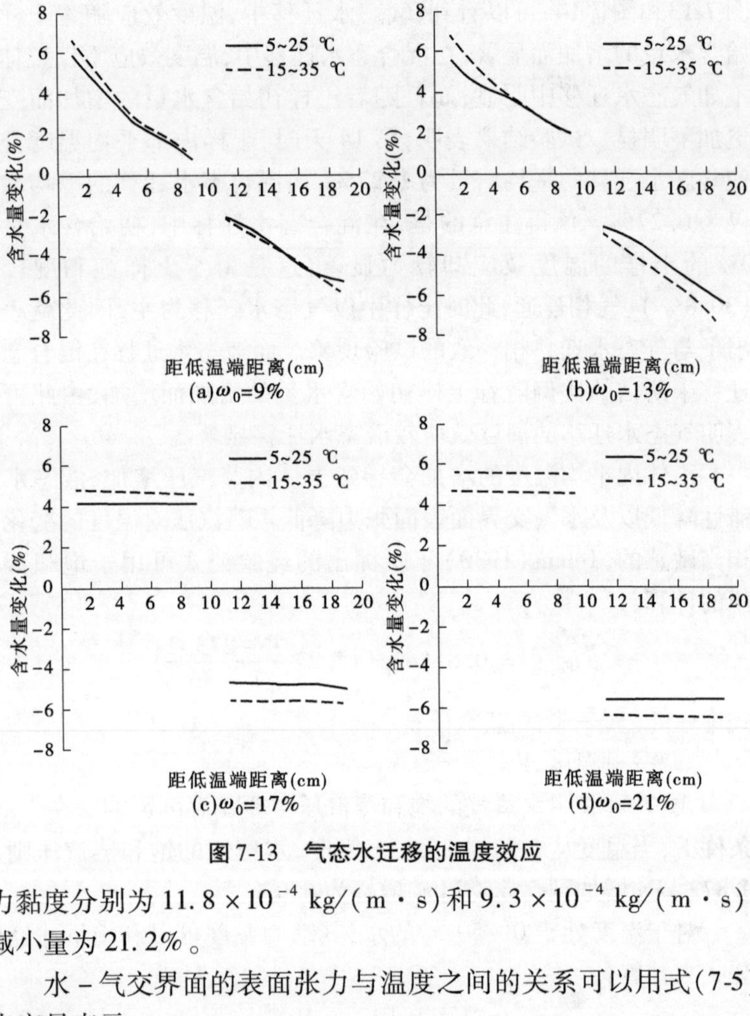

图 7-13 气态水迁移的温度效应

力黏度分别为 11.8×10^{-4} kg/(m·s) 和 9.3×10^{-4} kg/(m·s)，减小量为 21.2%。

水－气交界面的表面张力与温度之间的关系可以用式(7-5)来定量表示：

$$T_s = 0.1214 - 1.66\times10^{-4}T \tag{7-5}$$

式中 T_s——表面张力，N/m；

T——温度，℃。

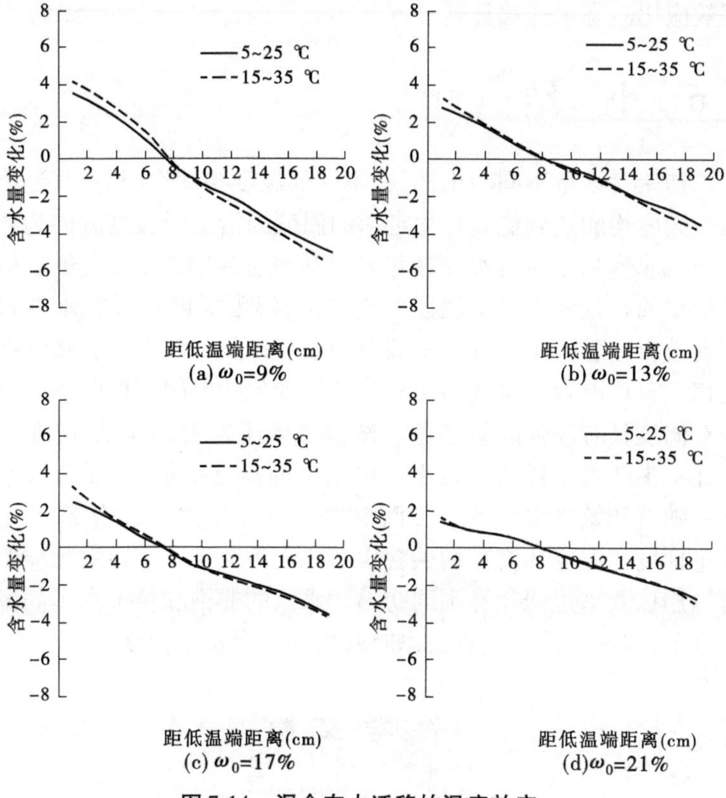

图7-14　混合态水迁移的温度效应

通过式(7-5)可以计算得到5 ℃时,水气交界面上的表面张力为74.9 mN/m,35 ℃时,其表面张力为70.7 mN/m,减小量仅为5.6%。

相同温度梯度作用下,土样内平均温度的升高对液态水迁移的影响主要表现为减小其黏滞性和表面张力。上述分析表明,由温度增加而引起的液态水动力黏度的减小以及水气交界面表面张力的减小,相比较于蒸汽压随温度的变化并不显著。而非饱和土中气态水迁移的主要驱动力为蒸汽压梯度,因此气态水迁移的温度效应比液态水迁移显著。

7.6 小 结

初始含水量不同的土样,在不同的温度梯度作用下,其温度场在一天内均能达到稳定且稳定后的温度场沿土样长度方向为线性分布。非饱和土体内水分迁移是否达到稳定状态,取决于土体内自由水的含量和土样低温段的饱和度;温度梯度对气态水迁移的驱动效应显著大于对液态水的驱动效应;同时,温度效应在气态水迁移中也比混合态水迁移中显著。该现象的原因可以归结为蒸汽压对温度具有较强的敏感性。试验结果还表明,温度效应在气态水迁移中随着土样初始含水量的增加而显著增加,在混合态水迁移中随着初始含水量的增加而消失。最后,建立了非饱和黄土含水量梯度与温度梯度和初始含水率的定量关系式。在实际应用中可以用该式来近似计算不同初始含水量的非饱和黄土在不同温度梯度下,当其水分场接近稳态时其内部的含水量梯度。

参考文献

[1] LAM L, FREDLUND D G, BARBOUR S L. Transient seepage model for saturated-unsaturated soil system: a geotechnical engineering approach[J]. Canadian Geotechnical Journal, 1988, 24(4): 565-580.

[2] 王铁行, 赵树德. 非饱和土体气态水迁移引起的含水率变化方程[J]. 中国公路学报, 2003, 16(2): 18-21.

[3] WANG T H, SU L J. Experimental study on moisture migration in unsaturated loess under effect of temperature[J]. Journal of Cold Regions Engineering, 2010, 24(3): 77-86.

[4] DEB SANJIT K, SHUKLA MANOJ K, SHARMA Parmodh, et al. Coupled liquid water, water vapor, and heat transport simulations in an unsaturated

zone of a sandy loam field[J]. Soil Science, 2011, 176(8): 387-398.

[5] 周嵩, 陈益峰, 张勤, 等. 非饱和膨润土的有效热传导特性模型[J]. 岩土力学, 2014, 35(4): 1041-1048.

[6] HEITMAN J L, HORTON R, REN T, et al. A test of coupled soil heat and water transfer prediction under transient boundary temperatures[J]. Soil Science Society of America Journal, 2008, 72(5): 1197-1207.

[7] JAHANGIR M H, SADRNEJAD S A. A new coupled heat, moisture and air transfer model in unsaturated soil[J]. Journal of mechanical science and technology, 2012, 26(11): 3661-3672.

[8] 白冰, 刘大鹏. 非饱和介质中热能传输及水分迁移的数值积分解[J]. 岩土力学, 2006, 27(12): 2085-2089.

[9] Krishnaiah S, Singh D N. A methodology to determine soil moisture movement due tothermal gradients[J]. Experimental Thermal and Fluid Science, 2003, 27: 715-721.

[10] 陈佩佩, 白冰. 内含圆柱域热源的非饱和土介质水热耦合作用的SPH数值模拟[J]. 岩土工程学报, 2015, 37(6): 1025-1030.

[11] 张靖周. 高等传热学[M]. 北京: 科学出版社, 2009.

[12] Vesilind, P A. The role of water in sludge dewatering[J]. Water Environment Research, 1994, 66: 4-11.

[13] Romero E, Gens A, Lloret A. Temperature effects on the hydraulic behavior of anunsaturated clay[J]. Geotechnical and Geological Engineering, 2001, 19: 311-332.

第 8 章 非饱和黄土地表蒸发研究

土壤蒸发是 SPAC(Soil - Plant - Atmosphere Continuum)系统中很重要的一部分。地表蒸发是影响土壤水量平衡的一项重要因素。由蒸发造成的水量消耗是非常可观的,它不仅关系到土壤水的保持、损失和土壤的盐渍化,而且在岩土工程中会对路基的强度、变形、渗流及植物的选择、配置等方面产生深刻的影响,并引起边坡的不稳定、地面发生季节性胀缩变形以及路基塌陷问题,因此,地表蒸发在水量平衡和能量平衡中占有重要地位,是浅层土体水分场计算时重要的边界条件。因黄土的特殊性,目前尚不能准确把握黄土蒸发系数与外界条件和土性条件之间的关系。本章以室内和室外试验模拟非饱和黄土地表蒸发,探明黄土室内外蒸发差异性及蒸发随时间的变化过程,并建立黄土地表蒸发量的确定方法。

8.1 蒸发的研究现状

土壤蒸发属于非等温条件下的土壤水分迁移,涉及非等温条件下的气态水迁移和液态水迁移,且蒸发过程具有特殊性和复杂性。对土壤蒸发的研究可以分为以下两方面:

(1)土壤蒸发规律的研究,涉及土壤蒸发量、蒸发作用下土壤水分场的变化等问题;

(2)蒸发对土体工程力学性质的影响。

8.1.1 土壤蒸发机制及蒸发规律

土壤中水分蒸发的机制为土壤中的孔隙水在水势梯度的作用下上升并在土壤表层汽化后进入大气的过程。水在汽化的过程中,不仅要克服水分子之间的 van der Waals 力,而且还要克服土颗粒与水之间的吸附力。饱和土中的水分蒸发通常可以分为以下阶段:

(1)初始的常速率阶段。常速率阶段的蒸发速率主要受外界蒸发条件等的影响,同时也受地表反射率等的影响。在干旱区,该过程通常持续时间较短。该阶段土壤蒸发强度与水面蒸发强度基本接近,此阶段的终点,也即临界含水量为土壤含水量与土壤毛细管输入能力保持平衡。

(2)中间的降速率阶段。降速率阶段的蒸发速率主要受制于土壤的导水率,也称为导水率控制阶段,并在此阶段逐渐形成干土层。

(3)最终的低速率阶段。低速率阶段也称为水汽扩散阶段,上层蒸发区以气态水扩散为主,干土层以下的水分迁移以液态水为主。此时的蒸发强度主要受制于土层内的水汽扩散能力。

由于饱和土的蒸发量主要受气象条件影响,对饱和土蒸发量的预测相对于非饱和土而言较为简单。在实际中,绝大多数土壤蒸发都属于非饱和土中的水分蒸发,其蒸发过程通常只表现出降速率阶段和最终的低速率阶段,基本上不会表现出常速率阶段。

气象因素(外界蒸发能力)和土体供水能力是影响土壤中水分蒸发的两个主要因素。气象因素包括温度、湿度、风速、气压等。刘艳婷(2019)指出,影响土壤蒸发的气象因素的权重从大到小依次为:太阳辐射、大气温度、风速、相对湿度和大气压力。陈建斌等(2007)和曾召田(2013)均认为太阳净辐射量和风速是控制地面蒸发的主导因素。

决定土体供水能力的因素主要为土壤导水率和土壤含水量。当土壤处于饱和状态时,其蒸发能力主要取决于气象条件。当土壤处于非饱和状态时,其蒸发能力取决于气相条件和土壤输水能力中的较小者。影响土壤供水能力的因素主要如下:

(1)土壤的含水量;

(2)土壤的孔隙性,孔隙直径分布于0.1~0.001 mm时,在土壤中的毛细管较为发育,此时蒸发强度最大;

(3)温度梯度,其对土壤水分迁移的影响表现为对气态水和液态水迁移的影响;

(4)地下水的埋深,按蒸发所消耗的水分的来源可将土壤蒸发分为表土蒸发和潜水蒸发,前者只消耗地下水面以上土层中的水分,后者则需要消耗地下水。黄土地区地下水通常埋藏较深,绝大多数的蒸发问题都是表土蒸发;当地下水埋深大于4 m时,地下水对土壤蒸发的影响趋于0。

此外,土壤中盐分的存在及含量会影响水分蒸发的作用效应,含盐土壤蒸发强度小于不含盐土壤,蒸发强度随着盐分浓度的增加逐渐减小,钱峰等(2015)指出,在初始盐分浓度相同的情况下,蒸发速率从大到小依次为KCl、$CaCl_2$、NaCl、$MgSO_4$。

土壤蒸发量(蒸发强度)是研究土壤蒸发效应的核心参数,学者们试图建立土壤蒸发模型以预测蒸发量,已建立的蒸发模型可分为经验公式法和理论推导法。经验公式是基于特定土体、特定试验条件及观测条件而得到的。理论推导法的主要理论基础为能量平衡和空气动力学原理,模型中大都包含较多的气象参数。Penman等(1948)首先提出了Penman - Monteith模型可以预测饱和土的蒸发量。Gardner等(1962)假设沿深度方向的扩散率和土壤含水量均为常量,得到了非稳定阶段蒸发速率表达式,Yanful等(2003)通过试验验证了该表达式的正确性。Wilson等(1997)利用Dalton蒸发模型建立了表土蒸发系数与基质吸力之间的关系,并提出了

Penman – Wilson 模型。张华等(2014)基于 Penman – Wilson 模型对非饱和土表面蒸发曲线进行的预测。孟春雷等(2007)考虑土壤蒸发过程中内部水汽扩散的影响,推导出土壤水热传输与土壤蒸发控制方程。王铁行等(2014)通过对非饱和黄土进行了室内外蒸发试验,得到了综合考虑地表含水量、浅层土含水量梯度所确定蒸发系数的关系式。滕继东(2018)认为仅用含水率单变量不能准确预测土表蒸发量,还应考虑土性和气象等变量,提出一种将表层1 cm的土体含水率作为变量,同时结合田间持水率和空气动力阻滞系数的土壤蒸发模型。郑鑫(2016)建立大庆盐碱土区域裸土场地中相对湿度、降雨量与裸土蒸发量的关系,认为修正后 Ritchie 模型能够有效地提高盐碱土区域蒸发量计算精度。李彦龙等(2015)完善了非饱和土二维非稳态有限元计算方法,并对黄土高原浅层土体水分场在连续干旱条件和不同降雨交替情况下的动态变化进行了数值分析。

8.1.2　蒸发对土体工程力学性能的影响

蒸发会导致土体开裂产生裂隙,进而破坏土体的结构;在降雨条件下,这些裂隙为雨水入渗提供了便利的通道,雨水入渗导致土体含水量增加,进一步劣化土体的工程力学性能,从而诱发膨胀土边坡失稳、含节理黄土边坡的崩滑等一系列工程病害。郑少河等(2006)从定性和定量两个方面对膨胀土在蒸发条件下的开裂问题进行了分析,提出了膨胀土初始开裂的临界基质吸力判据;采用线弹性力学方法研究了蒸发条件下膨胀土初始开裂深度对抗拉强度和泊松比等参数的影响。王晓亮等(2014)将基质吸力与渗流的关系式引入到非饱和土抗剪强度公式中,结合土体的极限平衡理论,推导出了降雨和蒸发作用条件下的主动土压力、被动土压力、静止土压力公式。汪洋(2017)指出,蒸发条件下主动土压力逐渐减小,随着中间主应力参数 b 和蒸发强度的增大而增大。

8.2 试验方案

试验黄土取自西安南郊，测得其液、塑限分别为 34.8% 和 21.5%，属于典型 Q_3 黄土，土样呈褐黄色。首先配置初始含水量分别为 15%、20% 和 25%，干密度分别为 1.3 g/cm^3 和 1.5 g/cm^3 的黄土土样。然后，将不同初始含水量和干密度的黄土土样装入底端封闭、四周绝热、顶端敞开的土样筒中，共计 6 组试样，每组试样分别配制 9 个平行样。最后在室内和室外各放置 6 组土样筒，土样中的水分通过顶面蒸发。同时，在土样筒同一水平面上放置 E－601 型水面蒸发器，测定水面蒸发量。试验始于 2012 年 8 月 3 日，终止于 2012 年 9 月 6 日，历时 34 d。试验期间测定不同历时土样含水量分布变化、土样蒸发量及水面蒸发量。具体试验过程为：在试验进行后的第 1 天、第 2 天、第 4 天、第 6 天、第 8 天、第 11 天、第 17 天、第 24 天、第 34 天的10:00取每组土样各 1 个，沿土样剖面采用烘干法测定其含水量，通过称重法测定每个土样的蒸发量，水面蒸发量则是直接读取。

8.3 结果与分析

8.3.1 土壤含水量随深度的变化

室外的土壤含水量梯度变化大于室内的，表层含水率迅速降低（见图 8-1 和图 8-2），该现象主要是由于室外太阳辐射强、气温高、土壤蒸发力强，而室内则正好相反。0～10 cm 深度处土壤的含水量变化幅度较大，含水量变化幅度随着深度的增加而减小并趋于稳定。

8.3.2 地表蒸发强度与潜在蒸发强度

地表蒸发强度是指地表土体在单位时间、单位面积内的水分

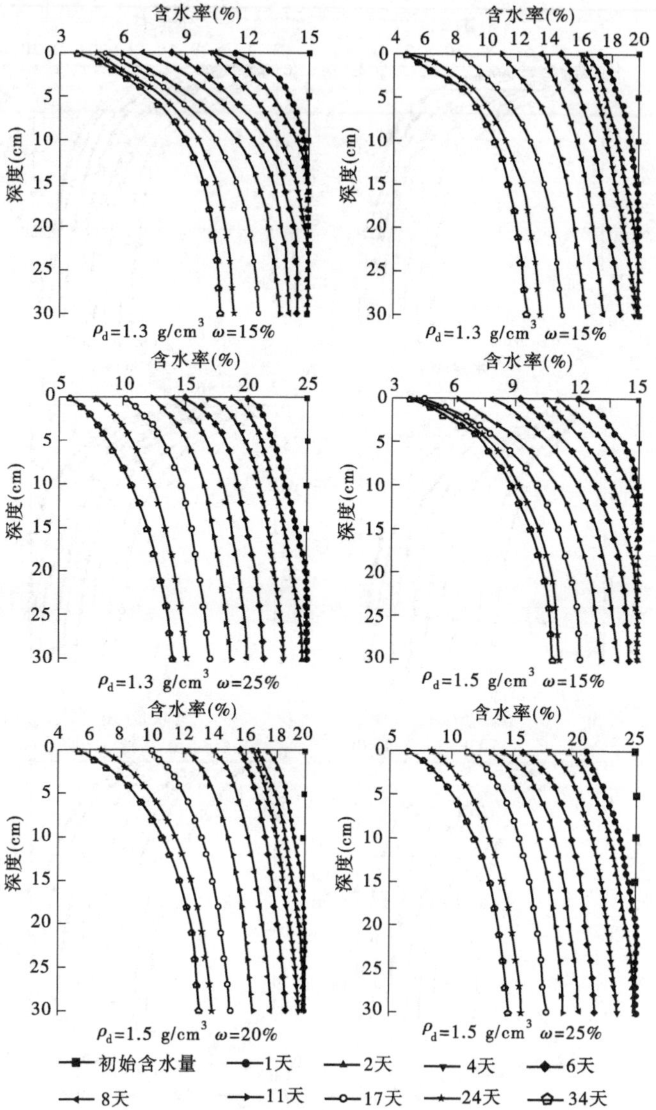

图 8-1　室内土壤含水量随深度的变化

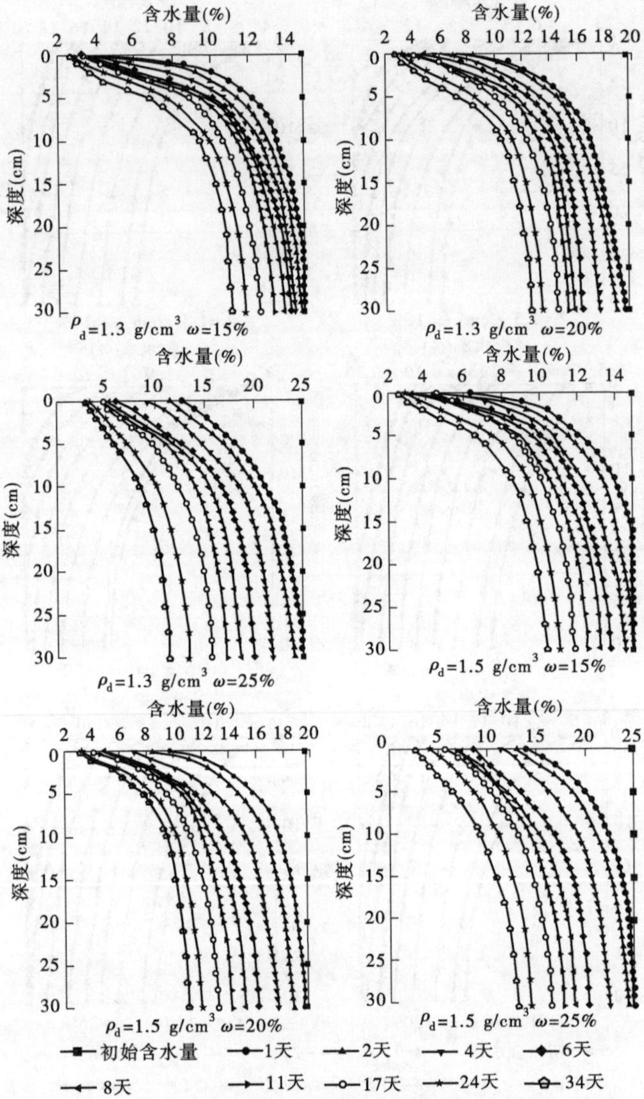

图 8-2　室外土壤含水量随深度的变化

蒸发量。潜在蒸发强度是指在大气条件下,单位面积、单位时间内的水分蒸发量。室内和室外的土体蒸发强度与潜在蒸发强度如图8-3所示,可以看到,土体蒸发强度总体上小于潜在蒸发强度。潜在蒸发强度呈波动状变化,该现象是水面蒸发能力的反映,主要受气象因素影响。对于地表的非饱和土而言,较低的土体含水量对应于较小的土体蒸发供水能力,因此会表现出土体蒸发强度小于潜在蒸发强度的现象。高含水量情况下,在蒸发初期出现土体蒸发强度大于潜在蒸发强度的现象,这主要与下列效应有关:

(1)水面的反射率和热容量大于土壤表面,从而导致土壤表面温度比水面温度高;

(2)空气动力阻力在土壤表面和水面上方有细微的差别;

(3)非饱和土毛细管中弯液面的存在,有可能增大了非饱和土的蒸发面积。

从图8-3中还可以看到,室内的潜在蒸发强度小于室外的潜在蒸发强度;室内土体的蒸发强度明显小于室外土体的蒸发强度。太阳辐射所导致的温度差异及风速等气象因素的差异性导致上述现象。

初始含水量均布土体的蒸发分为明显的两个阶段:

(1)第一阶段是从开始蒸发到4 d,地表蒸发强度呈明显的下降趋势且下降速率很快。

(2)第二阶段是从4 d到试验结束,此阶段土体蒸发强度逐渐趋于0。

地表蒸发强度曲线上出现波动是因为气温等气象因素的变化所致,与潜在蒸发强度曲线的波动相对应。干密度相同的条件下,在蒸发的第一阶段,初始含水量高的土样的蒸发强度远大于初始含水量低的土样;当蒸发进入第二阶段后,由于地表含水量大幅降低,初始含水量越大降低越多,导致此阶段各个土样地表含水量差异在减小。在初始含水量相同的条件下, 密度变化对土体蒸发

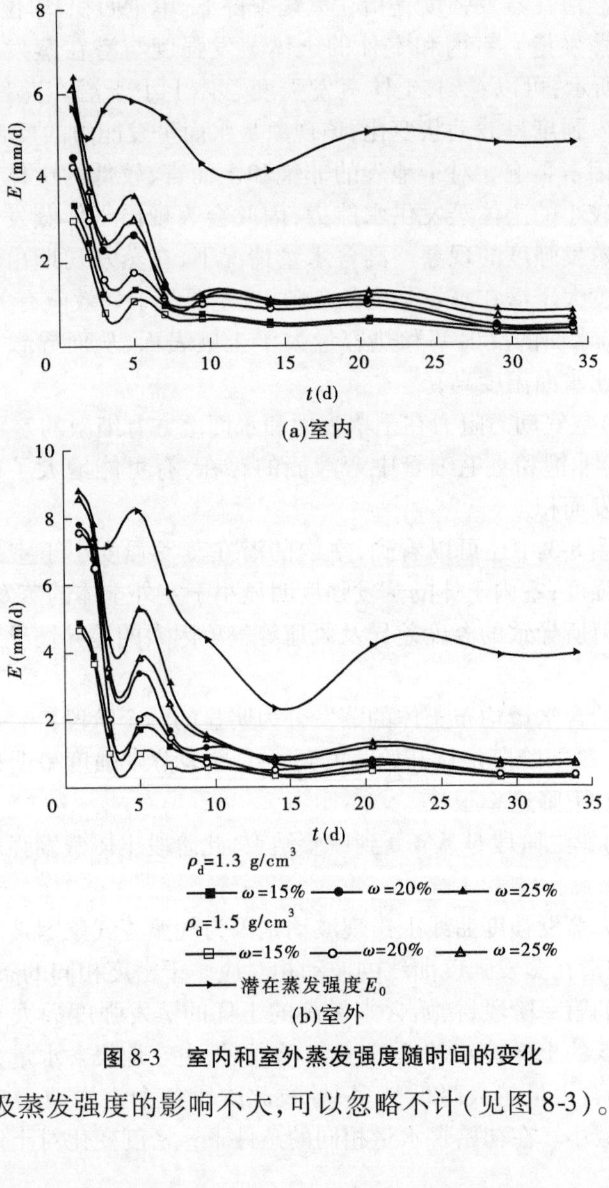

图 8-3 室内和室外蒸发强度随时间的变化

过程及蒸发强度的影响不大，可以忽略不计（见图 8-3）。也就是说，在常见的土体密度范围内，密度不是影响蒸发的主要因素，确定地表蒸发时可不考虑密度的影响。需要指出的是，根据土壤剖面含水量，通过积分法计算的蒸发强度与称重法计算的蒸发强度之间存在一定的误差，但误差不大。

8.3.3 黄土地表蒸发系数

地表蒸发强度（E_0）与潜在蒸发强度（E）之比为蒸发系数，由于潜在蒸发强度（E）是辐射量、气温、湿度等的综合反映，且可通过查阅气象资料获得潜在蒸发强度。如果能够确定蒸发系数，便可以根据潜在蒸发强度（E）确定地表蒸发强度（E_0），对工程应用来说是很方便的。

不论是室内试验还是室外试验，对于初始含水量均布的土体，蒸发系数 E/E_0 随时间的推移而逐渐减小（见图 8-4）。随着蒸发过程的发展，非饱和黄土的含水量减少，用于补给蒸发的水分随之减少，且非饱和渗透系数随之降低，气象因素逐渐成为次要因素，蒸发系数呈递减趋势，即蒸发的第一个阶段。当土体含水量减小使得非饱和渗透系数非常小时，蒸发供水能力的严重不足制约了蒸发作用，液态水几乎不迁移，此时蒸发主要以水汽扩散方式进行，土性条件成为影响蒸发的决定性因素，蒸发系数趋于稳定，即蒸发的第二阶段。

室内试验和室外试验得到的蒸发强度（E）和潜在蒸发强度（E_0）差别较大，但蒸发系数差别不大。对于初始含水量和干密度相同的土样，室内和室外试验得到的蒸发系数（E/E_0）随时间的变化差别也不大（见图 8-4）。因此，在研究蒸发系数时，可以不考虑室内外试验条件差异，并且对于初始含水量相同的土样，可以不考虑密度对蒸发系数的影响。

对不同初始含水量和不同密度土体蒸发系数（E/E_0）与时间 t（d）的关系进行回归拟合，可得蒸发系数随时间变化的表达式，即

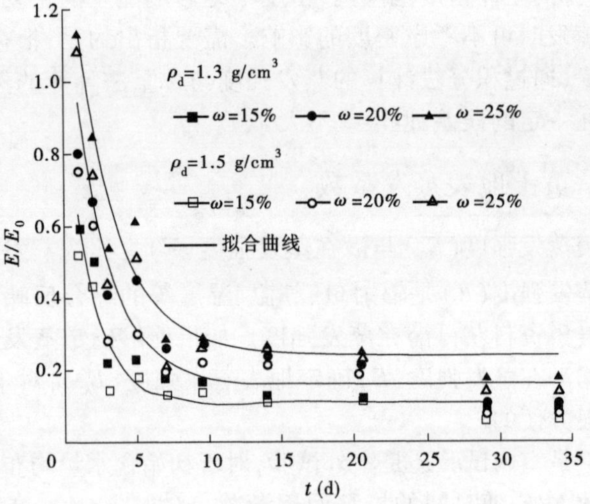

(a)室内

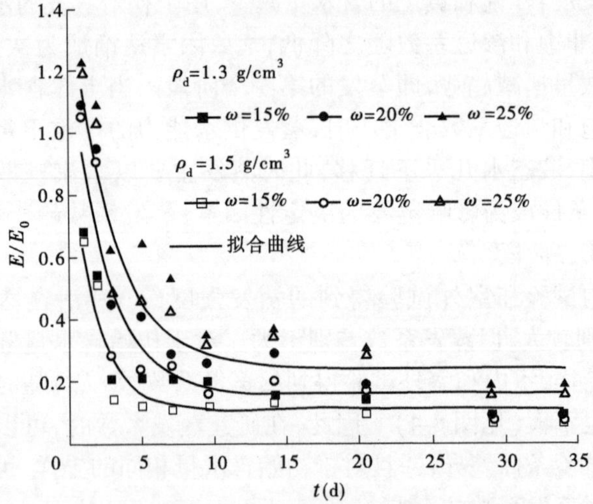

(b)室外

图 8-4 室内和室外试验蒸发系数随时间的变化

$$E/E_0 = Ae^{-t/B} + C \tag{8-1}$$

式中　t——两次取样时间间隔,d;

A、B、C——拟合的参数。

参数 A、B、C 的拟合结果见表 8-1。

表 8-1　参数 A、B、C 的拟合结果

ω_0	A	B	C	R
0.15	0.91	1.77	0.11	0.976 9
0.20	1.18	2.42	0.16	0.973 3
0.25	1.28	2.87	0.24	0.984 9

蒸发系数主要与土体水分条件有关,地表含水量和浅层土体的含水量梯度是影响蒸发系数的主要因素,前者反映可用于土体直接蒸发水源的多少,后者反映土体的供水能力。为此,定义 0 ~ 1 cm 深度范围内土体的含水量为地表含水量, 0 ~ 30 cm 深度范围内土体的含水量梯度为浅层土的含水量梯度,地表含水量和浅层土体含水量梯度随时间的变化分别见图 8-5 和图 8-6。

进一步对蒸发系数(E/E_0)与地表 0 ~ 1 cm 含水量($\overline{\omega}$)及浅层土体含水量梯度(Γ)进行回归分析,可得到下式:

$$E/E_0 = \alpha\overline{\omega} + \beta\Gamma + \gamma \tag{8-2}$$

式中　α、β、γ——拟合参数;

$\overline{\omega}$——地表 0 ~ 1 cm 含水量;

Γ——浅层土含水量梯度。

采用式(8-2)对室内和室外试验得到的所有蒸发系数进行拟合,可得到式(8-3):

$$E/E_0 = 0.058\overline{\omega} + 0.008\,7\Gamma - 0.21 \quad (R = 0.904\,6) \tag{8-3}$$

结果表明,式(8-3)拟合结果与实测结果比较吻合,即蒸发系数与地表 0 ~ 1 cm 含水量及浅层土含水量梯度呈线性关系,且拟合参数与初始含水量也呈线性关系。

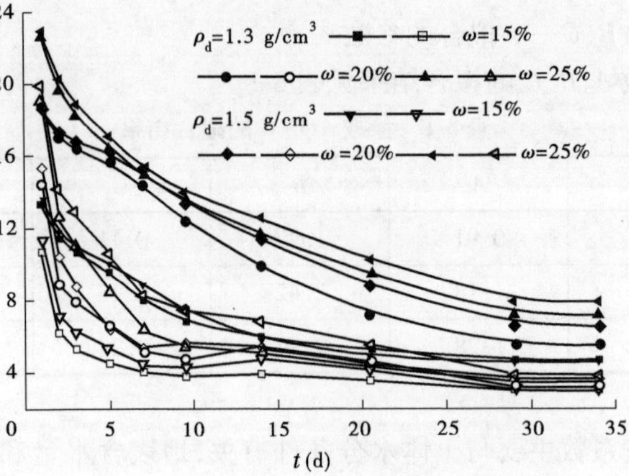

图 8-5　0 ~ 1 cm 深度范围内的地表含水量

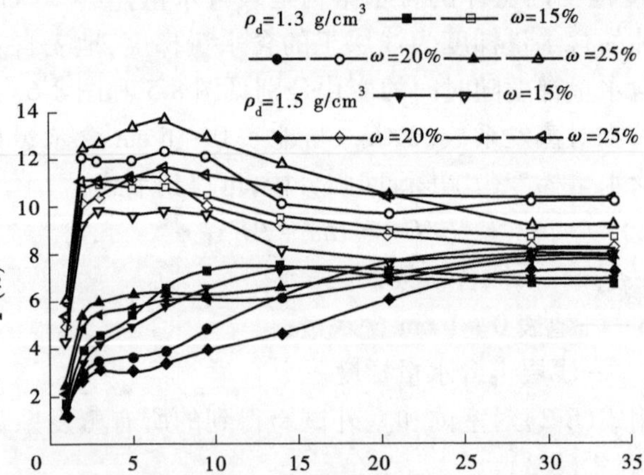

(a)室内

图 8-6　0 ~ 30 cm 深度范围内的浅层土体含水量梯度

8.4 小 结

本章模拟非饱和黄土地表蒸发并进行了不同初始含水量和干密度土体的室内和室外蒸发试验研究,探讨了不同初始含水量与干密度均质土样蒸发过程水分场变化规律,对比分析了室内试验结果和室外试验结果的差异性。研究结果如下:

(1)室内试验和室外试验得到的蒸发强度和潜在蒸发强度差别较大,但蒸发系数差别不大。

(2)蒸发系数主要受含水量影响,密度对其影响亦不大;不同含水量条件下,均质土样的蒸发系数随时间呈指数衰减。

(3)给出了与地表含水量和浅层土体含水量梯度相关的蒸发系数表达式。

参考文献

[1] Philip J R. The theory of infiltration: 3. Moisture profiles and relation to experiment[J]. Soil Science, 1957, 84(2): 163-178.

[2] 邵明安, 王全九, 黄明斌. 土壤物理学[M]. 北京: 高等教育出版社, 2006.

[3] 李凤霞, 王学琴, 郭永忠, 等. 宁夏引黄灌区盐化土壤微生物区系及其指示意义[J]. 干旱区研究, 2013,30(3):491-496.

[4] Nelson J D, Miller D J. Expansive Soils: Proble-ms and practice in foundation and pavementen-gineering[M]. New York: John Wiley, 1992.

[5] 孔令伟, 陈建斌, 郭爱国, 等. 大气作用下膨胀土边坡的现场响应试验研究[J]. 岩土工程学报, 2007,29(7):1065-1073.

[6] 杨德军, 张土桥, 张科峰. 土壤水动力学模型及在 SPAC 系统建模中的应用[M]. 杭州: 浙江大学出版社, 2011.

[7] 刘艳婷. 盐碱土蒸发试验及模型研究[D]. 西安:西安理工大学, 2019.

[8] 陈建斌，孔令伟，赵艳林，等. 非饱和土的蒸发效应与影响因素分析[J]. 岩土力学，2007，28(1)：34-40.

[9] 曾召田，吕海波，赵艳林，等. 膨胀土蒸发过程的气候敏感性分析[J]. 自然灾害学报，2013，22(3)：236-243.

[10] 王铁行，李宁，谢定义. 非饱和黄土重力势、基质势和温度势探讨[J]. 岩土工程学报，2004，26(5)：715-718.

[11] 沈冰，黄红虎. 水文学原理[M]. 北京：中国水利水电出版社，2008.

[12] 张婉璐，魏占民，徐睿智，等. PAM 对河套灌区盐渍土物理性状及水分蒸发影响的初步研究[J]. 水土保持学报，2012，26(3)：227-231，237.

[13] 钱峰，程冬兵，刘静君. 土壤蒸发强度随土壤溶液盐分的变化研究[J]. 长江科学院院报，2015，32(3)：50-53.

[14] Lee D H, Abriola L M. Use of the Richards equation in land surface parameterizations[J]. Journal of Geophysical Research: Atmospheres (1984－2012), 1999, 104(D22): 27519-27526.

[15] Penman H L. Natural evaporation from open water, bare soil and grass[J]. Proceedings of the Royal Society of London. Series A. Mathematical and Physical Sciences, 1948, 193(1032): 120-145.

[16] Gardner W R, Hillel D I. The relation of external evaporative conditions to the drying of soils[J]. Journal of Geophysical Research, 1962, 67(11): 4319-4325.

[17] Yanful E K, Mousavi S M. Estimating falling rate evaporation from finite soil columns[J]. Science of the Total Environment, 2003, 313(1): 141-152.

[18] Wilson G W, Fredlund D G, Barbour S L. The effect of soil suction on evaporative fluxes from soil surfaces [J]. Canadian Geotechnical Journal, 1997, 34(1): 145-155.

[19] 张华，胡文龙，陈善雄. 一种非饱和土表层蒸发过程的预测方法[J]. 岩土力学，2014，35(Z2)：129-134.

[20] 孟春雷，崔建勇. 干旱区土壤蒸发及水热耦合运移模式研究[J]. 干旱区研究，2007，24(2)：141-145.

[21] 王铁行，陈晶晶，李彦龙. 非饱和黄土地表蒸发的试验研究[J]. 干旱区研究，2014，31(12)：1952-1957.

[22] 滕继东，单锋，张升，等. 考虑风速影响的土表蒸发计算方法[J]. 岩土工程学报，2018，40(1)：100-107.

[23] 郑鑫，李波，衣淑娟. 盐碱土裸土蒸发 Ritchie 模型修正及验证[J]. 农业工程学报，2016，32(23)：131-136.

[24] 李彦龙，王铁行，王娟娟. 连续干旱期黄土高原浅层土体水分场的数值计算[J]. 水土保持通报，2015，36(1)：942-948.

[25] 李雄威，王爱军，王勇，等. 模拟日照条件下膨胀土的湿－热耦合性状及蒸发效应[J]. 岩土力学，2013，34(10)：2821-2826.

[26] 曹玲，王志俭，张振华. 降雨－蒸发条件下膨胀土裂隙演化特征试验研究[J]. 岩石力学与工程学报，2016，35(2)：413-421.

[27] 赵金刚，王家鼎，谷天峰，等. 降雨－蒸发循环作用下膨胀土填方边坡变形特征与机理研究[J]. 自然灾害学报，2013，22(6)：116-124.

[28] 陈建斌，孔令伟，郭爱国，等. 降雨蒸发条件下膨胀土边坡的变形特征研究[J]. 土木工程学报，2007，40(11)：70-77.

[29] 韦杰，曹雪山，袁俊平. 降雨－蒸发作用下膨胀土边坡的非饱和渗流分析[J]. 扬州大学学报(自然科学版)，2010，13(1)：52-56.

[30] 李雄威，王爱军，王勇. 降雨蒸发作用下膨胀土湿热和裂隙特性室内模拟试验[J]. 岩土力学，2014，35(9)：2473-2479.

[31] 郑少河，金剑亮，姚海林，等. 地表蒸发条件下的膨胀土初始开裂分析[J]. 岩土力学，2006，22(12)：2223-2229.

[32] 王晓亮，李光，范杜娟，等. 降雨和蒸发对非饱和土土压力的影响[J]. 应用力学学报，2014，31(3)：423-427.

[33] 汪洋，马淑芝，贾洪彪，等. 考虑降雨和蒸发条件的非饱和朗肯土压力计算分析[J]. 长江科学院院报，2017，34(11)：96-100.

第9章 黄土高原浅层土体水分场数值分析

黄土高原浅层土体水分场在干旱气候条件下的动态变化，对黄土高原工程建设以及植物防护工程建设均有重要影响。浅层黄土的含水量通常较低，前述研究中已分析指出了土水特征曲线在低含水量段的非可靠性并确定了其特征含水量的取值。非饱和土的渗透系数通常根据土水特征曲线确定，土水特征曲线在低含水量段的非可靠性往往会导致非饱和土渗透系数取值的失真，致使在水分迁移的数值计算中难以获得准确的结果。鉴于此，本章将基于前述研究结果，首先完善非饱和土二维非稳态有限元计算方法，进而针对黄土高原浅层土体水分场在连续干旱气象条件下的动态变化进行数值计算。

9.1 现场实测结果及分析

受大陆性季风气候影响，黄土高原年内降水不均匀，雨季多集中在夏季，冬干春旱，每年2~3月降水量仅占全年的3%~6%。实测场地为陕北米脂县杨家沟镇何家岔，地理坐标东经109°49′~110°29′，北纬37°39′~38°05′；年平均温度为8.9℃，日照时数为2 716 h，年平均降雨量为420.2 mm，无霜期160~170天；海拔951~1 029 m。由于长期粗放式经营导致该区自然植被稀少，实测场地可以作为裸地条件处理。实测时间为2013年3~5月（共计12周），期间该地区累计降雨为10天，累计降雨量为45 mm。其中，有效降雨为5天，有效日均降雨量9 mm/d。因此，实测期间的气象状况基本可以满足连续干旱的条件。

用土钻在标准地内取样测定裸地的天然含水量，分别在 3 月 1 日、3 月 28 日、4 月 28 日、5 月 28 日取样，取样深度为 6 m，0～1 m 土层以 0.1 m 为一个层次，1～6 m 土层每 0.2 m 为一个层次，共计 35 个层次，通过烘干法测含水量。其含水量变化规律见图 9-1。可以看到，土层中的含水量随着土层深度的增加而增加，随着干旱时间的增加而不断减小。3 月、4 月和 5 月不同深度土层的平均含水量见表 9-1。0～2.0 m 土层的平均含水量为 12.4%、11.1% 和 10.0%，含水量随着干旱时间的推移而减小；2.0～6.0 m 土层的平均含水量分别为 14.6%、14.4% 和 14.2%，含水量基本上不随时间发生变化，2.0 m 以下土层中的含水量相对稳定。含水量变化规律与典型黄土高原地区含水量的变化规律相吻合：0～0.2 m 为速变层，0.2～1.0 m 为活跃层，1.0～2.0 m 为活动层，2.0 m 以下为相对稳定层。

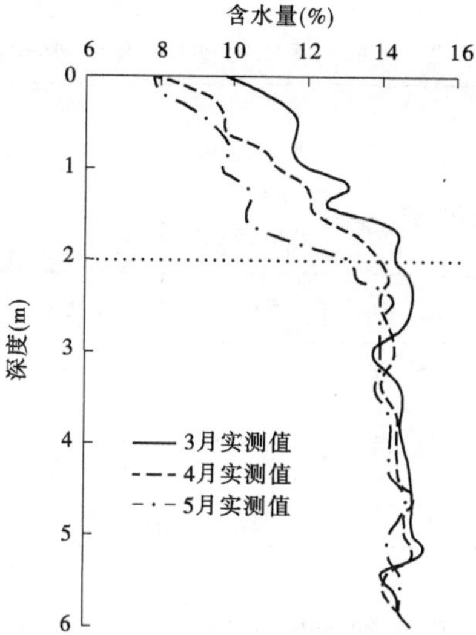

图 9-1　3～5 月实测土层含水量

表 9-1 不同深度土层的实测平均含水量

月份	平均含水量				
	0 ~ 0.2 m	0.2 ~ 1.0 m	1.0 ~ 2.0 m	2.0 ~ 6.0 m	0 ~ 2.0 m
3 月	10.4%	11.5%	13.4%	14.6%	12.4%
4 月	8.6%	10.1%	12.5%	14.4%	11.1%
5 月	7.8%	9.2%	10.9%	14.2%	10.0%

分别取0.5 m、1.5 m、3.0 m和5.0 m处的土样，通过《土工试验方法标准》(GB/T 50123—1999)测定土样的颗粒组成、塑性指数和有机质的含量；并依据《土的工程分类标准》(GB/T 50145—2007)对土样进行分类，土样的基本物理指标及土样分类见表9-2。

表 9-2 土样的基本物理指标及土样分类

位置(m)	土样名称	颗粒组成(%)			塑性指数	有机质含量(%)
		>0.075 mm	0.075 ~ 0.005 mm	<0.005 mm		
0.5	粉质黏土	27.40	54.04	18.56	11.8	0.89
1.5	粉质黏土	23.04	55.23	21.73	11.4	0.05
3.0	粉质黏土	21.34	58.05	20.61	12.3	0.07
5.0	粉质黏土	31.31	51.17	17.52	13.2	0.10

从表9-2中可以看到，四个不同深度处的土样均为粉质黏土，在0 ~ 6 m深度范围内，土样的基本物理指标并没有发生显著性变化，因此可以把0 ~ 6 m土层作为均质土进行处理。

9.2　二维非稳态流数值计算方法

9.2.1　有限元控制方程及参数的确定

浅层黄土水分场中任一点的水头和渗透系数在气象条件下随时间而变化，其水分场为非稳态水分场，选用非饱和土二维非稳态流模型对其进行数值分析。非稳态渗流有限元控制方程如下：

$$\int[B]^{\mathrm{T}}[k_{\mathrm{w}}][B]\mathrm{d}A\{h_{\mathrm{w}n}\}+\int_{A}[L]^{\mathrm{T}}\lambda[L]\mathrm{d}A\frac{\partial\{h_{\mathrm{w}n}\}}{\partial t}-\int_{A}[L]^{\mathrm{T}}\bar{v}_{\mathrm{w}}\mathrm{d}S=0 \tag{9-1}$$

式中　$\lambda=\rho_{\mathrm{w}}gm_2^{\mathrm{w}}$；

$\bar{v}_{\mathrm{w}}$——单元外部垂直于单元边界方向上的水流速度；

S——单元周长；

$[B]$——面积坐标矩阵，其中，$[B]=\frac{1}{2A}\begin{bmatrix}(y_2-y_3) & (y_3-y_1) & (y_1-y_2)\\(x_3-x_2) & (x_1-x_3) & (x_2-x_1)\end{bmatrix}$；

$x_i,y_i(i=1,2,3)$——三角形单元三个节点的直角坐标；

A——三角形面积；

$[k_{\mathrm{w}}]$——渗透系数，$[k_{\mathrm{w}}]=\begin{bmatrix}k_{\mathrm{wxx}} & k_{\mathrm{wxy}}\\k_{\mathrm{wyx}} & k_{\mathrm{wyy}}\end{bmatrix}$；

$\{h_{\mathrm{w}n}\}$——节点上的水头矩阵，$\{h_{\mathrm{w}n}\}=\begin{Bmatrix}h_{\mathrm{w1}}\\h_{\mathrm{w2}}\\h_{\mathrm{w3}}\end{Bmatrix}$；

$[L]$——单元面积坐标矩阵，$[L]=[L_1\quad L_2\quad L_3]$；

其中，$\begin{cases} [L_1] = \dfrac{1}{2A}[(x_2y_3 - x_3y_2) + (y_2 - y_3)x + (x_3 - x_2)y] \\ [L_2] = \dfrac{1}{2A}[(x_3y_1 - x_1y_3) + (y_3 - y_1)x + (x_1 - x_3)y] \\ [L_3] = \dfrac{1}{2A}[(x_1y_2 - x_2y_1) + (y_1 - y_2)x + (x_2 - x_1)y] \end{cases}$

对式(9-1)进行数值积分，其简化的控制方程为：

$$[D]\{h_{wn}\} + [E]\frac{\partial\{h_{wn}\}}{\partial t} = [F] \tag{9-2}$$

式中 $[D]$——刚度矩阵，$[D] = [B]^{T}[k_w][B]A$；

$[E]$——容量矩阵，$[E] = \dfrac{\lambda A}{12}\begin{bmatrix} 2 & 1 & 1 \\ 1 & 2 & 1 \\ 1 & 1 & 2 \end{bmatrix}$；

$[F]$——流量列阵，即 $[F] = \int_S [L]^{T}\bar{v}_w \mathrm{d}S$。

采用向后差分格式，式(9-2)即为：

$$\left([D] + \frac{[E]}{\Delta t}\right)\{h_{wn}\}_{t+\Delta t} = \frac{[E]}{\Delta t}\{h_{wn}\}_t + [F] \tag{9-3}$$

式中 Δt——时间步长。

式(9-3)即为非饱和土二维非稳态流的有限元控制方程。

9.2.2 参数的确定

非饱和土二维非稳态流有限元控制方程中，容量矩阵元素为单位面积和基质吸力变化所引起的水体积变化系数 m_2^w 的函数，刚度矩阵元素为节点坐标和渗透系数 k_w 的函数，当计算区域的网格划分确定后，单元节点坐标和单元面积便确定，需要确定的关键参数为 m_2^w 和 k_w。由于 m_2^w 和 k_w 均为含水量的函数，即基质吸力的函数，可以通过非饱和土土水特征曲线来确定 m_2^w 和 k_w。本章所用

土水特征曲线模型与第 4 章相同,仍采用 VG 模型,其表达式如下:

$$\theta = \theta_r + \frac{\theta_s - \theta_r}{(1 + |\alpha h|^n)^m} \tag{9-4}$$

式中　θ——体积含水量;

θ_r——残余含水量;

θ_s——饱和含水量;

h——吸力水头,m;

α、m、n——系数,$m = 1 - 1/n$。

式(9-4)中相关参数可按文献[2]确定:

$$\theta_r = -0.38 + 0.36\rho_d \tag{9-5}$$

$$\theta_s = 1 - 0.38\rho_d \tag{9-6}$$

$$\alpha = \exp[(8.89 - 0.08T) + (0.07T - 9.36)\rho_d] \tag{9-7}$$

$$n = (10.51 - 0.78T + 0.015T^2) + (-14 + 1.14T - 0.022T^2)\rho_d + (5.56 + 0.41T + 0.008T^2)\rho_d^2 \tag{9-8}$$

计算深度内的土体的温度取 15 ℃,土层干密度取 1.4 g/cm^3。水体积变化系数 m_2^w 可由下式确定:

$$m_2^w = \frac{d\theta}{d(u_a - u_w)} = -\frac{1}{\rho_w g}\frac{d\theta}{dh} \tag{9-9}$$

将式(9-4)代入式(9-9)中可得:

$$m_2^w = mn(\theta_s - \theta_r)\alpha\frac{|\alpha h|^{n-1}}{\rho_w g(1 + |\alpha h|^n)^{m+1}} \tag{9-10}$$

非饱和黄土水分扩散率与含水量之间的关系如下:

$$D = \exp(a\theta^2 + b\theta + c) \tag{9-11}$$

式中　D——非饱和黄土的水分扩散率;

a,b,c——拟合系数,$a = 84.5\rho_d - 57.1$,$b = -56\rho_d + 61.8$,$c = 5.7\rho_d - 12$。

非饱和黄土比水容 C 可由式(9-12)表示:

$$C = -\frac{d\theta}{dh} = \rho_w g \cdot m_2^w \tag{9-12}$$

式中　ρ_w——水的密度；

g——重力加速度。

非饱和土的渗透系数与扩散率和比水容有如下关系：

$$k_w = D \times C \tag{9-13}$$

将式(9-11)和式(9-12)代入式(9-13)可得：

$$k_w = \exp(a\theta^2 + b\theta + c)\rho_w g \cdot m_2^w \tag{9-14}$$

前述研究中已分析指出了当非饱和土中的毛细水不联通时，非饱和土土水特征曲线上所反映的非饱和土中的吸力的非可靠性，并确定了非饱和黄土中能够维持毛细水连通所对应的含水量的下限(θ_c)为 8% ~14% 且 θ_c 随着土样中黏粒含量的减小而降低。表 9-2 表明实测场地中黄土的塑性指数均较低且都属于粉质黏土，因此取该黄土中毛细水连通时含水量的最小值为 8%。在数值计算过程中，当黄土的含水量小于 8% 时，认为土体内无液态水迁移并取其渗透系数 k_w 为 0。由于 m_2^w 是与吸力相关的液相体积变化系数，当黄土的含水量小于 8% 时，m_2^w 取含水量为 8% 所对应的值，$m_2^w = 5.8 \times 10^{-4}\ \text{kPa}^{-1}$。

9.2.3　水头和边界条件的确定

影响非饱和黄土在蒸发条件下的水分迁移的水头主要为重力水头和吸力水头，温度对蒸发的影响效应，在确定边界条件时予以综合考虑。吸力水头由 VG 模型[式(9-4)]确定。由于土体中的自由水包括重力水和毛细水，重力水在重力作用下便可以自由流动，当饱和度降低到一定程度时，重力将无法克服孔隙水所受的毛细作用力，鉴于此，重力水头按下式来确定：

$$\psi_g = \begin{cases} hg & (\omega > 25\%) \\ (14.3\omega - 2.6)hg & (18\% \leqslant \omega \leqslant 25\%) \\ 0 & (\omega < 18\%) \end{cases} \tag{9-15}$$

根据黄土高原旱区在春季连续干旱的实际情况，计算的时间为 12 周,1 ~4 周、5 ~8 周、9 ~12 周分别代表 3 月、4 月、5 月。数值计算中均采取流量边界(Neumann Type),蒸发时流量为负,按式(9-16)确定:

$$E/E_0 = 0.058\overline{\omega} + 0.087\Gamma - 0.21 \tag{9-16}$$

式中　E——土体的蒸发强度,mm/d;

E_0——水面蒸发强度,mm/d;

$\overline{\omega}$——地表 0 ~0.08 m 含水量;

Γ——浅层土 0 ~2.0 m 含水量梯度。

当地气象资料表明的平均水面蒸发量(E_0)在 3 月、4 月、5 月分别为 3.0 mm/d、3.5 mm/d、4.0 mm/d。

9.2.4　有限元几何模型

计算深度为 6.0 m,共计划分 60 层,0 ~1.0 m 深度内,每层 0.05 m;1.0 ~3.0 m 深度内,每层 0.1 m;3 ~6 m 深度内,每层 0.15 m;模型宽 0.35 m,共计 7 列,每列 0.05 m。采用三节点三角形单元,均为直角三角形,共计 840 个单元,488 个节点,单元形式及内部节点编号见图 9-2,有限元网格划分如图 9-3 所示。取每层各个节点的平均值作为最终计算结果,以减小数值计算误差。

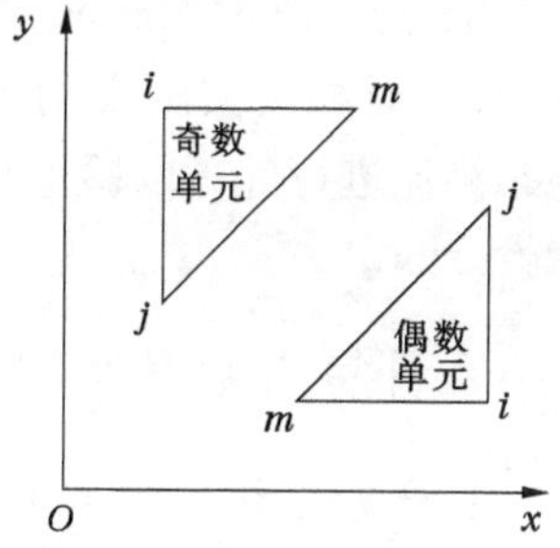

图 9-2　单元内部编号

9.2.5　程序设计

由于 k_w 和 m_2^w 均为含水量的函数,有限元控制方程[式(9-3)]为非线性,可通过迭代法使其线性化进而对其求解。具体迭代时,用上次迭代单元内三个节点的起始水头和终止水头的平均值来计算渗透系数并形成刚度矩阵，以此计算出本次迭代的终止水头，并通过该水头调整渗透系数以进行下一次迭代，这样便完成了对单位时间步长 Δt 的一次迭代。不断重复上述步骤，直到每个单元在相继的两步迭代中，其水头和渗透系数之差都小于某一事先规定的容许值，本章中容许值取 1%。当获得各节点的收敛水头，其他参量便可以由节点的收敛水头计算出；为了保证迭代的收敛性，松弛因子应随着迭代次数的增加而减小。

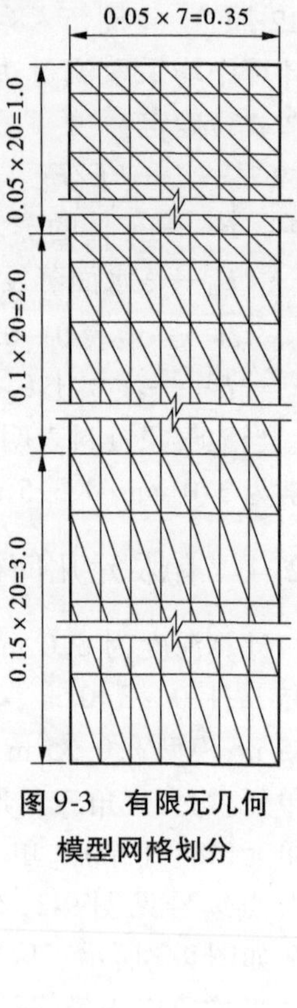

图 9-3 有限元几何模型网格划分

程序设计流程图见图 9-4。h_c 为临界水头，即非饱和黄土中毛细水连通时所对应的水头，对应的含水量为 8%；ERR 为容许误差，取 1%；n 为总计算时段，$n = 84$ 天。通过 Fortran 语言编制计算程序，并对相关文献中的土石坝二维非稳态渗流进行计算以验证程序设计的正确性。

9.2.6 计算方案及边界条件

土体干密度统一取 1.4 g/cm^3，根据 3 月 1 日实测土层含水率，计算时初始含水率取 12.4%（中效水上限），计算深度内土体温度统一取 15 ℃。

三种计算方案如下：

(1)1 ~ 12 周连续干旱。

(2)第 5 周连续降雨，日均降雨量 25.0 mm/d，其他时间段内连续干旱。

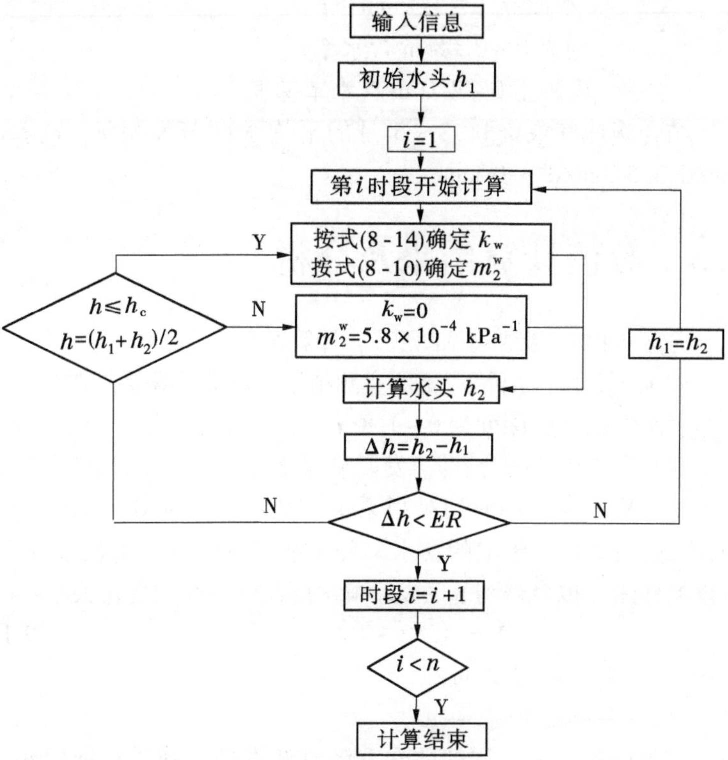

图9-4　程序设计流程图

(3)第5周连续降雨,日均降雨量50.0 mm/d,其他时间段内连续干旱。

上述三种计算方案均采取流量边界(Neumann type)。降雨入渗时,流量为正,其流量即为日均降雨量,认为所有雨水全被入渗土壤中,忽略地表径流的影响;蒸发时,流量为负,其流量可按式(9-16)确定:

$$E/E_0 = 0.058\overline{\omega} + 0.087\Gamma - 0.21 \tag{9-17}$$

式中　E——土体的蒸发强度,mm/d;

E_0——水面蒸发强度,mm/d;

$\overline{\omega}$——地表0~0.08 m含水率;

Γ——浅层土0~2.0 m含水率梯度。

结合当地气象资料,3~5月的平均水面蒸发量E_0分为3.0 mm/d、3.5 mm/d、4.0 mm/d。

9.3 数值计算结果及分析

方案1的计算结果见图9-5。计算结果表明:

(1)连续干旱条件下,土层实测结果与数值计算结果较为一致。受蒸发影响的土层深度为0~1.8 m。这一计算结果与陕北米脂地区土壤蒸发规律相吻合,即蒸发影响深度为2.0 m,2.0 m以下的土层为相对稳定层。同时植被根系也广泛地分布在0~2.0 m土层中,因此0~2.0 m土层的含水率分布情况对植被的生长起到至关重要的作用。拟合得到了蒸发影响深度与随时间的变化关系:

$$z = 1.82 - 0.74 \cdot e^{-t/3.43} \tag{9-18}$$

式中 z——影响深度,m;

t——蒸发时间,week。

(2)0~1.8 m土层的含水率随着蒸发的不断进行而减小,其中0~1.0 m土层的含水率变化最为显著。连续3个月的干旱蒸发使土壤0~1.8 m平均含水率从蒸发初期的12.4%下降到蒸发末期的7.9%。当蒸发进行到第6周(4月中旬)时,深度为0~0.85 m的土层中的含水率已经进入难效水的区间。此时已形成轻度干层,对于根系发育较浅的植被而言,其生长开始受到阻碍。当蒸发进行到第8周时,进入难效水的土层厚度为0~1.2 m。当蒸发进行到第10周时,0~1.4 m的土层水分为难效水。拟合得到0~1.8 m平均含水率随时间的变化关系:

$$\overline{\omega} = 8.78 + 3.61 \cdot e^{-t/3.68} \tag{9-19}$$

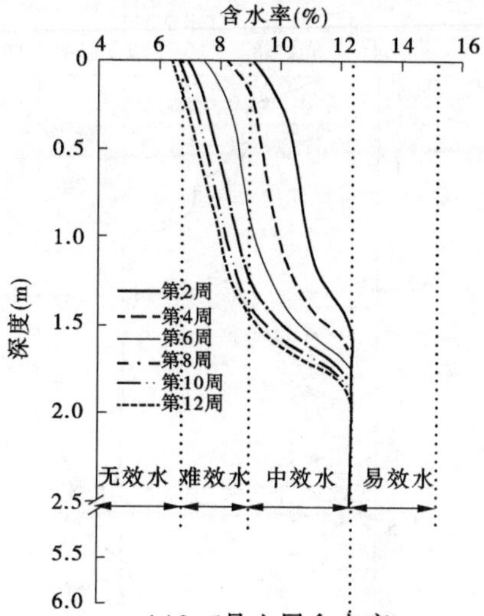

(a)3~5月土层含水率

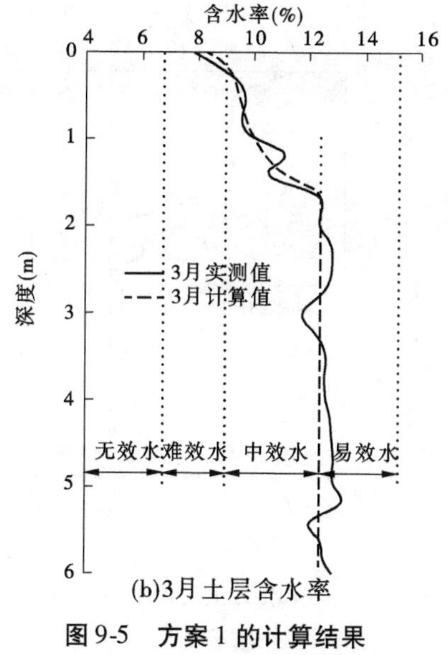

(b)3月土层含水率

图 9-5　方案 1 的计算结果

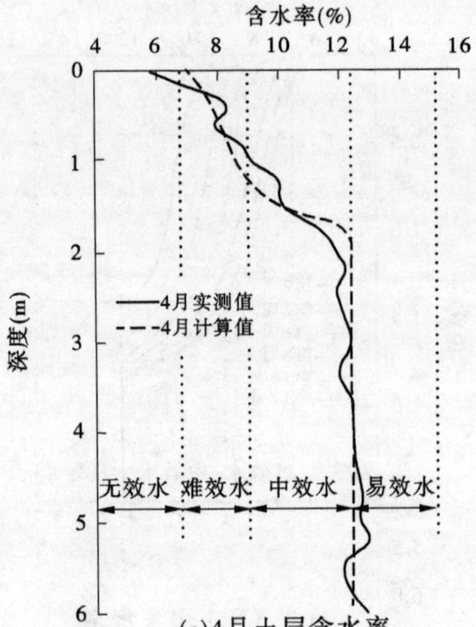

(c)4月土层含水率

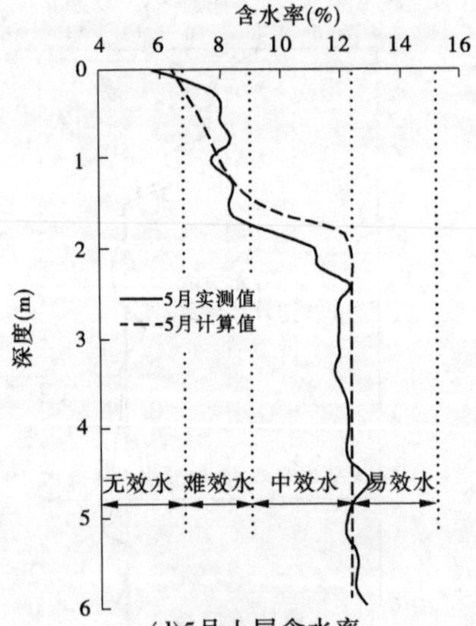

(d)5月土层含水率

续图 9-5

式中　$\overline{\omega}$——0~1.8 m 平均含水率(%)；

t——蒸发时间(week)。

(3)蒸发强度随着土壤含水率的下降而减小,同时其蒸发强度也随着蒸发时间的增长而减小。从图9-5(a)上可以看到，随着蒸发的进行曲线之间的间距变得越来越小,表明了土壤的蒸发强度越来越小。主要原因是土壤中含水率随着土壤中水分的不断蒸发而下降,毛管水开始变得不连续,同时在表层0~0.1 m形成干层。当表层形成干层后,土壤表层导水率接近0,此时水分只能在干土层以下的表面气化,并以气态水的方式向周围大气中扩散。

方案2的计算结果见图9-6。雨水入渗深度为0.55 m;降雨后一周内(第6周)土壤入渗深度内的水分大量蒸发,当蒸发进行到第7周(雨后两周)时,0~1.8 m土层平均含水率为9.2%已经小于降雨前(第4周)的9.9%。由此表明,上述次降雨条件下裸地土壤水分只能得到短暂的补给,对缓解深层土壤的干旱基本无

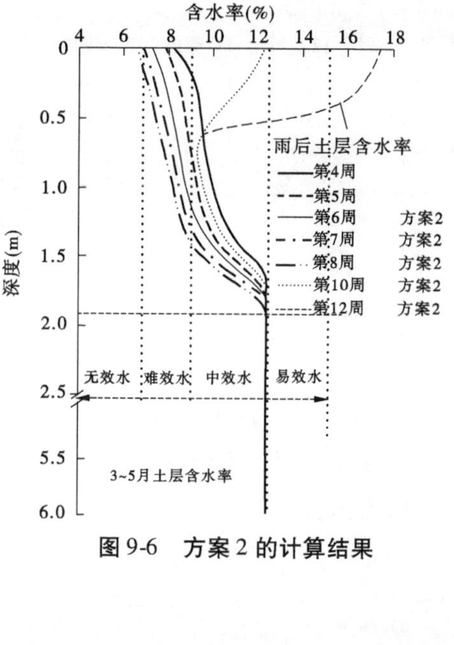

图9-6　方案2的计算结果

效,大部分入渗雨水将很快消耗于蒸发过程中,计算结果表明该蒸发消耗过程不超过 1.5 周。然而在以米脂县为代表的黄土高原旱区,其春季实际累计平均降雨量只有 45 mm(29 年统计结果)远小于数值计算中所采用的 175 mm 降雨量,且其有效降雨时间比较分散,如此气象条件下,本就稀少的降雨会很快地被蒸发消耗殆尽,对于缓解黄土高原旱区春季旱情效果甚微。

方案 3 的计算结果见图 9-7。从图中可以看出雨水的入渗深度为 1.1 m;雨后两周(第 7 周)土层 0 ~ 1 m 含水率仍处于中效水;雨后三周(第 8 周)土壤 0 ~ 1.8 m 平均含水率为 10.1% 仍高于雨前的 9.8%;表明此种类型的降雨条件可以有效地缓解浅层土壤的干旱,尤其对于植被根系广泛分布于 0 ~ 1 m 土层。

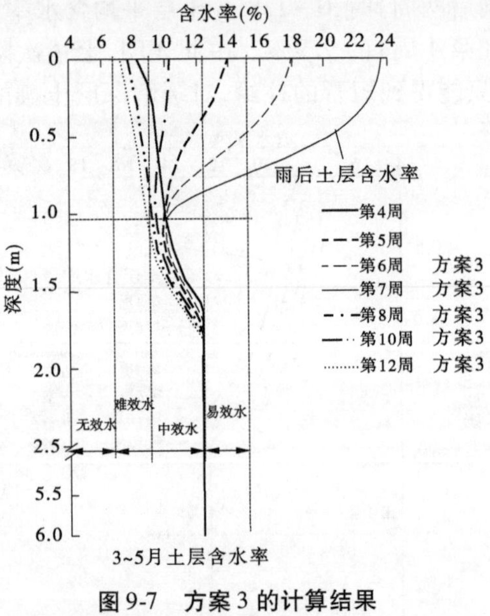

图 9-7　方案 3 的计算结果

从图 9-8 中可以看出,在第 8 周时,方案 3 的土壤含水率显著

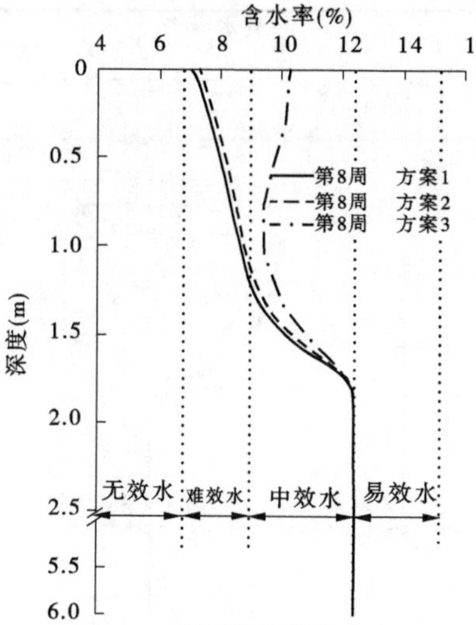

(a)第8周土层含水率

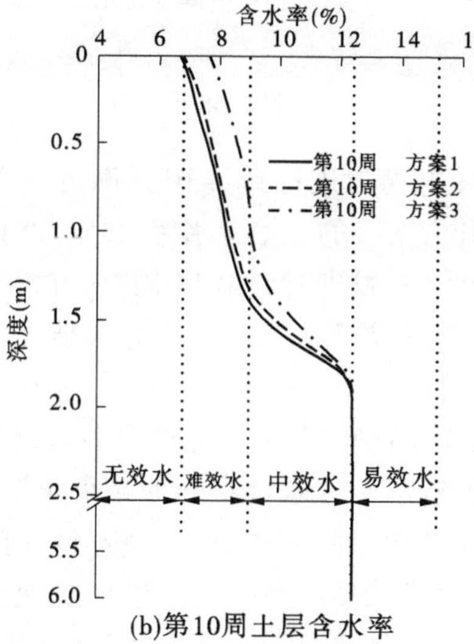

(b)第10周土层含水率

图9-8　三种方案对比(第8、10、12周)

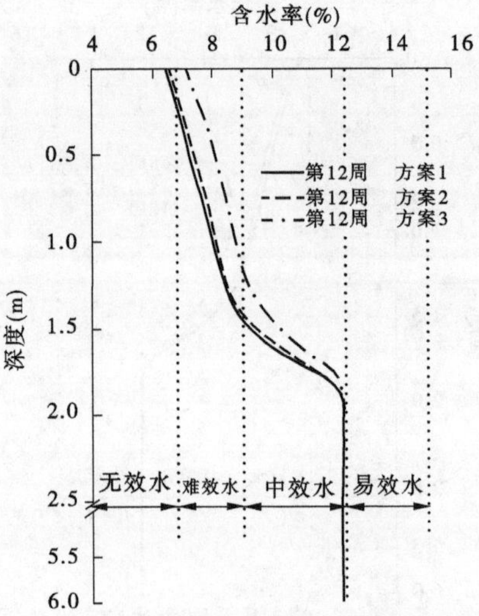

(c)第12周土层含水率

续图 9-8

高于方案 1 和方案 2;蒸发进行到第 10 周时方案 3 的土壤含水率依然高于方案 1 和方案 2 的土壤含水率,尽管此时 0 ~ 1.0 m 土层均进入难效水区间。蒸发进行到第 12 周时,方案 3 进入难效水的土层深度为 0 ~ 1.2 m,方案 1 和方案 2 进入难效水的土层深度为 0 ~ 1.45 m。

蒸发强度(方案 1)随时间的变化见图 9-9,随着蒸发时间的增加,蒸发强度逐渐减小;蒸发强度在初期减小非常明显,后期基本趋于稳定。土层中含水量随着水分的不断蒸发而下降,毛细管水开始变得不连续,这是一种典型的蒸发型干层,是在干旱气候和水势梯度双重作用下,土体水分强烈蒸发丢失形成的。对数值计算结果进行回归分析,可以得到蒸发强度随时间变化的函数关系式,如下：

$$E = 2.41e^{-0.23t} \tag{9-20}$$

式中　E——蒸发强度(%)；

t——蒸发时间，week。

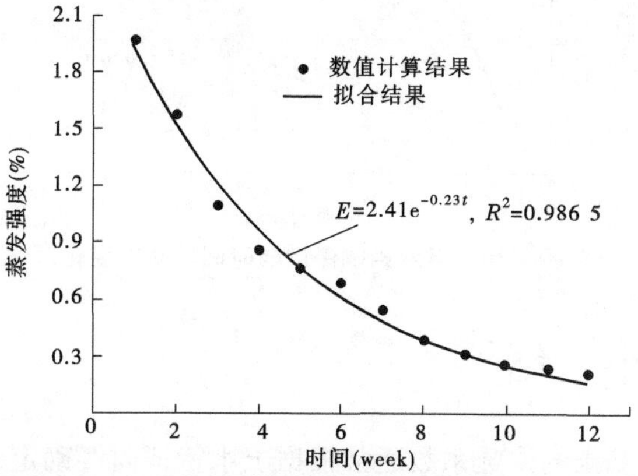

图9-9　蒸发强度随时间的变化

从浅层黄土水分场的动态变化中还可以看到，土受蒸发影响的土层深度为0～2.0 m，与陕北地区土壤蒸发规律相吻合，即蒸发影响深度为2.0 m，2.0 m以下为相对稳定层。对数值计算结果进行了回归分析(见图9-10)，得到了连续干旱条件下受蒸发所影响的土层深度随时间的变化关系：

$$z = 1.83 - 1.41e^{-0.36t} \tag{9-21}$$

式中　z——影响深度，m；

t——蒸发时间，week。

需要说明的是，上述数值计算结果是基于陕北米脂地区的气象条件，对于黄土高原其他地区而言，可以根据本地区的实际气象条件来确定边界条件。

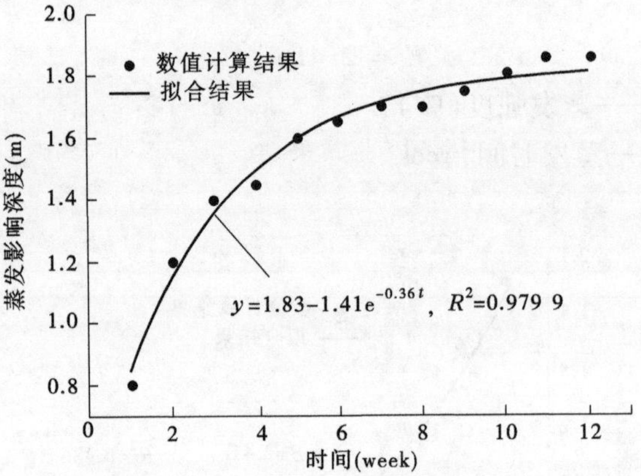

图 9-10 蒸发影响深度随时间的动态变化

9.4 小 结

非饱和土的渗透系数通常根据土水特征曲线确定，而土水特征曲线在低含水量段的非可靠性致使在确定非饱和渗透系数时，难以获得准确的取值，从而导致水分迁移数值计算结果的不准确。本章在已有的非饱和土二维非稳态流数值计算方法的基础上，确定合理的参数取值和边界条件，对黄土高原浅层土体水分场在连续干旱条件下的动态变化进行了数值计算。水分场的数值计算结果与实测结果较为一致，表明了用数值计算预测浅层黄土水分场的可靠性。并分析得到了浅层土体蒸发强度和蒸发深度随时间的变化规律。数值计算结果可以为黄土高原旱区植物防护工程建设提供参考。

黄土高原地区昼夜温差较大，大气中的水气在温度较低的夜晚会冷凝形成冷凝水，冷凝水也是黄土高原地区土层水分的补给方式之一，书中尚未考虑冷凝水对土层水分的补给效应，在后续的研究中，有必要考虑这一实际情况。

参考文献

[1] Zhang L M, Shangguan Z P. Relationship between the soil moisture and the vegetation productivity in the loess plateau[J]. Arid Zone Research, 2002, 19(4): 59-63.

[2] 杨文治，邵明安. 黄土高原土壤水分研究[M]. 北京：科学出版社，2000.

[3] 李彦龙，王铁行，王娟娟. 连续干旱期黄土高原浅层土体水分场的数值计算[J]. 水土保持通报，2015，36(1): 942-948.

[4] 邵明安，郭忠升，夏永秋，等. 黄土高原土壤水分植被承载力研究[M]. 北京：科学出版社，2010.

[5] 廖红建，王铁行，谢永利. 岩土工程数值分析[M]. 2 版. 北京：机械工业出版社，2009.

[6] 王铁行，刘自成，岳彩坤. 浅层黄土温度场数值分析[J]. 西安建筑科技大学学报(自然科学版)，2007，39(4): 463-467.

[7] 卢靖. 非饱和黄土水分迁移问题的试验研究[D]. 西安：西安建筑科技大学，2006.

[8] 罗扬. 黄土节理的强度与渗流问题研究[D]. 西安建筑科技大学，2014.

[9] 王铁行，罗扬，张辉. 黄土节理二维稳态流流量方程[J]. 岩土工程学报，2013，35(6): 1115-1120.

附录　非饱和土二维非稳定流有限元计算程序

```
PROGRAM MAIN WATER FIELD
  INTEGER ME,PP,S0,U0,M0,A0,E9,U9,N(0:1000),IE(140),KO(100)
  REAL P(1000),S(1000),R(1000),X(1000),HT(1000),HTT(1000)
     $      HL(100),QB(140),G(5),AF(5),YK(5),XK(5),E(45000)
     $      K(45000)
  DOUBLE PRECISION H(1000)
  OPEN(20, FILE='F20.DAT',STATUS=OLD')
  OPEN(1, FILE='F1.DAT',STATUS=NEW')
  OPEN(2, FILE='F2.DAT',STATUS=NEW')
  OPEN(3, FILE='F3.DAT',STATUS=OLD')
  OPEN(4, FILE='F4.DAT',STATUS=OLD')
  OPEN(5, FILE='F5.DAT',STATUS=NEW')
  READ(20,*)  IF1, L1, LO ,ME
C       node number and traffic of second kind of boundary
    DO 31, A0=1,IF1
        READ(20,*) IE(A0), QB(A0)
31      CONTINUE
C       node number and water head OF first kind of boundary
    DO 61, A0=1,L1
        READ(20,*) KO(A0), HL(A0)
61  CONTINUE
c   The node coordinates
    DO 51, AO=1,L0
        READ(3,*) X(A0),  R(A0)
```

```
51   CONTINUE
C    THE information of the elements
     DO 54, A0 = 1,ME
          READ(3,*) H(A0)
54   CONTINUE
C        The initial water head
     DO 96, A0 = 1,L0
        READ(4,*) HT(A0)
        WRITE(2,*) HT(A0)
96   CONTINUE
C    Treatment of boundary condition
     DO 202, A0 = 1,L1
         I0 = KO(A0)
         HT(I0) = HL(A0)
202   CONTINUE
      CALL SA1030(L0,ME,N,H,R,X)
      S0 = N(L0)
      WRITE (*,*) 'S0 = ', S0
      U9 = 1
      PP = 0
      DO 129, A0 = 1,L0
          HTT(A0) = HT(A0)
129   CONTINUE
      IT = 0
      DO 131,A0 = 1,S0
          K(A0) = 0
          K(E0) = 0
131  CONTINUE
     DO 135,A0 = 1,L0
```

```
      P(A0) =0
      K(E0) =0
135 CONTINUE
    DO 102, A0 =1,L1
      I0 =KO(A0)
      HTT(I0) =HL(A0)
102  CONTINUE
    DO 909,A0 =1,IF1
      P(IE(A0)) =QB(A0)
909 CONTINUE
    DO 194, E9 =1,ME
      G1 =2
      CALL SD1000(H,E9,II,JJ,MM,M2???,X1,XJ,XM,RI,RJ,RM,BI,
BJ,BM,CI,
    $   CJ,CM,D1,SI,R,X,NY,G1)
      GLM =1E -6
      IF (D1.GT.0.0000000) GOTO 138
      WRITE( * , * ) 'FAIL IN ELEMENT NUMBER E9 =', E9
      GOTO 260
138   HE =(HTT(II) + HTT(JJ) + HTT(MM) + HT(II) + HT(JJ) + HT
(MM))/6
      THET?  =0.088 +0.418/(1 +(0.049 * ABS(HE)) * *1.82) * *
0.45
      YKY =5.88 *(1E -5) * EXP(52.75 * THET * *2 -11 * THET -
4.59)
      XKX =0
      GOTO 148
148   CALL ST1150 ( II, JJ, MM, BI, BJ, BM, CI, CJ, CM, D1, GLM, XKX,
YKX,K,E,N)
```

```
194   CONTINUE
      CALL SNTF1300(S0,T1,K,E,L0,N,S,P,HT)
      IF(L1.EQ.0) GOTO 213
      DO 212, A0=1,L1
         I0=KO(I0)
         K(N(I0))=K(N(I0))*1E+08
212   CONTINUE
213   CALL SS11(L0,N,S,P,K,E)
      PP=PP+1
223   DT=0
      WW=0.5
      IF(PP.GT.5) WW=0.1
      IF(PP.GT.30) WW=0.05
      IF(PP.GT.50) WW=0.01
      DO 230, A0=1,L0
         IF(DT.LT.ABS(P(A0)-HTT(A0))) DT=ABS(P(A0)-HTT(A0))
         IF(ABS(P(A0)-HTT(A0)).GT.ER) IT=IT+1
         HTT(A0)=WW*P(A0)+(1-WW)*HTT(A0)
230   CONTINUE
      WRITE(*,*) DT,IT,HTT(200),HT(200),P(200)
      IF(IT.GT.0) GOTO 130
      IF(T1.LE.1E+09) GOTO 232
      WRITE(*,*) 'STEADY WATER FIELD'
      DO 222, I0=L,L0
         WRITE(*,*) 'HT(',I0,')=',P(I0)
         WRITE(1,*)  P(I0)
222   CONTINUE
      GOTO 260
232   WRITE(*,*) '**********************'
```

```
      WRITE( * , * ) 'NONSTEADY WATER FIELD'
      WRITE( * , * ) 'TIME = ',T2, 'STEP SIZE = ', T1, 'IT = ', IT
      WRITE( * , * ) 'PP = ',PP, 'DT = ',DT
      WRITE(1, * ) '* * * * * * * * * * * * * * * * * * * * * * * *'
      WRITE(1, * ) 'NONSTEADY WATER FIELD'
      WRITE(1, * ) 'TIME = ',T2, 'STEP SIZE = ', T1, 'IT = ', IT
      WRITE(1, * ) 'PP = ',PP, 'DT = ',DT
      DO 239, A0 = 1,L0
         DV = HTT(A0) - HT(A0)
         WRITE(2, * ) DV
         HT(A0) = HTT(A0)
         WRITE( * ,238) A0, HT(A0)
         WRITE( * ,238) A0, HT(A0)
238      FORMAT(1X,I3,10X,G12.4)
239   CONTINUE
      U9 = U9 + 1
      DO 2551, A0 = 1,L0
         WRITE(5, * ) HT(A0)
2551     CONTINUE
      T1 = T1 * C5
      IF(U9.LE.U0) GOTO 128
250   CONTINUE
260   CLOSE(1)
      CLOSE(2)
      CLOSE(3)
      CLOSE(4)
      CLOSE(5)
      CLOSE(20)
      END
```

```
* * * * * * * * * * * * * * * * * * * * * * * * * * * * *
C       the total storage of the Half   bandwidth
      SUBROUTINE SA1030(L0,ME,N,H,R,X)
      INTEGER ME, AO,R0,E9,N(0:1000)
      REAL R(1000),X(1000)
      DOUBLE PRECISION H(1000)
      DO 1034, L9 =1,L0
      N(L9) =0
1034   CONTINUE
      DO 1050, E9 =1,ME
          G1 =1
          CALL SD1000(H,E9,II,JJ,MM,M2,X1,XJ,XM,RI,RJ,RM,BI,BJ,
          BM,CI,CJ,CM,
      $   D1,SI,R,X,NY,G1)
        R0 = II
        IF(R0.GT.JJ) R0 =JJ
        IF(R0.GT.MM) R0 =MM
        IF(N(II).LE.(II-R0)) N(II) =II-R0+1
        IF(N(JJ).LE.(JJ-R0)) N(JJ) =JJ-R0+1
        IF(N(MM).LE.(MM-R0)) N(MM) =MM-R0+1
1050   CONTINUE
     DO 1070, A0 =2,L0
          N(A0) =N(A0) +N(A0-1)
1070    CONTINUE
     RETURN
     END
* * * * * * * * * * * * * * * * * * * * * * * * * * * *
     SUBROUTINE SS11(L0,N,S,P,K,E)
```

```
      INTEGER N(0:1000),A0
      REAL P(1000),S(1000),HT(1000),E(45000),K(45000)
      DO 1122, L4 = 1,L0
         IF(ABS(K(N(L4))).LT.0.0001) GOTO 11
         GOTO 21
11       WRITE( * , * ) L4,K(N(L4))
         PAUSE 10
21       P(L4) = P(L4)/K(N(L4))
           IF(L4.EQ.L0) GOTO 1122
               DO 1120, L3 = L4 + 1,L0
                  L7 = L3
                  L8 = L4
                  G0 = 1
                  CALL SJ1080(L7,L8,N,G0,S,E,K)
                  IF(S(L3).EQ.0) GOTO 1120
                  A0 = N(L3) - L3 + L4
                  S(L3) = K(A0)/K(N(L4))
                    DO 1116 I0 = A0 + 1,N(L3)
                       K(I0) = K(I0) - K(A0) * S(L4 + I0 - A0)
1116                   CONTINUE
                  P(L3) = P(L3) - K(A0) * P(L4)
                  K(A0) = S(L3)
1120              CONTINUE
1122     CONTINUE
       DO 1132, L4 = L0 - 1,1, -1
         DO 1131, L3 = L4 + 1,L0
            L7 = L3
            L8 = L4
            CALL SJ1080(L7,L8,N,G0,S,E,K)
```

```
          P(L4) = P(L4) - S(L3) * P(L3)
1131      CONTINUE
1132    CONTINUE
1134    RETURN
    END
* * * * * * * * * * * * * * * * * * * * * * * * * * * * * * * *
    SUBROUTINE SNTF1300(S0,T1,K,E,L0,N,S,P,HT)
    INTEGER S0,A0,N(0:1000)
    REAL P(1000),S(1000),HT(1000),E(45000),K(45000)
    DO 1322, A0 = 1,S0
       K(A0) = K(A0) + E(A0)/T1
1322    CONTINUE
      G0 = 2
     DO 1368, L3 = 1,L0
        DO 1367,  L4 = 1,L0
           IF(L3.LT.L4) GOTO 1263
           L7 = L3
           L8 = L4
           CALL SJ1080(L7,L8,N,G0,S,E,K)
           GOTO 1364
1263          L7 = L4
            L8 = L3
1364          IF(S(L7).EQ.0) GOTO 1367
        P(L3) = P(L3) + S(L7) * HT(L4)/T1
1367    CONTINUE
1368   CONTINUE
1370   RETURN
    END
* * * * * * * * * * * * * * * * * * * * * * * * * * * * * *
```

```
c       Unit area and unit node number
     SUBROUTINE SD1000(H,E9,II,JJ,MM,M2,X1,XJ,XM,RI,RJ,RM,BI,
BJ,BM,CI,
     $   CJ,CM,D1,SI,R,X,NY,G1)
      INTEGER E9
      REAL R(1000),X(1000)
      DOUBLE PRECISION H(1000),Z1
           Z1 = H(E9)
           NY = INT(Z1)
           Z1 = (Z1 - NY) * 1000
           II = INT(Z1)
           Z1 = (Z1 - II) * 1000
           JJ = INT(Z1)
           Z1 = (Z1 - JJ) * 1000
           MM = INT(Z1 + 0.5)
       IF (G1.LT.1.5) GOTO 1026
           XI = X(II);   XJ = X(JJ);      XM = X(MM)
           RI = R(II);   RJ = R(JJ);      RM = R(MM)
           BI = RJ - RM;BJ = RM - RI;  BM = RI - RJ
           CI = XM - XJ;CJ = XI - XM;  CM = XJ - XI
           D1 = ABS(BI * CJ - BJ * CI)/2
           S1 = SQRT(BI * BI + CI * CI)
1026       RETURN
     END
* * * * * * * * * * * * * * * * * * * * * * * * * * * * * *
     SUBROUTINE SJ1080(L7,L8,N,G0,S,E,K)
     INTEGER N(O:1000)
     REAL S(1000),E(45000),K(45000)
     L5 = L7 - L8
```

```
   IF(L5.GT.N(L7)-N(L7-1)-1)  GOTO 1090
   IF(G0.LT.1.5) GOTO 1088
   S(L7)=E(N(L7)-L5)
   GOTO 1092
1088  S(L7)=K(N(L7)-L5)
   GOTO 1092
1090  S(L7)=0
1092  RETURN
   END
* * * * * * * * * * * * * * * * * * * * * * * * * * * * *
C     the total storage of the Half  bandwidth
   SUBROUTINE SA1030(L0,ME,N,H,R,X)
   INTEGER ME, AO,R0,E9,N(0:1000)
   REAL R(1000),X(1000)
   DOUBLE PRECISION H(1000)
   DO 1034, L9=1,L0
   N(L9)=0
1034  CONTINUE
   DO 1050, E9=1,ME
      C1=1
      CALL SD1000(H,E9,II,JJ,MM,M2,X1,XJ,XM,RI,RJ,RM,BI,BJ,
      BM,CI,CJ,CM,
     $  D1,SI,R,X,NY,G1)
     R0=II
     IF(R0.GT.JJ) R0=JJ
     IF(R0.GT.MM) R0=MM
     IF(N(II).LE.(II-R0)) N(II)=II-R0+1
     IF(N(JJ).LE.(JJ-R0)) N(JJ)=JJ-R0+1
     IF(N(MM).LE.(MM-R0)) N(MM)=MM-R0+1
```

```
1050  CONTINUE
      DO1070, A0 = 2,L0
        N(A0) = N(A0) + N(A0 - 1)
1070  CONTINUE
      RETURN
      END
* * * * * * * * * * * * * * * * * * * * * * * * * * *
      SUBROUTINE SS11(L0,N,S,P,K,E)
      INTEGER N(0:1000),A0
      REAL P(1000),S(1000),HT(1000),E(45000),K(45000)
      DO (1122, L4 = 1,L0
        IF(ABS(K(N(L4))).LT.0.0001) GOTO 11
        GOTO 21
11      WRITE(*,*) L4,K(N(L4))
        PAUSE 10
21      P(L4) = P(L4)/K(N(L4))
        IF(L4.EQ.L0) GOTO 1122
          DO 1120, L3 = L4 + 1,L0
            L7 = L3
            L8 = L4
            G0 = 1
            CALL SJ1080(L7,L8,N,G0,S,E,K)
            IF(S(L3).EQ.0) GOTO 1120
            A0 = N(L3) - L3 + L4
            S(L3) = K(A0)/K(N(L4))
                  DO 1116 I0 = A0 + 1,N(L3)
                    K(I0) = K(I0) - K(A0) * S(L4 + I0 - A0)
1116                CONTINUE
            P(L3) = P(L3) - K(A0) * P(L4)
```

```
          K(A0) = S(L3)
1120      CONTINUE
1122   CONTINUE
    DO 1132, L4 = L0 - 1,1, - 1
       DO 1131, L3 = L4 + 1,L0
          L7 = L3
          L8 = L4
          CALL SJ1080(L7,L8,N,G0,S,E,K)
          P(L4) = P(L4) - S(L3) * P(L3)
1131      CONTINUE
1132   CONTINUE
1134   RETURN
    END
* * * * * * * * * * * * * * * * * * * * * * * * * * *
    SUBROUTINE SNTF1300(S0,T1,K,E,L0,N,S,P,HT)
    INTEGER S0,A0,N(0:1000)
    REAL P(1000),S(1000),HT(1000),E(45000),K(45000)
    DO 1322, A0 = 1,S0
       K(A0) = K(A0) + E(A0)/T1
1322   CONTINUE
     G0 = 2
     DO 1368, L3 = 1,L0
        DO 1367,   L4 = 1,L0
           IF(L3. LT. L4) GOTO 1263
           L7 = L3
           L8 = L4
           CALL SJ1080(L7,L8,N,G0,S,E,K)
           GOTO 1364
1263          L7 = L4
```

```
      L8 = L3
1364        IF(S(L7).EQ.0) GOTO 1367
      P(L3) = P(L3) + S(L7) * HT(L4)/T1
1367  CONTINUE
1368  CONTINUE
1370  RETURN
   END
* * * * * * * * * * * * * * * * * * * * * * * * * * *
c   Unit area and unit node number
   SUBROUTINE SD1000(H,E9,II,JJ,MM,M2,X1,XJ,XM,RI,RJ,RM,BI,
   BJ,BM,CI,
    $ CJ,CM,D1,SI,R,X,NY,G1)
    INTEGER E9
    REAL R(1000),X(1000)
    DOUBLE PRECISION H(1000),Z1
      Z1 = H(E9)
      NY = INT(Z1)
      Z1 = (Z1 - NY) * 1000
      II = INT(Z1)
      Z1 = (Z1 - II) * 1000
      JJ = INT(Z1)
      Z1 = (Z1 - JJ) * 1000
      MM = INT(Z1 + 0.5)
    IF (G1.LT.1.5) GOTO 1026
      XI = X(II);   XJ = X(JJ);   XM = X(MM)
      RI = R(II);   RJ = R(JJ);   RM = R(MM)
      BI = RJ - RM;BJ = RM - RI;BM = RI - RJ
      CI = XM - XJ;CJ = XI - XM;CM = XJ - XI
      D1 = ABS(BI * CJ - BJ * CI)/2
```

```
      S1 = SQRT(BI * BI + CI * CI)
1026     RETURN
    END
* * * * * * * * * * * * * * * * * * * * * * * * * * *
    SUBROUTINE SJ1080(L7,L8,N,G0,S,E,K)
    INTEGER N(O:1000)
    REAL S(1000),E(45000),K(45000)
    L5 = L7 - L8
    IF(L5.GT.N(L7) - N(L7 - 1) - 1)   GOTO 1090
    IF(G0.LT.1.5) GOTO 1088
    S(L7) = E(N(L7) - L5)
    GOTO 1092
1088     S(L7) = K(N(L7) - L5)
   GOTO 1092
1090   S(L7) = 0
1092     RETURN
    END
* * * * * * * * * * * * * * * * * * * * * * * * * * *
      SUBROUTINE ST1150 (II, JJ, MM, BI, BJ, BM, CI, CJ, CM, D1, GLM,
YKK,K,F,N)
      INTEGER N(0:1000)
      REAL E(45000),K(45000)
        IJ = II
        IF(IJ.GT.JJ) IJ = JJ
        IF(IJ.GT.MM) IJ = MM
        IK = II
        IF(IK.LT.JJ) IK = JJ
        IF(IJ.LT.MM) IK = MM
        IF(II.EQ.IJ.AND.JJ.EQ.IK) GOTO 967
```

```
      IF(II.EQ.IJ.AND.MM.EQ.IK) GOTO 968
      IF(JJ.EQ.IJ.AND.II.EQ.IK) GOTO 969
      IF(MM.EQ.IJ.AND.II.EQ.IK) GOTO 970
      IF(JJ.EQ.IJ.AND.MM.EQ.IK) GOTO 971
      IF(MM.EQ.IJ.AND.JJ.EQ.IK) GOTO 972
967   B6 = BI;B7 = BM;B8 = BJ
      C6 = CI;C7 = CM;C8 = CJ
      I1 = II;I2 = MM;I3 = JJ
  GOTO 973
968   B6 = BI;B7 = BJ;B8 = BM
      C6 = CI;C7 = CJ;C8 = CM
      I1 = II;I2 = JJ;I3 = MM
  GOTO 973
969   B6 = BJ;B7 = BM;B8 = BI
      C6 = CJ;C7 = CM;C8 = CI
      I1 = JJ;I2 = MM;I3 = II
  GOTO 973
970   B6 = BM;B7 = BJ;B8 = BI
      C6 = CM;C7 = CJ;C8 = CI
      I1 = MM;I2 = JJ;I3 = II
  GOTO 973
971   B6 = BJ;B7 = BI;B8 = BM
      C6 = CJ;C7 = CI;C8 = CM
      I1 = JJ;I2 = II;I3 = MM
  GOTO 973
972   B6 = BM;B7 = BI;B8 = BJ
      C6 = CM;C7 = CI;C8 = CJ
      I1 = MM;I2 = II;I3 = JJ
  GOTO 973
```

```
973   K(N(I1)) = (XKX * B6 * * 2 + YKK * C6 * * 2)/(4 * D1) + K(N(I1))
      K(N(I2)) = (XKX * B7 * * 2 + YKK * C7 * * 2)/(4 * D1) + K(N(I2))
      K(N(I3)) = (XKX * B8 * * 2 + YKK * C8 * * 2)/(4 * D1) + K(N(I3))
      E(N(I1)) = GLM * D1/6 + E(N(I1))
      E(N(I2)) = GLM * D1/6 + E(N(I2))
      E(N(I3)) = GLM * D1/6 + E(N(I3))
      L212 = N(I2) - (I2 - I1)
      K(L212) = (XKX * B6 * B7 + YKK * C6 * C7)/(4 * D1) + K(L212)
      E(L212) = GLM * D1/12 + E(L212)
      L312 = N(I3) - (I3 - I1)
      K(L312) = (XKX * B6 * B8 + YKK * C6 * C8)/(4 * D1) + K(L312)
      E(L312) = GLM * D1/12 + E(L312)
      L322 = N(I3) - (I3 - I2)
      K(L322) = (XKX * B7 * B8 + YKK * C7 * C8)/(4 * D1) + K(L322)
      E(L322) = GLM * D1/12 + E(L322)
  RETURN
  END
```